चित्रा मुद्गल

प्रख्यात कथाकार चित्रा मुद्गल का जन्म 10 दिसम्बर, 1943 को हुआ।

उनकी प्रमुख कृतियाँ हैं—'आवां' (आठ भारतीय भाषाओं में अनूदित), 'गिलिगडु', 'एक ज़मीन अपनी', 'पोस्ट बॉक्स नम्बर 203, नाला सोपारा' आदि (उपन्यास); 'इस हमाम में', 'चेहरे', 'लपटें', 'आदि-अनादि' (तीन खंडों में), 'जगदम्बा बाबू गाँव आ रहे हैं', 'भूख', 'ज़हर ठहरा हुआ', 'लाक्षागृह', 'अपनी वापसी', 'ग्यारह लम्बी कहानियाँ', 'जिनावर', 'मामला आगे बढ़ेगा अभी', 'केंचुल' 'प्रतिनिधि कहानियाँ', 'शून्य' आदि (कहानी-संग्रह); 'तहख़ानों में बन्द अक्स' (कथात्मक रिपोर्ताज); 'जीवक', 'माधवी कन्नगी' और 'मणिमेखलयी' (बाल उपन्यास); 'दूर के ढोल', 'सूझ-बूझ', 'देश-देश की लोककथाएँ' (बाल कथा-संग्रह); 'बयार उनकी मुट्ठी में' (लेख); 'सद्गति तथा अन्य नाटक', 'पंच परमेश्वर तथा अन्य नाटक', 'बूढ़ी काकी तथा अन्य नाटक' (नाट्य-रूपान्तर)।

उन्होंने अनेक पुस्तकों का सम्पादन किया है। दूरदर्शन के लिए टेलीफ़िल्म 'वारिस' का निर्माण किया है। प्रसिद्ध कहानियों पर आधारित 'एक कहानी', 'मँझधार', 'रिश्ते' सरीखे धारावाहिकों में उनकी कई कहानियाँ सम्मिलित हुई हैं। वे प्रसार भारती की बोर्ड मेम्बर और उसी की इंडियन क्लासिक कोर कमिटी की अध्यक्ष रह चुकी हैं। वे 42वें और 68वें नेशनल अवार्ड की ज्यूरी सदस्य रही हैं।

उनका उपन्यास 'आवां' बिड़ला फ़ाउंडेशन के 'व्यास सम्मान' से सम्मानित है। उन्हें 'इन्दु शर्मा कथा सम्मान' (लन्दन), 'पुश्किन सम्मान' (रूस), 'साहित्य सम्मान' (हिन्दी अकादमी, दिल्ली), 'अवन्ती बाई सम्मान', 'साहित्य भूषण सम्मान' और 'वीरसिंह देव सम्मान' के साथ ही सामाजिक कार्यों के लिए 'विदुला सम्मान' से भी सम्मानित किया जा चुका है।

सम्पर्क : mail@chitramudgal.info

अपनी वापसी

चित्रा मुद्गल

रेमाधव पेपरबैक्स

पहला पुस्तकालय संस्करण
रेमाधव पब्लिकेशन्स प्राइवेट लिमिटेड द्वारा
2011 में प्रकाशित

रेमाधव पेपरबैक्स में
पहला संस्करण : 2023

रेमाधव पेपरबैक्स : उत्कृष्ट साहित्य के जनसुलभ संस्करण

रेमाधव पब्लिकेशन्स प्राइवेट लिमिटेड
जी-17, जगतपुरी, दिल्ली-110 051
द्वारा प्रकाशित

शाखाएँ : अशोक राजपथ, साइंस कॉलेज के सामने, पटना-800 006
पहली मंजिल, दरबारी बिल्डिंग, महात्मा गांधी मार्ग, प्रयागराज-211 001

वेबसाइट : www.remadhav.com
ई-मेल : contact@remadhav.com

बी.के. ऑफसेट
नवीन शाहदरा, दिल्ली-110 032
द्वारा मुद्रित

मूल्य : ₹ 199

APNI VAPSI
Stories by Chitra Mudgal

ISBN : 978-93-95328-00-5

राणा दम्पति को—
जिनसे ज़िन्दगी का हर रंग
बाँटा जा सकता है

‘अपनी वापसी’ की वापसी

सत्ताईस वर्ष पूर्व प्रकाशित मेरे तीसरे कथा संकलन ‘अपनी वापसी’ के प्रकाशन की कहानी भी कम दिलचस्प नहीं है। उसके प्रकाशक थे ‘सम्भावना प्रकाशन’ हापुड़ के कथाकार अशोक अग्रवाल। अब वापसी हो रही है उसकी ‘रेमाधव प्रकाशन’ से। सम्बन्धों के नए अध्याय खोलने और जीने को तत्पर! पिछले सम्बन्ध टूटकर भी टूटते नहीं। वे सम्बन्ध किसी भी किताब के जन्मने की देहरी का पर्याय जो होते हैं। किताब का अतीत नहीं होता है क्या! अतीत न होता तो क्या उसकी कहानी सम्भव होती?

अशोक अग्रवाल ने उस समय कुछेक ध्यानाकृष्ट करनेवाली गहरी कहानियाँ लिखी थीं। हो सकता है उनका कोई कथा-संग्रह भी आया हो मगर उसे पढ़ पाने का सुयोग मुझे उपलब्ध नहीं हो पाया। ‘सम्भावना प्रकाशन’ ने सदैव स्तरीय पुस्तकों का प्रकाशन कर लेखकों के मन में उन दिनों अपनी विशेष जगह बनाई थी। ‘सम्भावना’ से ही जुड़े हुए थे ‘हुक्का पानी’ जैसी उत्कृष्ट कहानी लिखनेवाले कथाकार अमितेश्वर। संघर्ष से छीजी हुई साँवली, दुबली-पतली काठी; मगर चेतना के चैतन्य से दीप्त। कथाकार रमेश बत्तरा से लेकर सुरेश उनियाल, महेश और बलराम तक—सभी उनके लेखन के मुरीद थे। आज जाने क्यों लगता है कि साहित्य में कुछ बड़ी सम्भावनाओं को आर्थिक संघर्ष के नरभक्षी पाट उसकी जीवित समाधि ले लेते हैं और उन सम्भावनाओं के दिन-रात ग़र्क होने लगते हैं प्रूफ रीडरी में। अमितेश्वर की कहानियाँ या लघुकथाओं की अनुपस्थिति इधर भीतर कसक पैदा करती है। यह भी जानकारी

नहीं है कि वह और उसका परिवार सम्प्रति किस हाल में और कहाँ है। इसके लिए अमितेश्वर का साहित्य जगत से स्वयं अपने सम्पर्कों को सिकोड़-समेट लेना दोषी नहीं है, दोषी निश्चय ही हैं हम। किन्हीं कारणवश जो हमारे साथ दौड़ नहीं पाता, ठहरकर हम उसे पीछे मुड़कर देखना नहीं चाहते। किन्हीं कारणों से वह निकलकर आना नहीं चाहता तो हम उसे निकालकर लाने में विश्वास नहीं करते। समय गँवाने के लिए समय हमारे पास होना भी तो चाहिए। द्वन्द्व पीछा करते हैं। भूमंडलीकरण के इस दौर में साहित्य की असीमित चौड़ाइयों को किसने पिंजड़ों की हदें पहना दी हैं! जवाब नहीं मिलते। जाने क्यों मौन के उदर में समा गए हैं...

उन दिनों दिल्ली आने की तैयारी चल रही थी। दरअसल, बेटे राजीव के हायर सेकेंडरी के परीक्षाफल के इन्तजार में ही हम मुम्बई में अटके हुए थे। बच्चे खुश। अवध के बिना एक पल न रह पानेवाली बिटिया अपर्णा (बिट्टू) कुछ अधिक ही। राजीव मेरी तरह खुशी और उदासी के द्वन्द्व और दुविधा को झेलता हुआ घोर उत्साह के बावजूद सशंकित था। मुम्बई में वह बैडमिंडन के बेहतरीन खिलाड़ी के रूप में स्थापित था और सैय्यद मोदी के साथ खेलने के लिए रेलवे द्वारा अनुबन्धित। अवध ने उससे वादा किया था कि उनकी कोशिश होगी कि वे हरियाणा के, 'राई' स्थित स्पोर्ट्स कॉलेज में उसका दाखिला करवाएँगे। बाद में दिल्ली आने पर ज्ञात हुआ कि राई में बैडमिंटन के प्रशिक्षण को लेकर कोई सुविधा नहीं है। हारकर उसे दिल्ली के हिन्दू कॉलेज में प्रवेश लेना पड़ा। तैराकी से लेकर खेल में अव्वल रहनेवाले राजीव को 'हिन्दू कॉलेज' में खेल के चलते दाखिले में कोई दिक्कत नहीं झेलनी पड़ी। मेरी उदासी का कारण सामाजिक कार्यों में मेरी गहरी संलग्नता थी।

दिसम्बर 1982 में एक हफ्ते के लिए मेरा दिल्ली आना हुआ। इस मकसद से कि घर किस इलाके में लेना उचित और सुविधाजनक होगा—यह पहले ही तय कर लेना बेहतर होगा। अवध ने बताया, घर तुम पसन्द कर लो। मकान मालिक और 'टाइम्स ऑफ इंडिया' के बीच अनुबन्ध हो जाएगा। उस समय अवध अंसारी रोड, दरियागंज में शब्दकुमार जी की सलहज के मायके की कोठी के छत पर स्थित कमरे में, यानी गुरहा साहब के घर पर किराये पर रह रहे थे। भाभी के दिल्ली आने की खुशी में एक अच्छी-सी पार्टी होनी चाहिए यह रमेश

बत्तरा की इच्छा थी। उसी पार्टी में अमितेश्वर से मुलाकात हुई थी। पार्टी के दौरान ही संकोची अमितेश्वर ने आग्रह किया था कि आप अपनी एक किताब 'सम्भावना प्रकाशन' को भी दीजिए। दूसरे रोज अशोक अग्रवाल से भी बात हुई। मुम्बई लौटते ही पांडुलिपि तैयार कर मैंने उन्हें 'अपनी वापसी' की पांडुलिपि भिजवा दी।

अवध का सुझाव था, 'अपनी वापसी' के लिए 'राजपाल एंड संस' के विश्वनाथ जी से बात कर लेतीं। किसी कार्यक्रम में भेंट होने पर उन्होंने अवध से सम्भवत: कहा था कि हम चित्रा जी की कोई कृति प्रकाशित करना चाहेंगे।

हमेशा से ही यह इच्छा रही है, पुस्तक के मुखपृष्ठ पर किसी चित्रकार की चित्रकृति हो या कोई उसका मुखपृष्ठ विशेष रूप से चित्रित करे तो शब्द और रंग की जुगलबन्दी के आयतन में उनकी चेतना की गुहारों को सुनने-गुनने की जिम्मेदारी से लैस होता। सुधी पाठक नितान्त भिन्न विधाओं की अभिव्यक्ति क्षमता के आयामों से परिचित हो सकेगा। सम्भव है जिद्द की हद तक इस सोच के पीछे मेरी कोई मनोग्रन्थि की भूमिका हो! चित्रकला में आगे बढ़ने की दिशा में मेरे सारे प्रयास निरर्थक सिद्ध हुए और मैं रंगों की दुनिया में इतना पीछे छूट गई कि कोई मेड़, पगडंडी शेष बची ही नहीं जो वापस उस देहरी तक मुझे पहुँचा पाती। 'इंडियन एक्सप्रेस' में उस कॉलम को जरूर देखती जिसमें यह सूचना होती कि फलाँ-फलाँ आर्ट गैलरी में फलाँ-फलाँ चित्रकार की चित्र प्रदर्शनी लगने जा रही है और मैं तमाम मसरूफ़ियत को धता बताकर कभी 'सिमरोज़ा आर्ट गैलरी' तो कभी 'जहाँगीर' तो कभी सोफ़िया कॉलेज की 'सोफिया दचिन' की ओर भाग लेती।

अवध से कहलवाया था मैंने कि अशोक अग्रवाल से वे स्पष्ट कह दें कि 'अपनी वापसी' के मुखपृष्ठ पर वे किसी चित्रकार की चित्रकृति दें। अगर वे चाहें तो मैं मुम्बई से किसी प्रसिद्ध चित्रकार की चित्रकृति की टी.पी. उन्हें भिजवा सकती हूँ। 'अपनी वापसी' छपकर हाथ में आई तो खिन्नता का दंश हफ्तों अन्यमनस्क किए रहा। मुखपृष्ठ कलात्मक नहीं था, ऐसी बात नहीं थी। जिसने भी किताब देखी, खूब प्रशंसा की। एक खूबसूरत युवती का श्वेत-श्याम कोलाज था आवरण पर।

अपनी खिन्नता अवध से छिपा नहीं पाई तो उनका जवाब और आहत कर गया। 'सारिका' की व्यस्तता में चितुल, मैं तुम्हारी बात अशोक तक पहुँचा ही नहीं पाया। दूसरे संस्करण में बदल जाएगा मुखपृष्ठ। अपने सामने बदलवा लेना। अब तो तुम यहाँ (दिल्ली) आ ही गई हो।...

'अपनी वापसी' समर्पित थी राणा दम्पत्ति को।

हम जहाँ भी रहे पड़ोसियों के मामले में सदैव सौभाग्यशाली रहे हैं, नहीं मालूम पड़ोसियों ने हमें पड़ोस में पाकर कैसा अनुभव किया। लेकिन उनके सहयोगी-आत्मीय व्यवहार ने यही प्रतीति करवाई कि वे अपनी पारिवारिक जिम्मेदारियों को निबाहते हुए हमारे छोटे-से परिवार को भी उसी का हिस्सा मानते रहे।

घाटकोपर पश्चिम में 'श्रेयस टॉकीज' के बगल में बनी 'शान्ति निकेतन कॉलोनी के एक रूम फ्लैट को किन्हीं घरेलू कारणों के चलते छोड़ने के लिए मजबूर होने पर हमें जो दूसरा मकान घाटकोपर, पश्चिम में बड़ी मुश्किल से मिला वह था मुख्य सड़क कुली, आगरा रोड से दक्षिण की ओर लगभग डेढ़ किलोमीटर भीतर जाकर पहाड़ी की तलहटी में बसी; हिमालयन कोऑपरेटिव हाउसिंग सोसाइटी में। हिमालयन कोऑ.हा. सोसाइटी पहाड़ियों की कॉलोनी थी। फ्लैट्स पहाड़ियों के थे मगर अधिकांश मकान मालिकों ने अपने मकान किराये पर उठा रखे थे। प्रसिद्ध लेखक प्रोफेसर डॉ. देवेश ठाकुर का फ्लैट भी वहाँ किराये पर चढ़ा हुआ था। रहते वे रुइया कॉलेज के स्टाफ क्वार्टर में थे।

राणा दम्पत्ति मूल निवासी तो नेपाल के थे किन्तु धर्मशाला में उनका अपना खुद का मकान था। नेपाल आना-जाना उनका निरन्तर बना रहता था। गुलाब सिंह राणा जी मझगाँव डाक में वरिष्ठ अधिकारी के पद पर कार्यरत थे। बाद में उन्होंने ही बताया था कि लेखक महेन्द्र कुलश्रेष्ठ जिन्हें डॉ. धर्मवीर भारती चुटकी भरे अन्दाज में हिन्दी का पहलवान लेखक कहा करते थे, मझगाँव डाक में हिन्दी अधिकारी के पद पर आसीन हैं। महेन्द्र कुलश्रेष्ठ से अवध बखूबी परिचित थे, मैं नहीं। मैंने उन्हें सिर्फ एक बार सोमैया कॉलेज के दिनों में 'नेशनल कॉलेज', बान्द्रा में उन्हीं के द्वारा आयोजित उस साहित्यिक कार्यक्रम में देखा था, जिस कार्यक्रम में महावीर अधिकारी और स्वतन्त्र पत्रकार जुगनू शारदेय के मध्य मत

वैभिन्य के चलते आपस में तलवारें खिंच गई थीं। डॉ. धर्मवीर भारती के मंत्रमुग्ध कर देनेवाले अभिभाषण को भी पहली बार मैंने वहीं सुना था। इस प्रसंग का जिक्र मैंने भारती जी पर लिखे अपने लेख, 'उस गली से इस गली तक' में किया है जिसे 'सारिका' ने दिसम्बर, 1986 के अपने 'धर्मवीर भारती विशेषांक' में प्रकाशित किया था।

कठिन समय था वह। न समय अपनी चुनौतियाँ कम करने को राजी था, न हम उससे हार मानने को। उन्नीस सौ इकहत्तर की बात है। अवध के दफ्तर के लिए घर से निकलते ही सुबह दस-सवा दस बजे के करीब नन्हीं बिट्टू को गोदी में उठाए, पहली कक्षा के विद्यार्थी बेटे गुड्डू की उँगली पकड़े, उसका बस्ता दूसरे कन्धे पर लादे, डेढ़ किलोमीटर पैदल चलकर मैं भांडुप की बस पकड़ने के लिए मुख्य सड़क पर पहुँचती। गुड्डू को 'सेंट जेवियर्स' स्कूल पहुँचाने के बाद, मंगतराम पेट्रोल पम्प पर बने कामगारों के कोठरीनुमा कार्यालय में आ जाती जहाँ मौसम की उमस में मेहनतकशों की, पानी की कमी के चलते दो-दो दिन सनलाइट साबुन की बट्टी का मुँह न देख पानेवाले कपड़ों से फूटती पसीने की गन्ध उबकाई न पैदा कर, दुविधा झेलती प्रतिरोध की छटपटाहट को बाहर निकाल स्वयं को दर्ज़ करने की सन्नद्धता से भर देती। सभी लोग विशेष ध्यान रखते कि वहीं खेलती, कोठरी से अन्दर-बाहर होती, चंचल बिट्टू नज़र से ओझल न होने पाए। विस्मय होता खाली जेबोंवालों के विशाल हृदयों पर। जाने कहाँ से उनकी खाली जेबों में बिट्टू के लिए केले, चीकू, लॉलीपोप खरीदने के लिए चिल्लर निकल आते। डाँटने पर पलटकर जवाब मिलता, बीड़ी नहीं पियेंगे एक रोज तो कौन-सी आफत टूट पड़ेगी ताई?

पड़ोसन श्रीमती राणा को जैसे ही मैं घर की चाभी थमाने के लिए उनके घर की घंटी की स्विच पर उँगली रखती, मुझे बेतरह लदा-फँदा देख वे असहज हो उठतीं।

उनके परेशान मनोभावों को भाँपना मुश्किल नहीं था।

चिन्तित स्वर में उन्होंने एक रोज मुझे टोक ही दिया। मैं इस नन्हीं जान बच्ची को अपने संग धक्के खाने के लिए बाहर क्यों ले जाती हूँ?

उदास होकर मैंने उन्हें जवाब दिया था। उपाय क्या है? 'क्रैच' में उसे छोड़ नहीं सकती, कलेजा पत्थर का, नहीं कर पा रही हूँ। मगर कारण शायद मात्र

इतना भर ही नहीं है। मजबूरी में उसे छोड़ने के लिए राजी हो भी जाऊँ तो क्रैच का खर्च वहन करना चादर से बाहर पैर निकालना होगा जो मेरे लिए सम्भव नहीं।

श्रीमती राणा ने संजीदगी से मेरी बात काटी थी—'भरोसा कर सकती हैं तो बच्ची को मेरे पास छोड़ दें।'

...एक साँझ गुड्डू को स्कूल से लेकर लौटने पर पता चला, बिट्टू अभी तक सो रही है।

जबकि होता यह था कि श्रीमती राणा के घर की घंटी बजाते ही हमारा रास्ता देखती बिट्टू उतावली-सी भीतर से घर का दरवाजा पीटने लगती।

...हुआ यों था। उस रोज बिट्टू ने उनकी पाली कुतिया रूबी के हड्डियोंवाले विशेष बिस्किट उठाकर खा लिए थे। बिट्टू पर नाराज रूबी के भौंकने पर श्रीमती राणा की नज़र बिट्टू पर गई। घबड़ाकर वे उसी समय पास के असल्फा विलेज में रह रहे एक परिचित डॉक्टर जोसफ के घर उसे दिखाने ले गईं। संयोग से डॉक्टर घर पर ही थे। जोसफ़ ने उन्हें आश्वस्त किया कि घबड़ाने जैसी कोई बात नहीं है। वे बिट्टू को उलटी करवाये दे रहे हैं। साथ में दवा दे रहे हैं। घर में पहुँचते ही उसे खिला दें। दवा खाकर बच्ची अच्छी नींद ले लेगी। कोशिश करें कि रूबी के बिस्किट्स बच्ची की पहुँच से दूर रहें। रूबी को बिस्किट्स खाने के लिए दें तो उसे कमरे में बन्द करके दें।

बिट्टू से ही जुड़े हुए एक अन्य रूह कँपा देनेवाले प्रसंग का जिक्र श्रीमती राणा के सन्दर्भ में यहाँ करना चाहूँगी।...

दीपावली के आसपास की घटना होगी।

प्रतिदिन की भाँति उस शाम को मैं गुड्डू को स्कूल से लेकर घर लौटी तो पाया रसोई में साग-सब्जी नदारद है। रात के वक्त ही अवध घर में ठीक से खाना खा पाते हैं। तय किया, थकान के चोंचले को झटक असल्फा विलेज के सब्जी बाजार से दो-चार रोज की सब्जी फ्रिज में लाकर भर देना जरूरी है। इसी बीच गुड्डू कॉलोनी के बच्चों के साथ नीचे खेलने चला गया था। बिट्टू पलंग पर बैठी खिलौने में मस्त थी। सोचा, आधे घंटे की ही तो बात है। दूध की बोतल बनाकर उसके सिरहाने रख देती हूँ। भूख लगने पर वह बोतल स्वयं उठा लेगी। हो सकता है इसी बीच अवध भी घर आ जाएँ। 'लैच' की एक चाभी उनके पास रहती ही है। श्रीमती राणा को भी अपने सौ काम निपटाने होते हैं। बिट्टू

को प्यार से समझाया। खेलती रहना। दूध रखा है उसका। अभी गई और अभी आई। काम निपट जाने पर सब्जियों से भरे थैले लटकाए घर की ओर मुड़ी। मन-ही-मन मुदित होती हुई कि दो-चार रोज की सोचकर गई थी, मगर हफ्ते भर की सब्जियाँ वाजिब दामों में बटोर लाई हूँ। फ्रिज भरा देख अवध परम प्रसन्न हो उठेंगे। ताजी सब्जियों के मामले में खासे देहाती रुचि के हैं। घीया, तोरई रोज मिल जाए तो खुश।

घर के निकट पहुँची तो बिल्डिंग के प्राँगण में लोगों की भीड़ देख कौतूहल से भर उठी।

इतनी भीड़? आखिर क्यों?

तभी पहले माले के मेहरोत्रा साहब मुझे देखते ही मेरी ओर घबराए हुए-से लपके। मुँह पर उँगली रखते हुए उन्होंने मुझे चुप रहने का संकेत करते हुए तीसरे माले पर स्थित मेरे घर की बालकनी की ओर इशारा किया। दृश्य देख कलेजा मुँह को आ गया। यह सच नहीं हो सकता। मेरी मासूम बिट्टू बालकनी की मुँडेर पर चढ़ी बैठी हुई दोनों ओर पैर लटकाए मजे से मुस्कराती हुई नीचे भीड़ को देख रही थी। काँपते हुए पर्स में से घर के लैच की चाभी निकाल मेहरोत्रा साहब की ओर बढ़ाते हुए मैं कब बेहोश हो गई कुछ पता नहीं। आँख खुली तो स्वयं को घर के पलंग पर लेटे हुए पाया। पापा की गोदी में चढ़ी हुई बिट्टू को उनकी नाक में उँगली डालते और बाहर निकालते उनके 'उई' करने पर खिलखिलाते हुए देखा। अवध भी उसके खेल का हिस्सा बने हुए उससे जुगलबन्दी करते हुए नज़र आए। सारा वाकया सुनकर मैं पश्चाताप से भर उठी।

घर से निकलने से पहले न मैंने घर की बालकनी का दरवाजा बन्द किया था न 'लैच' की चाभी राणा दी को थमाई थी।

घर लौटे मेहरोत्रा जी की नज़र मेरी बालकनी की ओर अनायास ही उठ गई थी। नज़ारा देख वे स्तब्ध हो उठे थे। फौरन उन्होंने अपने पड़ोसी और नीचेवालों को घर की चादरों को तानकर नीचे खड़े रहने की हिदायत दी और ऊपर मेरे घर की ओर भागे। घंटी डरकर नहीं बजाई कि कहीं बच्ची हुड़ककर सन्तुलन न खो बैठे। दरवाजे पर हल्के हाथों की 'टुक-टुक' पर जब उन्हें पलटकर कोई प्रतिक्रिया नहीं मिली तो समझ गए कि मैं घर से अनुपस्थित हूँ या सो रही हूँ, वैसे यह सोने का समय तो नहीं है—सोचा उन्होंने। फिर उन्होंने घर के लैच की चाभी

के लिए राणा दी की घंटी बजाई। उनके पास 'लैच' की चाभी देकर तो मैं गई नहीं थी। समय नहीं था। राणा दी ने फोन कर पीछे की बिल्डिंग में काम कर रहे सोसाइटी के प्लम्बर को जिसे उनके घर में भी काम करने आना था, को काम छोड़कर भागकर आने के लिए कहा और उसे पाँच सौ रुपये का लालच दे जान जोखिम में डालकर छत के ऊपर से तीसरे माले की मेरी बालकनी में उतरने को बाध्य किया। बिल्डिंग के जीने की सीमेंट की जाली के सहारे उचककर प्लम्बर ने मेरी बालकनी पर पाँव टिकाया और दूसरा हाथ लम्बा कर बिट्टू को भीतर की ओर लुढ़का कर अन्दर से घर के 'लैच' को खोल घर का दरवाजा खोल दिया...

मैं श्रीमती राणा की यानी कि अपनी राणा दी की कर्जदार जीवन-पर्यन्त बनी रहना चाहती हूँ...

पुस्तक जब राणा दम्पति को समर्पित की थी तब बिट्टू हमारे बीच जीवित थी। आज जब 'अपनी वापसी' का पुन:प्रकाशन हो रहा है—बिट्टू हमारे बीच जीवित नहीं है।

राणा दी इन दिनों लन्दन में अपनी बड़ी बेटी रेणु के पास हैं...

मैं बिट्टू से कहना चाहती हूँ, तुम आज हमारे बीच नहीं हो मगर मैं तुम्हारी दूसरी माँ से बेईमानी कैसे कर सकती हूँ! क्योंकि अगाध वात्सल्य की प्रतिमूर्ति स्त्रीत्व की तलछट का पर्याय ऐसी ही बड़ी स्त्रियों ने समाज में यह प्रतिमान कायम किया है, कि जन्म देनेवाले से बड़ी होती यशोदा माँ।

चित्रा मुद्गल

अनुक्रम

दरमियान

प्रवेश-द्वार पर मुस्तैद खड़े वॉचमैन मंशाराम की तरफ उसने वाउचर कॉपी बढ़ाई। मंशाराम ने परिचित मुस्कान से अपनी खिचड़ी मूँछोंवाला चेहरा भिगोया और आहिस्ता से पत्रिका में दबी स्लिप खींच ली। वह लगभग तुनक-भरी चाल में बरामदे की सीढ़ियाँ उतरने लगी। प्रवेश-द्वार पर स्लिप देने के लिए ठहरना उसे बड़ा बेहूदा लगता—सही शब्दों में, अपमानजनक।

कोई नियम है! अखबार के दफ्तर में काम करो और अपनी ही पत्रिका आप बगैर इजाजत के बाहर नहीं ले जा सकते। हर महीने यही दोहराया जाता। हर बार ऐसा करते हुए उसे यही महसूस होता कि उसकी ईमानदारी को कागज की एक चिट से आजमाया जा रहा है। फिर भी, सन्देहास्पद स्थिति उस पर जारी है...

आधी सड़क पार कर वह सड़क के बीचोबीच बने डिवाइडर पर खड़ी हो बाईं ओर के यातायात को घूरने लगी।

यातायात का सिलसिला टूटता नहीं दिखा। पार कर पाने का इस वक्त एक ही उपाय था कि सिग्नल पर 'थाम्बा' (ठहरो) के साथ लाल बत्ती जलती। यातायात रुकता तो गाड़ियों की रफ्तार धीमी पड़ने लगती और फिर ठहर जाती। जेबरा लाइन तक पहुँचकर सड़क पार करने की जहमत कौन उठाए। हालाँकि यह तरीका यातायात नियम के विरुद्ध है। अचानक धाड़ पड़ने पर कई दफे कई लोग नियम तोड़ते पकड़े गए और बाकायदा उन्हें पुलिस चौकी ले जाकर जुर्माना वसूला गया और इस कड़ी चेतावनी के साथ छोड़ा गया कि आइन्दा वे सड़क पार करने के लिए जेबरा लाइन का ही इस्तेमाल करेंगे। उसे इस बात पर हँसी

आती है—कायदे-कानून बना देने मात्र से क्या नागरिकों में जागरूकता पैदा हो जाती है!

वही हुआ। सिग्नल पर लाल बत्ती जलते ही यातायात रुक गया।

पीछे तेजी से बढ़ी चली आ रही गाड़ियाँ चींटियों की रफ्तार में बदलती, ठिठकने लगीं। वह गाड़ियों के बीच से निकलते-बचते, सड़क पार कर फुटपाथ पर आ गई और तेजी से डग भरते हुए वीटी स्टेशन की ओर...चलते हुए अचानक उठी मरोड़ ने उसकी चुस्ती शिथिल कर दी। चलती नहीं, अगल-बगल भागती भीड़ के संग होड़ करती वह रुकी नहीं। मरोड़ ने उसे असमंजस में डाल दिया। पीड़ा पेट में घुमड़ती, कूल्हों की ओर पसरती, थकी जाँघों में टूटन-सी उतरने लगी। चेहरे पर कसैला विषाद खिंच आया—मरोड़ की प्रतिक्रियास्वरूप नहीं, इस आशंका से त्रस्त हो कि कहीं...जाँघों के रगड़ने से रिसता पसीना भी तो हो सकता है! मगर वह इतनी थुलथुल नहीं कि चलते हुए जाँघें रगड़ खाएँ। मरोड़ और कुछ नहीं, उन्हीं संकेतों को पुष्ट कर रही। ईश्वर! वह घबराई। छिः-छिः! क्या तमाशा है यह! कैसी-कैसी इल्लतें लगी हैं उनके पीछे। क्यों हुई वह औरतजात! औरत होना नरक है, नरक! कार्यालय से छूटे, इर्द-गिर्द चलते हुए मर्द थकान के बावजूद कितनी चुस्ती से लबरेज लोकल पकड़ने को आगे बढ़े जा रहे—निश्चिन्त! निर्द्वन्द्व। एक वह आशंकित, सहमी, चौकन्नी, दुःखी, चलती नहीं—लिथड़ती, घिसटती। उसे लगा कि वह फुटपाथ पर नहीं, खेल के मैदान में सम्मिलित दौड़ में शामिल है जिसमें दौड़ते हुए पुरुष हवा में उड़ते हुए नजर आ रहे हैं और सारी-की-सारी दौड़ती औरतें, दौड़ती नहीं, लँगड़ातीं।

कार्यालय में मेज पर सिर गड़ाए, अपने स्तम्भ के प्रूफ देखते हुए वह कुछ अतिरिक्त थकान निरन्तर अनुभव करती रही। सोचने का समय नहीं था। दोपहर में खाना खाने की इच्छा ही नहीं हुई। उस समय लगा कि पेट कुछ भारी है। बदहजमी भी हो सकती है। रात में स्वादिष्ट बने छोले बासी न बचें इस चक्कर में ज्यादा ही खा लिया था। हो सकता है पेट का भारीपन उसी वजह से हो। समस्या यह है कि आशंका सही हो या गलत, उसे समाधान के लिए खुद को देखभाल कर तसल्ली करना बेहद जरूरी है। घर पहुँचते-पहुँचते उसे कम-से-कम डेढ़ घंटा लगेगा। स्टेशन पहुँचने के लिए भी अभी उसे आठ-दस मिनट और चलना होगा। विकल्प दफ्तर ही है। पलटी तो बमुश्किल दो-तीन मिनट लगेंगे।

दफ्तर ही लौटना बेहतर होगा। खतरा मोल नहीं ले सकती। कहीं साड़ी दाग-धब्बों से भर गई तो रास्ता चलना दूभर हो जाएगा। औरतें चाहे भीड़ में चल रही हों या भीड़-भड़क्के से दूर, पुरुष उन्हें घूरने से नहीं चूकते। वैसे भी अधिकांश पुरुष उसे रावण के वंशज प्रतीत होते हैं, जिनकी दस जोड़ी भुजाएँ ही नहीं, दस जोड़ी आँखें भी हैं जो राडार की भाँति स्त्रियों की गतिविधियों को सूँघती, बारीक-से-बारीक हरकत को दर्ज करती रहती हैं। ऐसी स्थिति में किसी ने उसे घूर-भर दिया तो वह लज्जा से गड़ जाएगी। वैसे वह बड़े मस्त भाव की लड़की है मगर अपने प्रति कहीं सतर्क भी। किसी समय उसे अपने ऊपर गड़ी नजरों का अहसास हो जाए, बस एकदम से असहज हो उठती है—हाथ-पाँव ठंडे हो जाने की हद तक।

दफ्तर लौट चले पर अभी अधिकांश लोग दफ्तर से निकल रहे होंगे। उसकी आदत है, पाँच बजने में कुछ मिनट शेष रहते ही वह अपनी मेज सरिया, दराजें बन्द कर उठ देती है। उसे वापस घुसता हुआ देखकर उन्हें अचम्भा होगा। मंशाराम जरूर चौंकेगा। चौंकेगा तो चौंके। लोगों की चिन्ता क्या उसे इस सीमा तक करनी चाहिए? यही सबसे बड़ी कमजोरी रही है उसकी। कुछ हो, न हो, औरों का अच्छा-बुरा लगना पहले सताने लगता है। वैसे चिन्ता निर्मूल नहीं। चिन्ता करने के उसके पास प्रामाणिक आधार हैं। लड़कियों के मामले में उसका कार्यालय कुछ अधिक ही बदनाम है। लड़कियाँ भी कम त्रस्त नहीं। वह स्त्री होने के बावजूद महसूस करती है। कुछ कन्याओं ने पत्रकारिता को बतौर फैशन अपनाया हुआ है और मिजाज निर्धारित किया है—बोल्डनेस। किसी महिला पत्रकार से ही उसकी मुठभेड़ हो जाए और वह अर्थपूर्ण ढंग से जुमला उछाल दे—'भई, सब-एडीटरों को तो ओवरटाइम करना नहीं पड़ता।' तो कोई आश्चर्य नहीं।

भले ही सम्पादकीय विभाग की मानसिकता निहायत बदबूदार है पर जहाँ तक उसके बॉस का सवाल है, अन्य सम्पादकों की अपेक्षा उसकी प्रतिष्ठा काफी उजली-धुली है। वह अँग्रेजी में होती और खुदा-न-खास्ता अखबार में कार्यरत होती तो निस्सन्देह दफ्तर खत्म होने के बाद उसके सम्पादकीय मेज पर बने रहने या वापस लौटने पर दूसरे रोज वह स्वयं सनसनीखेज खबर होती। उसके बॉस पर लड़कियों की अत्यन्त निराशाजनक प्रतिक्रिया है—'ही इज स्मार्ट लल्लू!'

दाना जो नहीं डालता वह इन 'कन्धे उचकाऊ, हाव-भावों से चिकनी-चुपड़ी' छोकरियों को! और तो और, वह अपनी साथिनों को ही नहीं समझ पाती। आखिर वे अपने साथ किस तरह के सुलूक की अपेक्षा करती हैं? जो उन्हें लिफ्ट देता वह 'चालू' है और जो उनके लटकों-झटकों की गिरफ्त में नहीं फँसता वह 'लल्लू'।

'उफ!' विचारों की अनर्गल रस्साकशी से ऊबी वह। उसे तुरन्त फैसला करना है, दफ्तर लौटे या आगे बढ़े। उधेड़बुन में कुछ और आगे निकल आई है। पलटना ही होगा।

मगर यह हो कैसे गया! जहाँ तक उसका अनुमान है, 'तारीख' में अभी समय है। यह भी हो सकता है, इधर कुछ ज्यादा ही व्यस्तता में वह सही तारीख याद रखना भूल गई हो वरना ऐसी असावधानी होती नहीं। समय नजदीक होता है तो वह अपने दफ्तरी तामझाम के साथ-साथ पैड रखना नहीं भूलती।

यह संयोग की ही बात है कि अबकी न उसे तारीख याद रही, न कपिल को ही। वरना वे उसे छिछले परिहास के साथ पहले से ही आगाह कर देते—'भई, अपना लँगोट रख लो, आकांक्षा!'

कपिल के परिहास पर वह अकसर खीज उठती—"इतना गन्दा लफ्ज क्यों इस्तेमाल करते हो! याद दिलाने के लिए तुम्हारे पास यही एक तरीका है?"

"कमाल करती हो तुम भी।" ढीठ मुस्कराहट चेहरे पर लपेटकर वे हँस पड़ते—"एक तो तुम्हें जहमत से बचाता हूँ और तुम...खैर, मैं भी तो सुनूँ कि इसे हिन्दी में क्या कहेंगे?"

"जो भी कहते होंगे, बहरहाल तुम अँग्रेजी का ही शब्द इस्तेमाल किया करो। मुझसे नहीं बरदाश्त होता यह छिछोरपन। पति-पत्नी के बीच क्या कोई भद्रता नहीं बरती जानी चाहिए?"

"पति-पत्नी के बीच।" कपिल गम्भीरता ओढ़ने की असफल चेष्टा करते—"भला पति-पत्नी के दरमियान गन्दा और अश्लील क्या होता है?"

"तुमसे तो बहस करना फिजूल है।" वह निरुपाय-सी हथियार डाल देती।

"चलो, नाराज मत होओ।" वे उसकी तनी हुई भृकुटियों को सहज करने की मंशा से परिहास पर उतर आते—"आज से हम गन्दी बातें नहीं करेंगे, बस, गन्दे काम करेंगे। अब तो कोई एतराज नहीं!"

तुनक फिर भी नथुनों पर तनी रहती—"मुझे क्या, जो जी में आए, जैसे आए, कहा करो।"

वह तुनकना न छोड़ती। कपिल की परिहास-प्रवृत्ति में कोई अन्तर न पड़ता। दो-तीन दिन मुश्किल से बीतते कि वे छेड़-भरे अन्दाज में पूछ बैठते, "अरे भई, तुम्हारी स्वेज कैनाल का क्या हाल है?"

"बुरा।" वह पिछली बातों को आज की मुसीबत से जोड़कर मन-ही-मन बुदबुदाई।

यातायात ने फिर उसे दफ्तर के सामनेवाले फुटपाथ पर अटका दिया। दृष्टि ने दफ्तर के प्रवेश-द्वार को टटोला। अनुमान सही था। लोग विरल भीड़ की शक्ल में बरामदा उतर रहे थे। किसी परिचित से मुठभेड़ हो जाने की आशंका ने उसे फिर असमंजस की स्थिति में ढकेल दिया। उनकी ओर से हुए किसी सवाल का उसके पास जवाब क्या होगा?

"किसी की प्रतीक्षा कर रही हो?"

आखिर वही हुआ जिसका अन्देशा उसे था। आवाज पहचान ली उसने।

बँधी हुई दिनचर्या में आपाद-मस्तक डूबी, महीने में पच्चीस-छब्बीस दिन उसे आभास ही नहीं होता कि वह स्त्री है और उसकी नितान्त भिन्न प्रकृति है और यह कूट-कूटकर स्त्री होने का बोध कराती, वितृष्णा पैदा करता पीड़ा का इंच-इंच कतरता दुष्चक्र! सहिष्णुता को महीने-दर-महीने, साल-दर-साल खनन कर उसे गहरा, चौड़ा, पुख्ता करता; समर्थ बनाता; इतना कि वह घोर-से-घोर कष्ट के संहारक प्रहार को कवच की भाँति झेल जाए। उफ, उसे अपने से घृणा होती है।

एक घिनौना गिजगिजा एहसास अपने में लिथाड़ता, तमाम दर्द निवारक गोलियाँ गटक लेने के बावजूद उसे उस बोध से मुक्त नहीं करता।

तनाव बिच्छू के विष-सा चढ़ने लगा। कला-विभाग का सिराज था। कुछ तो कहना ही होगा। कह बैठी, "मालिनी कुछ भूल गई दराज में, लौटकर लेने गई है।"

समझ में नहीं आया कि सरासर झूठ किसलिए और किस भय से बोल गई? वह भी सिराज से? कह देती कि जरा दफ्तर लौटकर बाथरूम जाना चाहती है। लोकल ट्रेनों में तो बाथरूम होता नहीं। सिराज भला क्या अनर्गल सोच लेता?

पता नहीं मन में क्या आया, सिराज से बोली, "चलिए स्टेशन चलते हैं, मालिनी बहुत वक्त लगा रही है। मेरी लोकल छूट जाएगी, देर हो जाने पर मिनी बड़ा हुड़कती है।"

सिराज साथ-साथ चलने लगा। मिनी के प्रसंग पर उसने दिलचस्पी-भरी उत्सुकता दिखाई, "कितनी बड़ी हो गई है मिनी?"

"बहुत भई, डेढ़ साल पूरे करनेवाली है इसी सात को।"

जवाब दे रही सिराज को मगर दिमाग चल रहा—क्या करेगी अब! एक और तिनका है स्टेशन पर बना महिला प्रतीक्षालय। तसल्ली हुई। वहीं जाकर खुद को देख लेगी। हालाँकि महिला प्रतीक्षालय के नहानघरों और पाखानों की जो दुर्व्यवस्था है, स्मरण मात्र से ही रोंगटे खड़े हो गए। नथुनों में अजीब-सी दुर्गन्ध भर गई—फिनैल-नहाई। मन हुआ कि गन्दगी के स्मरण से जो कसैली मितलाहट मुँह के भीतर पनिया रही है, उसे फुटपाथ पर थूक दे, नहीं तो सिराज से बातें नहीं कर पाएगी। रहा नहीं गया। बेचैन हो फुटपाथ के कोने की ओर बढ़ी और थूककर वापस सिराज के निकट लौट आई—"चलो।"

उसके इस आचरण पर सिराज का विशेष ध्यान नहीं गया। गया भी हो तो वह अपनी सोच में डूबा-सा लगा उसे। सिराज का एक पल के लिए भी प्रतिक्रियाविहीन होना उसके लिए अचरज की बात अवश्य थी। दो खूबियाँ हैं उसकी। चुप वह कभी रह नहीं पाता और अपनी बहक में बोलते हुए कभी, किसी को अच्छा-बुरा लगने की परवाह भी नहीं करता। खैर, चुप ही रहे तो ज्यादा बेहतर है। दफ्तरवालों की मानसिकता से वह बड़ा ऊबती है। वे चाहे दुनिया के किसी कोने में मिल जाएँ, और चाहे जिस विषय से बातचीत आरम्भ करें, घूम-फिरकर सूई वहीं अटक जाती—'अबकी बोनस कितने प्रतिशत मिल रहा? पालेकर अवार्ड का फैसला हो ही नहीं रहा। हो गया तो समझो लॉटरी खुल गई। नयों को कितना फायदा होगा...पुरानों को कितनी रकम एकमुश्त मिलेगी... कौन-सी लड़की किससे 'फ्लर्ट' कर रही है...फलाने सम्पादक ने तो हद ही कर रखी है, सरेआम केबिन का दरवाजा बन्द कर लेता है। ऐन मौके पर अचानक कोई मिलने पहुँच जाए तो पी.ए थपलियाल केबिन के बाहर से ही उसे टरका देता, 'सा'ब जरूरी कामों में बिजी हैं—पिच्छू आव..."

आखिर अपनी तर्ज में सिराज का मुँह खुला।

"कल तुम्हारे विभाग में काफी हंगामा हुआ?"

"उतर आए न रंडी रोने पर।"—चिढ़कर वह आहिस्ता से अपने भीतर खुसखुसाई मगर प्रत्यक्ष में विस्मित होती-सी बोली, "हंगामा?"

"क्यों...कल दफ्तर नहीं आईं तुम?"

"आई...ओह! तुम्हारा मतलब है नलिनीवाला प्रसंग?" उसने जान-बूझकर याद न आने का नाटक किया जैसे कल वाली घटना उसके लिए विशेष महत्त्वपूर्ण न हो।

सिराज को अपनी बात का इस हद तक सामान्य लेना कुछ अखरा—"कल पूरे दफ्तर में सनसनी थी।"

"दफ्तर में सनसनी का तो यह आलम है कि लोगों की छींक से भी पैदा हो जाती है।" एकाएक उसे अहसास हुआ, वह सिराज से रूखी हो रही है। फौरन उदार हुई। स्वर को यथासम्भव अपनत्वपूर्ण बनाया—"देखो सिराज, हंगामा कैसा! नलिनी और बत्तरा में जरा जमकर तनातनी हो गई।" फिर अपनी ही प्रतिक्रिया, 'जरा और जमकर' को स्पष्ट किया—"ऐसे मनमुटाव तो अकसर हर विभाग में होते रहते हैं और कारण होते हैं व्यक्तिगत आक्षेप। तुम्हारे कला-विभाग में भी ऐसी घटिया हरकतें करनेवालों की कमी नहीं। बत्तरा ने उसे नीचा दिखाने की कोशिश की। तुम शायद जानते हो या न भी जानते होओ, नलिनी को छिछोरापन बरदाश्त नहीं। फिर लोगों को क्या पड़ी उसे कुरेदने की? जिन बातों से उसे चिढ़ है, जिनका जिक्र तक उसे बरदाश्त नहीं, उस दुखती रग पर उँगली रखने का अर्थ?"

"देखो, आकांक्षा!" सिराज ने बगैर किसी उत्तेजना के उसे टोका, "नलिनी को कुछ भी हो, इतना आक्रामक रुख नहीं अपनाना चाहिए था। मुँह से तकरार हो रही थी, हो रही थी, बत्तरा पर हाथ उठाने की क्या जरूरत थी? यही दिखाने के लिए न, मैं ईंट का जवाब पत्थर से दे सकती हूँ? दफ्तर की भी मर्यादा है।"

वह तनिक उत्तेजित हो उठी—"माना, दफ्तर को अखाड़ा नहीं बनाना चाहिए पर किसी लड़की पर समलैंगिक होने का लाँछन लगाया जाए और कहा जाए कि आपके पति आपसे तलाक लेने की ये ही वजह बतलाते फिर रहे हैं

तो...मैं तो कहती हूँ, नलिनी की जगह अगर कोई दूसरी लड़की होती तो मात्र एक थप्पड़ से ही अपने अपमान का बदला न लेती, सीधा सैंडिल उतारकर जुट जाती...सिराज! साथ काम करनेवाली औरत के लिए यह हक आपको कहाँ से मिल जाता है कि आप कुछ सुनी-सुनाई बातों के आधार पर उनकी निजता को सरेआम उछालें? और मान लो, इसमें सच्चाई भी हो तो उसे सबके सामने उजागर करने से आपका मन्तव्य? अच्छा ही किया उसने, औरों के लिए सबक हो गया।"

सिराज को निराशा हुई। गरमागरम बहस में फँसने की उसकी कतई इच्छा नहीं थी। आकांक्षा का इस हद तक आक्रोशित हो उठना भी उसके लिए अप्रत्याशित था। उसे लगा था कि आकांक्षा जरूर कल वाली घटना पर कोई मसालेदार टिप्पणी व्यक्त करेगी जो अधिकतर महिलाओं की कमजोरी होती है। वैसे वे चाहे आपस में कितनी ही गहरी दोस्त क्यों न हों पर टीका-टिप्पणी का सुअवसर हाथ लगते ही उनके अपने ईर्ष्या-द्वेष प्रतिद्वन्द्विता में उतर आते हैं।

आकांक्षा ने अब तक अपने को संयत कर लिया। सिराज की चुप्पी खली। सोचा कि औरों के लफड़ों में पड़कर उन्हें आपसी सम्बन्धों को कलहपूर्ण नहीं बनाना चाहिए।

"चलो छोड़ो...बताओ, तुम अपने चित्रों की प्रदर्शनी कब कर रहे?"

"मुझे यह भी नहीं पता था कि वह तलाकशुदा है।" सिराज अभी उसी प्रकरण में फँसा हुआ था। चित्रों की प्रदर्शनीवाली जिज्ञासा पर उसका ध्यान ही नहीं गया।

उसने महसूस किया। इस वक्त सिराज का पूरा-का-पूरा ध्यान इस ओर लगा हुआ है कि इन बातों से उसके मन में सिराज के प्रति धारणा न बिगड़ जाए। वह उसे घटिया न शुमार करने लगे। सिराज की बरसों पुरानी आदत है। उसके द्वारा झिड़क दिए जाने या फटकार दिए जाने को वह बड़ी अहमियत देता और अपने समझदार, शालीन और अलहदा होने के पक्ष में बतौर सफाई दलीलें प्रस्तुत करने लगता। वह समझती है, उसके प्रति बरसों पुराना सिराज का आकर्षण अभी भी जिन्दा है। जिस साथ उठने-बैठने को वह कार्यालयी मित्रता की व्यावहारिकता के रूप में लेती रही, सिराज के लिए 'मुहब्बत और जिन्दगी' जैसे मायनों से खुनकदार हो उठे थे।

अपने प्रति उनकी गलतफहमी तोड़ने के बावजूद सिराज को वह अब भी मोहाविष्ट पाती है।

पिछले दिनों नलिनी ने उससे सिराज की शिकायत की थी, यह सिराज क्या चीज है, भई? तुम्हारा काम तो फटाफट कर देता है, मुझसे क्या खुन्नस है भाई को? मामूली-मामूली-सी साज-सज्जा के लिए भी परेशान करता है।"

प्रतिक्रिया में वह मात्र मुस्कराकर रह गई थी। नलिनी जो एक बार शुरू हुई तो बन्द होने से रही—"ऐसे-ऐसे ऊदबिलाव पल रहे हैं इस दफ्तर में जिन्हें काम-धाम से कोई मतलब नहीं। बस जी-हुजूरी खाने की आदत पड़ गई उन्हें। अपन तो आकांक्षा, बड़े अनफिट हैं इस म्यूजियम में...पापी पेट का सवाल है जी वरना कब की राम-राम कर लेते।" हाथ जोड़ दिए नलिनी ने।

दफ्तर में दूसरा या तीसरा दिन था नलिनी का। ठीक से याद नहीं। पर उसकी वह धाकड़ मुद्रा याद है अब तक—"मैं उस मेज पर नहीं, तुम्हारी मेज पर तुम्हारे सामने ही बैठूँगी।" कहकर वह जैसी आत्मविश्वासी मुस्कराहट में मुस्कराई थी, वह उसके बेबाकपने पर रीझ उठी थी—"शौक से!"

"कश्यप राजी है कि आप..." उसने संकोच से भरकर कहा था।

नलिनी के बैठने की व्यवस्था कश्यप की मेज पर की गई थी।

"वे कौन हैं? हमने बॉस से कह दिया...काम समझने में मैं समझदार व्यक्ति की सहायता लेना चाहती हूँ।"

"धन्यवाद!" अपनी प्रशंसा ने उसे मुदित किया था।

उसके तराशे हुए दबंग व्यक्तित्व पर वह मोहित हो उठी थी। विभाग में महिलाएँ बहुत थीं मगर उनमें से कोई भी उसे ऐसी नहीं लगी जिनसे बराबरी के स्तर पर मिला जा सके। थोड़ी ही देर में अनुमान हो गया कि नलिनी की धारणा पुरुष सहकर्मियों के प्रति रुक्ष ही नहीं, कुंठा की हद तक दुराग्रही है। कारण उसे मात्र यही लगा—उसका कड़ुवाहट-भरा अतीत!

उसे याद है, आए दिन नलिनी के विरुद्ध होनेवाली टीका-टिप्पणी और उन्हें बॉस तक पहुँचाने की घटिया प्रवृत्तियों से ऊबकर उसने उसे समझाना चाहा था—"वरिष्ठों को महत्त्व दिए बिना तुम न सहजता से विभाग में काम कर सकती हो, न तुम्हें इसकी सहूलियत ही दी जाएगी। स्वयं को थोड़ा-सा व्यवस्थित कर

लो। दफ्तर तो दफ्तर ही है, फिर कोई तुम्हारी धौंस में आए ही क्यों? या कायदे से, तुम उन पर अपने को थोपो ही क्यों?"

वह एकाएक आवेशमय हो उठी थी और इतने तेज-तेज स्वर में बोलने लगी थी कि पूरे विभाग के कान खड़े हो गए, "मुझे दफ्तर में किस तरह से रहना चाहिए, यह तुमसे नहीं सीखना होगा। नौकरी मैं पहली दफे नहीं कर रही।"

उसने खिसियाकर मेज पर फैले हुए कागजों के ढेर में चेहरा गड़ा लिया और अपनी आहत मन:स्थिति को व्यस्तता में डुबो लेने की कोशिश की। मगर अपने से कहीं ज्यादा दु:ख उसे नलिनी की आँखों के कोरों पर सहसा तैर आए जलकणों को देखकर हुआ।

"आई एम ए साइकिक केस...प्लीज! मेरी बातों को अन्यथा न लेना, आकांक्षा!" उसने कागजों के ऊपर रखे उसके हाथ पर अपनी हथेली रख दी थी।

प्लेटफॉर्म के सीढ़ीदार बरामदे पर पाँव रखते ही वह प्लेटफॉर्म की ओर पीठ करके खड़ी हो गई, "चलती हूँ।"

"अच्छा!"

सिराज ने संक्षिप्त प्रत्युत्तर दिया और आगे बढ़ गया। वह उसके आगे बढ़ते ही उसकी ओर मुड़कर खड़ी हो गई। आश्वस्त-सी कि सिराज उसकी पिछाड़ अब किसी हालत में नहीं देख सकेगा, पलटकर उसे देखे तब भी। अपने लम्बे पल्लू से उसने अपनी पीठ को सावधानीपूर्वक आवृत्त कर लिया, इस तरह से कि पीठ के नीचे का हिस्सा भी ढका रहे।

प्लेटफॉर्म पर पहुँचकर आदतन दृष्टि सूचनापट्ट की ओर उठ गई। अपनी गाड़ी लगी देखकर वह गाड़ी पकड़ने का मोह त्याग नहीं पाई। मिनी का खयाल प्रबल हो आया। उसके देरी से पहुँचने पर कैसे जार-जार रोती है। महिला प्रतीक्षालय के पाखाने की दुर्गन्ध ने भी उसके मन को हुसका दिया। फिर इस भीड़-भड़क्के में भला कौन किसको देखता है? वह नाहक तिल को ताड़ बनाकर चिन्तित हो रही है। ठीक छ: बजे उसे 'शिशु विकास केन्द्र' से मिनी को ले लेना होता है। इस लोकल के छूट जाने से वह सम्भव नहीं होगा।

दफ्तर में अगर जरा-सी भी इस इल्लत का पूर्वाभास हो जाता तो वह तत्काल कपिल को उनके कार्यालय फोन कर देती कि वह कुछ कारणवश सीधी

घर पहुँचेगी इसलिए कपिल कार्यालय से जरा जल्दी निकलें और 'शिशु विकास केन्द्र' ठीक समय पर पहुँचकर मिनी को घर ले आएँ। अब...अजीब असहाय स्थिति में फँस गई। दूसरे दरजे के महिलाओं वाले डिब्बे में फुरती से दाखिल होते हुए अनायास बायाँ हाथ पीछे पहुँचकर कमर के निचले हिस्से को मुस्तैदी से टटोल आया। कहीं कोई...

बैठने के लिए सीट मिल गई उसे। तीन स्टेशन भी पार नहीं हुए थे कि उसे अपने नीचे किसी तरलता के अहसास ने कुछ अनमना कर दिया। "उफ! दिमाग पर हथौड़े-से लगे।"

"क्षमा कीजिए।" अपनी सीट पर से वह एकाएक उठ खड़ी हुई। उसने अपनी पड़ोसन महिला से झिझकते हुए फुसफुसाकर पूछा, "देखिए, जरा कहीं मेरी साड़ी तो नहीं भर गई!"

उसकी बात सुनकर महिला चौंकी किन्तु अगले ही पल उसका आशय भाँपकर मुस्कराई। दूसरों की पकड़ में न आए इस सतर्कता से निरीक्षण किया उन्होंने, फिर उसे बैठ जाने का संकेत कर, झुककर उसके कानों में फुसफुसायी, "हल्का-सा स्पॉट है।"

उच्छ्वास निकल गया मुँह से। जिसका भय था आखिरकार वही हुआ।

"कहाँ जाएँगी?" महिला का स्वर सहानुभूति से भर आया।

"सान्ताक्रूज।"

"उतरकर टैक्सी पकड़ लें...स्टेशन से घर दूर है?"

"जुहू चर्च के पास।"

महिला बातें करने के मूड में लगी। उसे इस पूछताछ से ऊब हो आई। उसने बैग से पत्रिका निकाल ली। पढ़ने का उपक्रम करने लगी। हालाँकि पढ़ने का मन कतई नहीं हो रहा था पर फिजूल की बातों से बचने का अन्य कोई उपाय भी नहीं। मन-ही-मन समय का हिसाब-किताब लगाने लगी। तकरीबन पैंतीस मिनट उसे बान्द्रा पहुँचने में लगेंगे। बान्द्रा से ट्रेन बदलने और सान्ताक्रूज पहुँचने में लगभग पाँच मिनट और। इतनी देर में निस्सन्देह उसकी हालत खराब हो जाएगी। वैसे स्टेशन से लगा हुआ ही जुहूवाला बस स्टॉप है पर आज...आज तो इस स्थिति में बस स्टॉप पर खड़े रहना उसे खासी नुमाइश बना देगा।

पड़ोसन यात्री का सुझाव दुरुस्त है। खैर, अगर वह सुझाव न भी देती तब भी वह ऐसी हालत में टैक्सी ही पकड़ती। आठ-दस रुपयों का सत्यानाश करने की हैसियत तो रखती ही है। दरअसल मेहनत से कमाए गए रुपयों का इस तरह जाया होना उसे तर्कसंगत नहीं लगता। जहाँ बस द्वारा बीस पैसों से काम निकलता हो, वहाँ आठ-दस रुपये निकाला जाना अखरेगा ही। कपिल ऐसे मौकों पर उससे पूरी तरह से असहमत होते हैं। उन्हें लगता है, मुसीबत में फँस जाने पर जो पैसा खर्च होता है, वह जाया होना नहीं, पैसों का सदुपयोग है।

उसने पैसा-पुराण को दिमाग से झटका और सोचने लगी कि इस इल्लत को लिए हुए ही वह "शिशु विकास केन्द्र" जाकर मिनी को ले ले या पहले सीधे घर निकल जाए? उचित यही लगा कि घर पहुँचकर पहले नहा-धो ले, तब मिनी को लेने "शिशु विकास केन्द्र" जाए। ऐसे कुछ नहीं होने का उससे।

अगर सीधे ही घर निकल जाती है तो निश्चय ही 'शिशु विकास केन्द्र' पहुँचने में कम-से-कम आधा घंटा लेट हो जाएगी। छ: से सवा छ: होते ही मिसेज हबेवाला की त्यौरियाँ आसमान छूने लगेंगी।

'अपने को पनगिरस्ती करने कूँ होता...तुम लोग सोच के रक्खेगा कि अपना बच्चा है, मजा में हय, अऊर जबी मरजी आएगा तबी लेकर आने में वांदा नईं। पिच्छू सोचो, अमेरा क्या हालत होएगा! तुमेरा सरका दो-चार मदर लोग ऐइसाच करेगा न तो अपना तो भट्ठा बइठ जाएगा! अबी कइसा बोलना, ये जो आया लोग है ना, बोत हरामी है। दस मिनट पन ऊपर रुकने को बोलेगा न तो सिद्धा ओवरटैम माँगते...क्या करने का, अबी बोलो?'

खैर, मिसेज हबेवाला के गुस्से को तो छोड़ो, मिनी क्या कम संवेदनशील है! पिछले दिनों की ही घटना है। वडाला के आसपास लोकल दुर्घटना की वजह से हारबर ब्रांच की लगातार तीन-चार लोकलें रद्द हो गईं। निरुपाय उसने चर्चगेट पहुँचकर लोकल पकड़ी। सारी हबड़ा-तबड़ी के बावजूद मिनी के पास वह घंटे-भर देरी से पहुँची। जैसे ही उसने 'शिशु विकास केन्द्र' वाली इमारत की पहली सीढ़ी पर पाँव रखा, मिनी की किकियाती चीखें सुनकर उसका दिल दहल गया।

"ये ढेड़ साल का छोकरी तुमेरा आने का टेम बोत पेचानती, सामसेच बोमा-बोम करके रखी है...नईं आया मँगता, नईं मैं..." हबेवाला ने तौबा करनेवाले अन्दाज में कानों को हाथ लगाया।

मिनी उसे देखते ही कैसी छाती से चिपक गई थी!

मिनी सचमुच उसकी प्रतीक्षा करती रहती है। दफ्तर से छूटकर वह मिनी के पास भागी-भागी जैसे ही पहुँचती है, खिलौनों के ढेर को नकारकर, डगडग करती भागती है उसकी ओर। फिर लाख मिसेज हबेवाला उसे अपनी गोदी में आने के लिए फुसलाएँ, तरह-तरह के प्रलोभन दें मगर वह जो गलबहियाँ डालकर उससे चिपटती है, हरगिज नहीं पलटती। जैसे आशंकित हो कि एक क्षण के लिए भी वह पलटी तो कहीं मम्मी उसे दोबारा हबेवाला की गोद में टिकाकर न चल दें। अबोध बच्ची की समझदारी पर दोनों पति-पत्नी चकित हो उठते। उनकी मजबूरी का अहसास कहीं उसके नन्हे मन को भी है, तभी, सुबह वह शाम से बिलकुल विपरीत मिनी होता है।

वह और कपिल दफ्तर के लिए निकलते समय मिनी को उसके तामझाम सहित 'शिशु विकास केन्द्र' पहुँचाने जाते। मिनी बिना किसी हील-हुज्जत के हबेवाला की गोद में उतर जाती। उनके आग्रह पर उसे और कपिल को कई पप्पियाँ देती। मिसेज हबेवाला उनके नीचे उतरते ही उसे बालकनी में ले आतीं। वे नीचे ठमककर ऊपर देखते-सुनते हैं। मिसेज हबेवाला प्रशिक्षणी अन्दाज में कहतीं, 'ममा-पापा को एक फ्लाइंग किस तो दो, मिनी!' फौरन चाभीवाली गुड़िया-सी मिनी अपनी गुलाब की पंखुड़ी-सी हथेली सीप-से होंठों से छुआकर हौले-से उनकी ओर उछाल देती।

कपिल के डग भारी हो उठते—"छोड़ो भी यह नौकरी-फौकरी का चक्कर, घर बैठो, जैसे भी चलेगा, चलाएँगे, सच! इस गुड़िया को यूँ छोड़कर जाना अखरता है।"

वह कोई प्रतिक्रिया व्यक्त नहीं करती। कहे भी क्या? भावुकता बड़ी दयनीय होती है, सच्चाई तंगदिल। यही सोचकर चुप्पी साधे रहती है।

घर के सामने टैक्सी से उतरते ही उसने सोचा, नहाते-धोते अगर कपिल आ गए तो फौरन उन्हें ही 'शिशु विकास केन्द्र' मिनी को लिवाने दौड़ा देगी। जितना परेशान वह पूरे रास्ते आन पड़ी इस मुसीबत को लेकर थी, उससे कहीं ज्यादा

उद्वेलित हो उठी मिनी के समय पर न पहुँच पाने की प्रतिक्रियास्वरूप पैदा होनेवाली हुड़कन को लेकर। व्यवस्थित होकर घर से निकलने तक कपिल घर नहीं पहुँचे। आमतौर पर वे साढ़े सात से पहले कभी घर नहीं पहुँचते।

खाली टैक्सी पर दृष्टि पड़ते ही हाथ दिखाकर टैक्सी रोक ली उसने। पैदल भी जा सकती है। मुश्किल से पाँच-छ: मिनट का पैदल रास्ता है 'शिशु विकास केन्द्र' का। मगर देर-में-देर करने से क्या फायदा?

टैक्सीवाले से उसे बीस पैसे वापस लेने थे। न उसके पास छुट्टे थे, न अपने पास। कोई दूसरा समय होता तो वह आसपास की दुकानों से छुट्टा करवाकर ही उसे पैसे देती। बीस पैसे कम नहीं होते। एक तरफ का बस का किराया निकल आता है।

पहली सीढ़ी पर पाँव रखते ही उसने ठमककर आसपास तैर रही ध्वनियों को टोहा। मिनी के रुदन का कोई कतरा उस तक नहीं पहुँचा। लेकिन धीरज था कि वह उससे छूटकर पसीज रही हथेलियों में बर्फ-सा पिघल रहा था।

उसने तीन-तीन सीढ़ियाँ एक साथ फलाँगीं और दुमंजिला इमारत में लिफ्ट न होने की कमी को कोसा। अपनी शारीरिक अवस्था पर भी खयाल अटका कि ऐसी नाजुक स्थिति में उसे एक साथ इतनी सीढ़ियाँ नहीं फलाँगनी चाहिए। बैठे-बिठाए किसी और संकट में भी फँस सकती है वह!

दरवाजे पर पहुँच कॉलबेल पर लगातार अँगूठा दबाए रही। अपनी अधीरता का आभास उसे स्वयं हुआ। प्रत्युत्तर में हबेवाला का अत्यन्त खीझ-भरा स्वर दरवाजे की आड़ को चीरता उस तक दौड़ा आया, "अरे बाबा, कोन हय! काय के वास्ते इतना धाँधली? दरवाजा तो खुलेगाज न, पन बेल जलेगा कि नईं?"

वह बगैर उनसे मुखातिब हुए बच्चोंवाले हॉल की ओर बेतहाशा लपकी। उसे आशंका ही नहीं विश्वास था कि उसकी प्रतीक्षा में रो-रोकर बेहाल हुई मिनी हबेवाला की गोद में मिलेगी और त्रस्त मिसेज हबेवाला का पारा सातवें आसमान पर होगा। अवश्य ही वे उसे आखिरी नोटिस थमा देंगी—"कल से अपना बच्चा का कोई दूसरा प्रबन्ध करो, हम बच्चा सँभालने का जिम्मेदारी लिया है...माँ-बाप को सँभालने का नईं।"

न मिसेज हबेवाला त्यौरियाँ चढ़ाए हुए मिलीं, न उन्होंने उससे अन्यथा कहा-सुना।

हॉल का परदा हटाते ही वह भीतर के दृश्य को अवाक देखती रह गई। खिलौनों के ढेर से घिरी मिनी खेलने में व्यस्त थी। उसके पास बैठी थी मिसेज हबेवाला की बड़ी लड़की ग्रेस, किसी पत्रिका में डूबी हुई। उससे रहा नहीं गया। अपराध-बोध और खिसियाहट में मिले-जुले भाव से आक्रान्त हो उसने पुकारा, "मिनीऽऽ..."

मिनी ने खिलौनों के ढेर से सिर उठाया। विहँसते हुए उसे देखा। फिर अपनी नन्हीं हथेलियों में दबे रबड़ के कुत्ते को उसकी ओर उठाकर, उसका पेट दबाकर, अपनी छोटी-सी आवारी थूथन-सी गोल बना तुतलाई, "बोब्बोऽऽऽ ...बोब्बो..."

(1984)

अपनी वापसी

वह जाग गई। किचन से रिन्नी के जोर-जोर से बोलने का हठीला स्वर धड़ल्ले से उसके कमरे में घुसा चला आ रहा। वह शायद मैगी से उलझ रही। रोज सुबह यही हड़बोंग होती। चारों ओर से मैगी की पुकार मचती। तीनों बच्चे एक साथ उठते—किसी को हल्की चाय चाहिए। किसी को ब्लैक कॉफी। किसी को बाथरूम में गीजर से गरम पानी। उसकी समझ में नहीं आता कि बच्चे देर से क्यों उठते हैं और एक साथ उठकर कटियाजुद्ध मचाते हैं! कई दफे वह धैर्य से उन्हें समझा चुकी, चेतावनी दे चुकी कि वे रात में देर से सोने की आदत छोड़ें ताकि सुबह उनकी नींद समय पर खुल सके और वे अपने-अपने कार्यक्रमों के मुताबिक इत्मीनान से तैयार हो सकें। मैगी कोई 'छूमन्तर' नहीं! अकेली जान, क्या-क्या करेगी? कहाँ-कहाँ दौड़ेगी? हालाँकि दीनू भी घर के कामों में मैगी का हाथ बँटाता है पर साहब के घर छोड़ने से पहले नहीं। साहब के उठने से पहले वह उनकी गाड़ी से लेकर जूते तक चमका डालता। फिर उनकी बेड टी तैयार करता और ट्रे लिए उनके कमरे में झाँक लेता कि मेम सा'ब उठ गईं या नहीं? वह जग गई होतीं तो उसे इत्तिला दे देता कि सा'ब उठ गए हैं! यानी कि चाय तैयार है और अगर उसे हरीश के साथ चाय पीनी है तो फौरन उठकर उनके शयनकक्ष में आ जाए...

हाँ, उन सबके पास अपने अलग-अलग कमरे हैं। यह उसका सपना हुआ करता था जब उसके पास मात्र एक फ्लैट था। पड़ोस के अडवानी दम्पति ने जब लन्दन जाकर अपने बहू-बेटे के पास जीवन के शेष दिन बिताने का

फैसला किया तो उसने हरीश को उनका फ्लैट खरीद लेने का सुझाव दिया। हरीश को उसकी दूरदर्शिता भा गई, घर बड़ा हो गया, पूरे फ्लोर तक फैलकर। उसे क्या पता था कि अलग-अलग कमरे पाकर एक ही घर में कई-कई घर उग आएँगे।

रिन्नी का स्वर शान्त हुआ। धमक-भरी पदचाप उसके कमरे के करीब से गुजरी, यानी वह अपने कमरे में गई।

रिन्नी उसकी मँझली सन्तान है।

बीसवें वसन्त में कदम रखती अल्हड़, अलमस्त नवयुवती। कभी रिन्नी पर उसकी नजर टिकती है तो उसके तराशे नयन-नक्श के चुम्बकीय आकर्षण में बँध वह ठगी-सी खड़ी रह जाती है। अजीब-सा सम्मोहन है उसके व्यक्तित्व में। उसके रेशम-से बालों में और बालों में रह-रहकर उँगलियाँ फिराने के उसके अनोखे अन्दाज में...हैरत होती है! इतने खूबसूरत बाल न उसके रहे हैं, न हरीश के, न मायके-ससुरालवालों में से ही किसी के। उसे लगता है, रिन्नी के आज टॉप मॉडल होने का सबसे बड़ा राज उसके रेशम-से मुलायम, काले, लम्बे और घने बाल ही हैं (उसके स्पेशल शैम्पू की मॉडलिंग की कमेंट्री)।

रिन्नी को अपने व्यक्तित्व गठन और व्यक्तित्व की प्रतिष्ठा पर गर्व है। 'इस वक्त मैं सबसे महँगी मॉडल हूँ...' गर्वोक्ति सुनकर अन्यमनस्कता हो आती है—अपनी बोली लगाने जैसी, कुछ छिछली-सी मनोवृत्ति! जिसे आज का युवावर्ग प्रतिष्ठा के प्रतिमान के रूप में तमगों-सा लटकाए, अपनी श्रेष्ठता-अश्रेष्ठता में जीता, उसी से औरों को प्रभावित और आतंकित करने की चेष्टा में रत है।

विचित्र लगता है उसे। हरीश को ऐसा नहीं लगता। वे रिन्नी की बढ़ती हुई माँग और शोहरत से गर्वोन्नत हो उठते हैं। अच्छी कम्पनी का विज्ञापन पाने पर उसे बधाई देते हैं। उसकी पीठ ठोंकते हैं और उसके अधिक सुनहरे भविष्य की कामना करते हैं। उसे प्रेरित करते हैं कि वह फिल्मों को अपना कैरियर क्यों नहीं बनाती जहाँ उसकी प्रतिभा के लिए अधिक बड़ा मंच है।

ऐसी बातों पर उसके आपत्ति प्रकट करने पर वे झिड़क देते, "किस जमाने की बातें कर रही हो? अपने जमाने में तुम्हारा कॉलेज जाना क्या सबसे बड़ा दुस्साहसी कदम नहीं था?"

हरीश ही क्यों, पूरा घर उसकी इन प्रतिक्रियाओं पर मिल-जुलकर उसका उपहास उड़ाता। हरीश का तकियाकलाम बन गया है, "तुम रही वही-की-वही आटे-बाटे वाली!" (सुल्तानपुर)।

हरीश की देखा-देखी बच्चों ने भी फिरकी लेनी शुरू कर दी। जी दुःख जाता उसका। तिस पर उससे अपेक्षा की जाती कि वह मजाक को मखौल के तौर पर न ले। बच्चे बड़े हो गए हैं। उनसे बराबरी पर मिले, बोले, बैठे, बतियाये। हँह! हरीश की भाँति उनकी उलटी-सीधी में हाँ-में-हाँ मिलाती, "हीं-हीं' 'हीं-हीं' करती बड़े-छोटे का लिहाज बगल कर दे? क्यों अपसंस्कृति के खतरे हरीश को नजर नहीं आते?

इस उम्र में उन्हें चाहिए कि वे उनका खयाल करें, लिहाज करें, न कि वह...

"मैगी?"

मैगी लगभग दौड़ती हुई कमरे में दाखिल हुई। शायद उसकी आवाज की कर्कशता से मैगी घबरा गई क्योंकि उसके कुछ कहने से पूर्व ही वह रटे हुए तोते-सी बोलने लगी कि दीनू अभी-अभी उनके कमरे में झाँककर गया है और उन्हें सोता हुआ पाकर उसने जगाया नहीं। सा'ब, गए, उठो मेम सा'ब!

मैगी ने ठीक कर्तव्य याद दिलाने जैसी तत्परता दिखलाई। यानी कि उसकी दिनचर्या शुरू।

उसे फौरन हरीश के पास चाय पीने पहुँच जाना चाहिए। हरीश के पास समय का घोर अभाव है। अगर वह इसी समय उनके पास नहीं पहुँची तो हो सकता है, आज पति से मिलने का अवसर चूक जाए। हरीश अकसर देर से आते हैं और उसके पास जागने और उनकी प्रतीक्षा करने का कोई कारण नहीं होता! वे प्राय: जरूरी मीटिंगों से घिरे रहते हैं और वे सभी मीटिंगें आधी रात से पहले सोने नहीं जातीं।

"पहले पानी ले आओ।" जवाब की प्रतीक्षा में खड़ी, टकटकी लगाए ताकती मैगी से उसने कहा तो वह अबूझ-सी खड़ी, जगह से हिली ही नहीं।

"हफ्ते-भर से ताँबे के लोटे में पानी भरकर रख रही हो न?"

"जी!"

"रखा है तो ले आओ।"

"जी, बेड टी नहीं लेगा?"

"पहले पानी पिऊँगी, कितनी बार समझाया।"

कुतूहल समेटे मैगी पानी लेने चली गई। उसका कुतूहल स्वाभाविक है। नियम दो ही स्थितियों में टूटता—या तो सा'ब' शहर से बाहर हों या वह अस्वस्थ हो।

हफ्ते-भर पहले की बात है। मेजर घर आए। हरीश के पुराने दोस्तों में से हैं। सेना में होने की वजह से उनके अकसर तबादले होते रहे। अब की बार आठ साल बाद पुन: उन्हें बम्बई स्टेशन मिला। मेजर के शहर में होने की खबर से उसे बेइन्तहा खुशी हुई।

आते ही वही चिर-परिचित परिहास-भरी चुटकी—"बिना सूचना दिये आया, तुमसे अकेले ही मिलना चाहा था। सोचा, अगर तुम्हें फोन कर दूँगा तो तुम उस उल्लू के पट्ठे को भी खबर कर दोगी और काम-धाम छोड़कर मूसलचन्द साक्षात हमारे बीच होगा। बाय दि वे, खलनायक है कहाँ?"

वह प्रतिक्रिया में हँसी से दोहरी होने लगी।

"ठीक किया ना?"

"आप भी..." वह आगे कुछ नहीं बोल पाई, हँसी थम ही नहीं पा रही थी।

"शकुन! तुम बिलकुल नहीं बदलीं? इतनी उन्मुक्त हँसी मुझे किसी स्टेशन पर नहीं मिली! अलबत्ता अरुणाचल में एक लड़की जरूर मिली मगर उसके मसूढ़े नजर आने लगते थे।"

सुनकर षोडशी-सी वह लजाई। और अपने ऊपर चौंकी—वह अब भी लजा सकती है? उसे स्वयं पर अचरज हुआ; जबकि उसे यही सोच चाटता रहता कि वह पैंतालीस की हो रही। प्रौढ़ा, बुढ़ापे की ओर बढ़ती, श्रीहीन। मन से, शरीर से, बालों में सघनाती सफेदी जिसे रंगने की इच्छा होते हुए भी वह 'क्या करना है? किसे दिखाना?' सोचकर टाल जाती। चेहरे की मालिश करेगी, यह निश्चय करके भी वह फिर उसी विरक्ति में डूब जाती—"अब किसे उसमें दिलचस्पी होगी? किसे परवाह?"

“ओह, तुम्हारे शरमाने का अन्दाज भी नहीं बदला।” मेजर ने काई की सतह को खलबलाकर हटा दिया। मैले पानी का कुछ तो चेहरा निकला। हाथ डालकर तलछट के खर-पतवार बीन क्यों नहीं लेती!

“जानती हो शकुन! बरसों बाद, अचानक हम किसी का ज्यों-का-त्यों पाकर खुद भी पिछले वक्त में लौट जाते हैं।”

वे पिछले वक्त में लौट पड़े—अपनी कॉलेज के दिनों की बातें, परिवार की बातें, मेजर के अनुभव, जिन्दगी और सोच का आधुनिक रवैया, वर्तमान समाज और उसकी अस्वस्थता...

स्वास्थ्य की उपेक्षा पर मेजर बनावटी रोष के साथ उसे लम्बा-चौड़ा भाषण पिलाने लगे—“हमारा सबसे बड़ा दोष है कि हम शरीर से कोल्हू के बैल की तरह काम लेते हैं। उसकी देखरेख के लिए पूरे दिन में पाँच मिनट भी खर्च नहीं करते। अपने लिए, सिर्फ अपने लिए तुम आधा घंटा निकालो। तुम ऐलोपैथिक दवाइयाँ खाना बन्द तो करो, इनके दुष्प्रभाव बड़े बेढब होते हैं। देखो शकुन, सारी बीमारियों की जड़ पेट है। तुम सबसे पहले बासी मुँह ताँबे के लोटे में पानी पियो, प्रेशर आ जाए तो ब्रश-व्रश से निबटकर हल्का-सा व्यायाम करो, योग का एकाध आसन या सबसे आसान तरीका है सुबह की नियमित सैर। कुछ ही दिनों में देखना, तुम्हारी खोपड़ी और घुटनों का दर्द फौरन उड़नछू हो जाएगा। सोकर कितने बजे उठती हो? नहीं-नहीं, सूरज को उठकर दर्शन दो, शकुन!”

सूरज को देखे हुए कितने महीने, सालों हो रहे! उगता हुआ, डूबता हुआ सूरज देखने तो वे दार्जिलिंग या कन्याकुमारी जाते हैं! निश्चय कर लिया कि वह आहिस्ता-आहिस्ता अपने-आपको नियमों में बाँधेगी—मुक्त होने के लिए। ठीक ही कहते हैं मेजर—‘अपने अभिभावक स्वयं बनो। स्वयं अपनी देखभाल न करो तो कोई बात नहीं बनती’, पर किसी को उसमें रुचि तो हो, पूछे तो सही।

वह अपनी ओर से बताने बैठ भी जाती तो झिड़कियों का अम्बार लग जाता है—गई क्यों नहीं डॉक्टर के पास? चाय कम कर दो! मोटापा बढ़ रहा है, मम्मी! डायटिंग करना शुरू कर दो। सोना बाथ लो जाकर, बहुत फायदा होगा...सुझाव!

सुझाव! सुझाव! यह कर लो, वह कर लो। जब बिस्तर पर पड़ी होगी तो एक भी बच्चा पास नहीं फटकेगा। उन्हें फुरसत ही नहीं होगी। हरीश भूले-भटके भी नहीं पूछते कि उसे क्या तकलीफ है, न स्वयं डॉक्टर के पास उसे लेकर जायेंगे। बस, जवाब होगा कि जिसको कहो, उसको फोन कर दूँ। अच्छा, फलाँ डॉक्टर? अरे, वह तो मेरा अच्छा परिचित है। लायंस क्लब की मीटिंगों में उससे अकसर मुलाकात होती रहती है।

ठीक ही तो है। पैसा और वक्त साथ-साथ कैसे दे सकता है कोई? हौंस ही रह गई कि उसकी तकलीफ की भनक लगे और सारा घर होशो-हवास खो बैठे कि खुदा-न-खास्ता उसे कहीं कुछ हो गया तो हरीश की दीन-दुनिया उजड़ जाएगी। बच्चे अनाथ हो जायेंगे। लेकिन कहीं कुछ नहीं होता। सबके दिल पोढ़े हो गए हैं। वह जिन्दा रहे, न रहे, क्या फर्क पड़ता है!

कहाँ तो एक वक्त था, वह कहती, सिर भारी हो रहा है और हरीश काम-धाम छोड़ फौरन दबाने बैठ जाते। कहाँ वह भी वक्त था, जब...उफ! एक वक्त था, वह वक्त था...ऐसा था, तैसा था—बस, यही असन्तोष दिमाग में कोल्हू के बैल की तरह उसे पेरता रहता है।

दूसरों को प्रश्नों के घेरे में घेरती, अचानक वह स्वयं को प्रश्न हुआ पाती। सोचती—अब ऐसा क्या हो गया उनके दरमियान! वह बदल गई? हरीश? बच्चे? समय...? कारण? समृद्धि की व्यावहारिकताएँ या उनकी निजता की व्यक्तित्व में परिणति या स्वयं के वर्चस्व को उपेक्षित, अनावश्यक अनुभव करना? या उसकी प्रौढ़ हो आई देह की आकर्षण खो चुकी निरन्तर असक्रिय होती जा रही उमंगविहीन उपस्थिति? या अच्छा दिखने, बनने की कोशिश में जतन से ढँक-मूँद दी गई अपनी कुंठाएँ, जो सूई में तागा डालने की असमर्थता के चलते पैबन्द-सी उधड़ गईं?

पर उसके भीतर तो अभी तक हरीश के लिए आकर्षण-स्रोत सूखा नहीं। तभी तो वह उनसे सम्बन्धित मामूली-मामूली-सी बातों को गहरे अनुभव कर उद्वेलित हो उठती है और वे निर्लिप्त बने कोई दिलचस्पी नहीं दिखाते! चाहे जो पहन ले, चाहे जैसे तैयार हो ले, उनकी दृष्टि ठिठकती ही नहीं। उनके संवेदना-स्रोत सूख गए, उलझ गए, बँट गए, यान्त्रिकता लील गई। वह बात नहीं रही तो

फिर रिन्नी के लिए कैसे प्रशंसा-भाव टपकता रहता है आँखों से? उसके लिए भावनाएँ मर गईं, बेटी के लिए उमड़ी चली आती हैं। कैसे? कहाँ से?

"वाह! क्या मैक्सी पहनी है, रिन्नी! पैटर्न इज रियली फैंटास्टिक...सिलवाई कहाँ से?"

कमबख्त उसकी साड़ी नजर नहीं आ रही?

" 'एलीगेंट' से, पापा! बाय दि वे मैक्सी का कसीदा पढ़ना छोड़िए और यह बताइये, हम कैसे लग रहे हैं?"

"बताते हैं, बताते हैं, जरा अपना कान इधर लाओ।"

"रहने दीजिए, हम समझ गए।"

"क्या बेहूदगी है, बगैर बताये?"

"ऊँहूँ, कोई गन्दी-सी बात कहेंगे?"

"अरे, हम कुँवारे होते तो तुम पर जी-जान से मर मिटे होते, यह कोई गन्दी बात है, बेटे?"

"पापाऽ! छीईऽऽ!"

"इसमें 'छीईई' की क्या बात है?"

"हूँअ...वैसे बात तो कुछ आपमें भी है। पापा नहीं होते आप मेरे तो इतने धाँसू व्यक्तित्व को अनदेखा करना मुश्किल होता मेरे लिए।"

कानफोड़ू ठहाके कमरे की छत से टँग गए। पानूस से पींगें लेते। फिरकी-से घूमते।

इतनी असंस्कारी बातें? भद्दी, फूहड़ परिहासबाजी? जी मसोसकर रह गई। मुँह लगने से कोई फायदा नहीं। बस, पढ़ने में दत्त-चित्त होने का नाटक करती, पत्रिका में चेहरा गड़ाए, पिता-पुत्री का प्रेमालाप सुनती रही। (एक उसके लिए फुरसत नहीं निकलती!) उनकी बातें मैक्सी की प्रशंसा तक ही सीमित न रहतीं। अगले ही पल फलक बदलता। देश की खस्ता वित्तीय हालत पर गौर करते हुए वे शहर में लगी सात 'ऑस्कर अवॉर्ड' विजयी अंग्रेजी फिल्मों से लेकर खुमैनी के आतंकवाद तक की चर्चा करते। मुड़ते-मुड़ाते उनकी बातें पृथ्वी थिएटर में चल रहे एक प्रयोगवादी नाटक में दर्शाये गए वर्जनाहीन सेक्स-सम्बन्धों

पर आ टिकतीं। हरीश को ऐसे सेक्स-चित्रण बड़े गिजगिजे लगते और रिन्नी को यथार्थपूर्ण एवं मनोवैज्ञानिक! चर्चा में बोलने का उसका भी मन हो आता क्योंकि नाटक उसने भी देखा है और नाटक की बुनियादी बातों से उसकी जबरदस्त असहमति है; परन्तु शरीक कैसे हो? कई दफा पत्रिका के पृष्ठों से चेहरा उठा। तर्क होंठों तक आए किन्तु वे दोनों उसकी कुछ कहने की बेचैनी का एहसास किए बगैर अपनी-अपनी कहने को उतावले नजर आए। बल्कि उसे ऐसा महसूस हुआ कि वे कमरे में उसकी उपस्थिति से भी अनभिज्ञ हैं लेकिन उसी समय अगर निखिल और विनय आ जाते तो वे दोनों बड़ी आसानी से उनकी बहस का हिस्सा बन जाते। उनकी उपस्थिति तत्काल दर्ज होती!

कई दफे यही अनुभव किया है उसने! ऐसा नहीं कि उसका इस तरह से सोचना मात्र दिमागी फितूर है! वे क्यों नहीं उसे बहस में शामिल करते? बच्चे तो बच्चे हैं। ठीक है, उनकी अपनी दुनिया है किन्तु हरीश, कितने स्वार्थी हैं! वे बड़ी चतुराई से उनकी दुनिया में दाखिल हो उसका जीवन्त हिस्सा हो लेते हैं पर उसे...उसे नितान्त अकेला, अप्रासंगिक बनाकर छोड़ देते हैं। पता नहीं, बच्चों के मन में यह धारणा कैसे और कब बैठ गई कि पापा समय के साथ चलने, मिलने-जुलने वालों में से हैं लेकिन उसका व्यक्तित्व लचीलेपन की इस विशिष्टता से एकदम खारिज है। वह न उनके संग चल सकती है, न सोच सकती है, न बोल-बतिया सकती है! क्यों सभी ने उसे चेतना-शून्य मान-समझ लिया?

एक आहट कमरे के करीब आने लगी।

दिल धड़का।

शायद हरीश हों। चाय पीने नहीं पहुँची न। ढुलक रहे आँसुओं को नहीं पोंछा। देख ही लें उसके भीतर घुमड़ती पीड़ा को। आखिर पति होने के नाते क्या उनका कोई दायित्व नहीं कि वे उसके दु:ख-सुख की सोचें। पदचाप रसोई की ओर बढ़ गई। चट्टी (स्लीपर) की बेहद धीमी तालबद्ध 'चट-चट' किसी और की नहीं, हरीश की ही पदचाप है। सैकड़ों आहटों में से वह इस लयबद्ध पदचाप को पहचान सकती है जो कभी उसके कानों में जल-तरंग-सी बज उठती थी। छाती में धड़कन-सी! हिचकियाँ फूट पड़ीं। लगा कि कमरे के करीब से

गुजरनेवाले ने जान-बूझकर उसके कमरे का रुख न कर उसे जताने की चेष्टा की है कि उनकी दृष्टि में अब उसकी औकात देह से उतरी हुई उस श्रीहीन पोशाक जैसी है जो कभी बहुत प्रिय होने की वजह से अलमारी के किसी कोने में सुरक्षित तहाई रख दी गई है। बस!

फिर भी, अपेक्षा बनी रही। कोई तो...निखिल, वीनू या रिन्नी ही आकर देख ले।

वीनू को भी कुछ होता जा रहा। खरबूजे को देखकर खरबूजा रंग बदल रहा। कहाँ तो उससे बिना मिले, लिपटे-चिपटे वह कॉलेज के लिए न निकलता। वह लाख दुरियाती, याद दिलाती कि अब वह जवान हो रहा, बच्चों जैसी हरकतें उसे शोभा नहीं देतीं। देखनेवालों को भी विचित्र लगता है। मगर बेअसर वीनू एक न सुनता! बछड़े के समान उसके पेट में मुँह गड़ाए बड़ी देर तक पड़ा रहता। वही अलग करती तो अलग होता। अब, अब मैगी से उसकी जरूरतें पूरी हो जाती हैं। फिर उसकी आवश्यकता?

केवल तब सब भागे-भागे उसके इर्द-गिर्द इकट्ठे हो जाते और उसकी पुकार मचती जब कोई नौकर काम छोड़कर चल देता। उनके चेहरे उड़े हुए रंगवाले होते। उनके भीतर दुबका सामन्त बेरोजगार को खोजने लगता—"मम्मी, मिला कोई? आप पैसों का रोना ही लेकर बैठी हैं? अरे, आजकल तो डेढ़ सौ रुपये पर गाड़ी धोनेवाले भी नहीं मिलते, घर का काम करनेवाले हजार रुपये से कम क्या लेंगे! किस मुगालते में हैं, जो मिले फौरन रख लीजिए। आई.ए.एस. का साक्षात्कार लेने न बैठ जाइये! अब आपसे तो काम होने से रहा। घुटनों में दर्द रहता है।" वह सब समझती है, किसी के बूते कुछ होता नहीं। यह सारी खैरख्वाही उसी की चापलूसी है।

उसे क्यों बुरी लगती है बच्चों की बातें? हरीश भी यही आरोप लगाते हैं। नहीं, ऐसा नहीं। यह सच होता तो पहले उसके मन में उनके विरुद्ध वितृष्णा-भाव क्यों नहीं उपजता था? वह अपने बच्चों की माँ थी। सिर्फ उनकी जरूरत नहीं, उनकी जरूरतों को पूरा करती हुई भी! वे उसके डैनों के नीचे दुबके, सुरक्षित बाढ़ लेते चूजों-से, चोंच में चोंच डाले...सारा कार्य-व्यवहार गले तक थका-अघा देने के बावजूद असन्तुष्ट न करता।

लेकिन, शायद उसकी परिभाषा गलत थी। माँ उपयोगिता का ही पर्याय है। और वह उपयोगिता ही उसकी अहमियत थी। उपयोगिता ही उनके मध्य पुल थी—जुड़ाव-लगाव का पुल! किन्तु हरीश, हरीश और उसके दरमियान तब कौन-सा ऐसा पुल था जो तब जरूरी था और अब उसकी आवश्यकता नहीं रही?

रात उसके तटस्थ आचरण पर वे किस कदर नाराज हो उठे थे...

"निखिल बड़े शौक से लड़की दिखाने घर लाना चाहता है, तुम्हें देखने में दिक्कत?"

"मुझे किसी बात पर कोई दिक्कत नहीं?"

"दिक्कत नहीं तो फिर निखिल क्यों परेशान है?"

"निखिल जाने।"

"शकुन..."

"लड़की निखिल को पसन्द है। तुम्हें पसन्द है। निखिल ने उसके साथ ब्याह करने का निर्णय कर लिया। मुझे कोई आपत्ति नहीं। फिर देखने-दिखाने की फालतू औपचारिकता क्यों? तारीख निश्चित कीजिए और ब्याह कर डालिए।"

"कर डालिए?" हरीश का चेहरा और स्वर, दोनों ही तमतमा उठे, "तुम्हें हो क्या गया? बोलोगी नहीं, बोलोगी तो जड़ों में मठा डालती-सी।"

"इसीलिए चुप रहना बेहतर समझती हूँ। करूँ क्या? लोकापवाद, मान-प्रतिष्ठा के बारे में कुछ ज्यादा ही सोचती हूँ। बड़ी बहन सिर पर बैठी भूँग दल रही, ध्यान रहा निखिल को?"

उसे लगा कि उसके अचूक तर्क पर वे निहत्थे हो उठेंगे। बोलती बन्द हो जाएगी उनकी लेकिन भ्रम निरर्थक साबित हुआ।

"मूर्खता-भरी बातें करती हो। रिन्नी की कैसी चिन्ता? रिन्नी अभी अपने कैरियर में जुटी हुई है। उसे अपना भविष्य बनाने दो। निखिल ब्याह करना चाहता है, उसे घर बसाने दो। कल रिन्नी ब्याह करना चाहेगी तो क्या उसका ब्याह इसलिए रुक जाएगा कि उसके छोटे भाई का ब्याह उसके ब्याह से पहले हो गया?"

सामाजिक मान-प्रतिष्ठा क्या उसकी अकेले की है? टप-टप आँसू गिरने लगे। सभी बैठे थे कमरे में। बच्चों के सामने ही लताड़ दिया, उसके सोच को नकारात्मक साबित कर। बच्चों के मन में एक तो पहले ही उसकी परवाह नहीं। तनिक दिखावे की लाज-लिहाज शेष है, वह भी जाती रहेगी।

रात बहुत कोशिश की—बगैर कम्पोज खाये नींद आ जाए! बड़ी देर तक करवटें बदलते रहने के बाद गोली गटकनी ही पड़ी। लगता कि हरीश घड़ी-दो घड़ी उसके पास आकर बैठ जाएँ...हौले से माथे पर हाथ रख दें तो शर्तिया उसे कम्पोज खाने की जरूरत नहीं पड़ेगी...

पहले पढ़ती थी। पढ़ते-पढ़ते नींद आ जाती। आजकल ठीक उलटा हो गया। पढ़ने से डरने लगी। पढ़ते रहो, पढ़ते रहो...आँखें जलने लगेंगी, माथा टनकने लगेगा। मगर नींद, नींद कोसों दूर खड़ी ठहाके भरती रहेगी उपहास उड़ाती।

हरीश कमरे में नहीं। कमरे में नहीं हैं तो जरूर नहानघर में होंगे।

अनुमान सही निकला। वे नहानघर में ही थे और दाढ़ी बनाने की तैयारी में ब्रश भिगोते दिखे।

वह दरवाजे पर पहुँची नहीं कि शीशे में उसकी प्रतिच्छवि देख तपाक से बोले, "गुड मॉर्निंग, मैडम!"

प्रत्युत्तर में वह फीकी-सी मुस्कराई। भाँपने की कोशिश की कि क्या शीशे में से हरीश ने उसकी अनमनाहट पर गौर किया? जो छवि उन्होंने शीशे में देखी, उसका उखड़ापन पकड़ में नहीं आया? बस 'गुड मॉर्निंग, मैडम' कहकर रह गए। वह न दिखी हो, कोई पड़ोसी दिख गया हो जैसी औपचारिकता! अगले ही पल उसकी उपस्थिति से कट किस व्यस्त भाव से गालों पर साबुन का झाग फैलाने में तल्लीन हो गए! उसे बुरा लगा। दाढ़ी कहीं भागी जा रही? एक मिनट मुड़कर उसे नहीं देख सकते? मुड़कर न सही, शीशे में ही दोबारा देख लेते।

वह चाय पर क्यों नहीं आई, यह जानने की कोई उत्सुकता नहीं?

ब्रश घूम रहा है। ठुड्डी, गला, कनपटियाँ...

"अरे हाँ...याद आया, उस खूसट के यहाँ आज शाम डिनर पर चलना है न!"

चलो, याद आया। याद दिलाने ही आई थी गुस्सा ताक पर रखकर। कहीं ऐसा न हो कि दफ्तर निकल जाएँ और वहाँ जाने की बात याद ही न रहे। कई दफे ऐसा हुआ। उसने सोचा कि हरीश को याद रहेगा। फोन भी नहीं किया। पता चलता कि वह तैयार बैठी प्रतीक्षा करती रही और आप चले आ रहे हैं डिनर-विनर खाकर—"शकुन, ऐसा हुआ कि...एक क्लाइंट का मूड आ गया कि खैबर में चलकर डिनर करते हैं।"

"मैं क्यों तैयार होकर बैठी थी?"

"तुम? (सोचने का नाटक) माय गॉड, ओ आई एम सॉरी...सॉरी, शकुन! एकदम भूल गया।"

उसके साथ जाने के अवसरों को ही कैसे भूल जाते हैं? रिन्नी के फैशन शो नहीं भूलते? शायद उसके साथ जानेवाली बात न उन्हें महत्त्वपूर्ण लगती है, न सुखद। ऐसे मौकों पर अकसर शिकायत उससे ही होती कि जब वह जानती है कि वे कार्यक्रम भूल जाते हैं तो वह उन्हें एहतियातन फोन पर स्मरण क्यों नहीं करवाती? अब वह नहीं समझेगी तो कौन समझेगा कि वे कितने-कितने व्यस्त रहते हैं। दिमाग एक साथ पचासों ट्रैक पर चलता रहता है—'सोचो, सोचो शकुन, मैं अकेला क्या-क्या करूँ और क्या-क्या याद रखूँ?"

अब तो ऐसे झींक-झाँक जाने में उसे दिलचस्पी नहीं रही। उछाह ही मर गया—दूसरों के पतियों को देखकर और कुढ़ उठती। कोठारी इस उम्र में भी हर जगह बीवी को बगल में दबाए, किशोर-किशोरियों-से चिपके घूमते हैं। कितनी ही बड़ी पार्टी हो, कितने ही लोग हों, बीवी के कन्धे से हाथ नहीं हटता एक क्षण के लिए भी। इनसे कहो तो जवाब में बन्दूक से छूटी गोली से छलनी कर देंगे—'मुहब्बत भी साली कोई दिखाने की चीज है?' दिखाने की चीज नहीं होती तो पहले कैसे कमर में हाथ डाले, सटाए-चिपकाए समुद्र-तट पर घूमते रहते थे?

"कितने बजे बुलाया है, उस खूसट ने?"

"खूसट!" बेहूदा विशेषण औरों को पहनाने का बड़ा शौक है!

"तुम्हारी चुप्पी से अब ऊब होने लगी है! मुँह क्यों सिल लेती हो?"

आ गए न अपनी असली औकात पर! ऊब तो होगी ही। अब पहले जैसा सुख देने की सामर्थ्य जो नहीं रही उसमें। करारा जवाब देने को जी तिलमिलाया। जवाब पिये रही। असन्तोष के उद्वेग को भी। सामने कतई नहीं विगलित होना

चाहती। वे आँसू, जो कभी होंठों पर मोती-से झेल लिए जाते थे, अब परनाले-से बहते रहते, कोई अन्तर नहीं पड़ता।

"आठ बजे पहुँचना है।" मुड़ ली वहाँ से हट जाने को।

"बच्चों का कार्यक्रम तय कर लिया?"

"कल उनके सामने ही तो फोन आया था मेजर का? रिन्नी से बात भी हुई थी अंकल की।" ठिठककर जवाब दिया।

ज्यादा देर रुकना मुमकिन नहीं। सँभालना मुश्किल हो रहा। कमरे में पहुँचकर बुक्का फाड़कर रोना चाहती है जैसे वह एकदम से अनाथ हो गई हो!

"यह कमबख्त दीनू कहाँ मर गया?" कमरे के भीतर नहीं हो पाई कि झम्म से हरीश का झुँझलाया स्वर कन्धों पर कूदा। अमरूद की डाल झकझोरते काले लंगूर-सा।

"कपड़े तैयार करके रखे कि नहीं बेवकूफ ने। भेजो जल्दी उसे, मैं नहाने जा रहा..." शावर की शूऊँऊँ शुरू हो गई। नहानघर का दरवाजा बेआवाज बन्द हो गया। विचित्र संयम है।

दीनू कहाँ मर गया कमबख्त?

कहीं बाजार-वाजार तो नहीं चला गया!

आजकल मैगी उसे बाहर के कामों में खूब दौड़ाने लगी है। कितनी बार समझाया कि सुबह-सुबह उसे किसी अन्य काम के लिए न भेजा करे। याद आया सहसा— रिन्नी को बटर में ही आमलेट खाना है सो दीनू को बटर लाने के लिए सोसाइटी दौड़ाया होगा मैगी ने।

वही कपड़े निकाल दे? दीनू नहीं है तो क्या हुआ। पाँव राहदरी में ठमक गए।

दीनू ने कपड़े नहीं निकाले तो दीनू को आवाज लगाने की बजाय उससे साधिकार कहा जा सकता था कि शकुन, जरा मेरे कपड़े निकालकर रख दो! जब दीनू नहीं था, तब कौन निकालता था कपड़े? कौन करता था जूतों पर पॉलिश? पहनाती तक अपने हाथों से थी! तब वक्त और था, उसके बगैर चीजों को हाथ

तक नहीं लगाते थे। 'शकुन-शकुन' की रट लगी रहती। जैसे देह वे, देह की दोनों बाजू वह!

हरीश के कमरे के सामने पहुँचते ही दीनू टकरा गया। जानते हुए भी कि वह कहाँ गया था, उसने डाँट लगाई, "सुबह-सुबह कहाँ गायब हो जाते हो? जानते नहीं, साहब को जल्दी होती है!"

"जी, जरा सोसाइटी तक..."

"आइन्दा खयाल रखना, बिना मक्खन के रिन्नी मर नहीं जाएगी।"

समझ नहीं पाई कि एकाएक उसे क्या हो गया! कुछ देर पहले खिसियाई, बुझी, रुआँसी हो रही थी और इस वक्त उसके दिमाग की नसें तनाव में खिंची फटने-फटने को हो रहीं...

रक्तचाप कभी एकदम नीचे आ जाता है तो कभी एकदम से ऊपर। हालाँकि जब पहले की अपेक्षा वह काफी स्वस्थ है। मेजर के सुझावों पर उसने पूरी निष्ठा से अमल करना शुरू कर दिया है। उठते ही पानी पीती है। टहलने जाती है। इधर उसने योग की कक्षाओं में जाना भी शुरू कर दिया है। ऐलोपैथिक दवाइयाँ एकदम बन्द कर दीं। पिछले दिनों घुटनों में तकलीफ कुछ ज्यादा ही बढ़ गई। मेजर उसे कैम्पस कॉर्नर के प्रसिद्ध होम्योपैथ डॉ. जरीवाला को दिखाने ले गए। उन्हीं से दवा ले आई। काफी फायदा हुआ। मेजर तकरीबन रोज फोन करके उसके घुटनों के दर्द के बारे में पूछ लेते हैं। पूरे दिन में वही एक सुखद घड़ी होती है। मेजर की अपने बारे में इतनी चिन्ता अच्छी लगती है उसे—हताश, फीकी, बेस्वाद जिन्दगी में, अवहेलनापूर्ण उपेक्षित जीवनचर्या में जैसे वे प्राणों में ऊर्जा के स्फुलिंग फूँक देते हों। वर्तमान से पूर्णत: कटी हुई वह कुछ क्षण ही सही, जीने लगती है। जीना चाहती है पर...एकाएक तनाव स्खलित होने लगा। मेजर की पार्टी में जाना है और उसे अनर्गल कुछ नहीं सोचना।

कोलाबा का मिलिटरी क्षेत्र।

अँग्रेजों के जमाने का मेजर का— पुराने आकार-प्रकार का, खपरैलोंवाला खूब बड़ा, खुला-सा बँगला। बँगले को चारों ओर से घेरे विस्तृत चौकोर लॉन—

घर को अपनी बलिष्ठ भुजाओं में समेटे हुए-सा।

पार्टी का आयोजन बाएँ लॉन में था। वर्दियों की गरिमा को ढोती, सकून-भरी गहमागहमी। अच्छा लगा। सेना की पार्टियाँ उसे बड़ी सलीकेदार और जीवन्त लगती हैं। उन्हें अपनी अहमियत के साथ-साथ दूसरों की अहमियत को जीना भी आता है। कोई कटकर खड़ा नहीं रह सकता। अलमस्ती-भरा वातावरण आहिस्ता-आहिस्ता खींचकर सभी को अपने में शरीक कर लेता। ऐसे में उसकी अलग-थलग बने रहने की जिद कायम नहीं रह पाती।

मेजर की व्यस्तता...अतिव्यस्तता अनिवार्य थी। लेकिन जैसे ही उन पर नजर गई, स्वागत का स्रोत फूट पड़ा। उस पर से तो दृष्टि हटाये नहीं हटी। टकटकी बँध गई। वह संकुचित होने लगी! किसी के देखने में कुछ ऐसा होता है जैसे वह आपको अपने में समोये ले रहा हो। पिये ले रहा हो। उत्ताल तरंगों का आमंत्रित करता-सा चुम्बकीय आत्मघाती आकर्षण।

सिहरन-सी मीठी-तीखी धार सनसनाती-सी देह को गुदगुदा गई।

"आई नो...यही होनेवाला था। अंकल ममा को देखेंगे तो बस स्तब्ध देखते ही रह जायेंगे।" रिन्नी ने मेजर के कन्धे से टिककर अपने कन्धे उचकाते हुए टिप्पणी की तो मुग्ध मेजर अपने से उबरकर बुदबुदाये, "कौन नहीं होगा!"

"अंकल, मैं और पापा तो ममा को तैयार देख बेहोश होते-होते बचे। सच कहूँ, अंकल! मुझे तो मम्मी से जलन हो रही।" रिन्नी ठुनकी, "आज पार्टी में मेरे चांस गए।"

"सो तो है, बेटे! मैं भी तुम्हारी कोई मदद नहीं कर सकता, सॉरी!" मेजर ने सहानुभूति से उसे चपत लगाई।

सुनकर वह लजा गई। रिन्नी के बोलने में उसे आज अन्य दिनों की भाँति बेहयापन नहीं लगा, न ही छिछलापन।

हरीश ने मेजर का हाथ अपनी मुट्ठी में भर लिया और शरारत से आँख दबाकर चुटकी ली, "यार, तुम अपना तबादला स्थायी रूप से बम्बई ही करवा लो!"

"भई, मैं तो तुम्हारी सोच के गम खा लेता हूँ वरना नौकरी छोड़ दूँ, शहर

न छोड़ूँ।" मेजर ने जवाब में चुटकी ली तो सभी मिनटों तक ठहाकों में घिरे रहे।

परिचयों की कड़ियाँ जुड़ती चली गईं।

वह मिसेज राठौर से आज की पत्र-पत्रिकाओं की बढ़ती हुई मसालेबाज प्रवृत्ति को लेकर उलझ गई। उनका कहना था कि पत्र-पत्रिकाओं का अब एकमात्र उद्देश्य बिक्री बढ़ाना, पैसे कमाना रह गया है, उन्हें मूल्यों से कोई मतलब नहीं! अखबार, जो किसी जमाने में जन-सामान्य की अभिव्यक्ति का मंच हुआ करते थे, अब नहीं रहे। उसका जवाब था कि अखबारों या पत्र-पत्रिकाओं में इस प्रवृत्ति के विकसित होने में शत-प्रतिशत हाथ जन-सामान्य की दूषित, छिछली अभिरुचि का है। वे अपने यथार्थ से पलायन चाहते हैं। इसलिए वे रोमांचक पढ़ना चाहते हैं, चटपटा पढ़ना चाहते हैं जो केवल यथार्थ से राहत दिलाये। फिर जो पाठक चाहेगा वही तो पत्र-पत्रिकाएँ देंगी? आखिर वे अखबार छापते किसके लिए हैं? न खरीदें लोग ऐसे अखबार, फिर देखिए।

"नहीं, यह विदेशी ट्रेंड अपनाने का नतीजा है।" मिसेज राठौर ने प्रतिवाद किया।

"एक्सक्यूज मी..." दखल देते निकट मेजर आ खड़े हुए। झुककर उसके कानों में फुसफुसाये, "कहाँ फँसी हो?" बाँह पकड़कर खींच ले गए उसे महिला-मंडल से बाहर—"कुछ देर तुम्हारे साथ एकान्त में बैठने का मन है..."

वह इस आग्रह से पता नहीं क्यों उदास हो आई।

"कहाँ?"

वे इधर-उधर दृष्टि घुमाकर एकान्त तलाशने लगे, "उधर चलें..."

'एकान्त' शब्द में सैकड़ों-सैकड़ों पंख हैं—अन्तरिक्ष की ऊँचाई नाप लेने की सामर्थ्य भरते पंख। पंख टटोलने को उसने अपने कन्धों को छुआ।

"चलिए।" उसने जैसे अपनी मरजी को उनके संकेतों पर छोड़ दिया।

कितना अरसा हो गया है मेजर से एकान्त में बातें किए हुए...आते हैं तो सबकी मौजूदगी में वे अकेले नहीं हो पाते। वह भीतर-ही-भीतर कसमसाती रहती है उस संग के लिए जहाँ वे सिर्फ दो व्यक्ति हो सकें...अपने-अपने घरों से निकलकर एक-दूसरे की सुन सकें। बहुत कुछ दबा पड़ा है जेहन में, उन्हें

सुनाना चाहती है। विश्वास है, मेजर उसकी पीड़ा को महसूस कर सकेंगे। उनके अतिरिक्त किसी से कह भी तो नहीं सकती! लोग यही समझते हैं कि उन-सा सफल दम्पती दूसरा नहीं। असत्य! कितनी तनहा खड़ी है उम्र के इस मोड़ पर, जहाँ न वह पत्नी रही है, न बच्चों की माँ...न जीवन्त वजूद!

"बैठो। लाओ, यह थम्स-अप का गिलास दे दो।"

"क्यों?"

"मैं तुम्हारे लिए वाइन बना के ले आता हूँ।"

"अरे नहीं..." वह सकुचाई।

"गिलास दो तुम।" उन्होंने गिलास साधिकार उसके हाथ से ले ही लिया और बार की ओर बढ़ गए।

ना-नुकुर एकदम बहाना थी। बहुत पहले से उसका मन हो रहा था कि वह थम्स-अप में थोड़ी-सी रम मिलवा ले लेकिन अपने-आप कहे किससे? कोई मन को पढ़कर जबरदस्ती गिलास पकड़ा दे तो बात और होती है। अपनी इच्छा को बहाना मिल जाता है कि फलाँ का आग्रह है तो कैसे टाले?

फिर यहाँ तो बात ही और है। अधिकांश अधिकारियों की पत्नियों ने कुछ-न-कुछ ले रखा है। जब वह थम्स-अप ले रही थी, सुनीता (श्रीमती मेजर) ने उस पर कटाक्ष भी किया, "दकियानूस मत बनो...मैंने तो सोचा था कि अब तक तुमने पार्टी के तौर-तरीके सीख लिए होंगे और अपने गँवई-गाँव से बाहर निकल आई होओगी। मगर देख रही हूँ, मामला आगे नहीं बढ़ा।"

वह प्रतिक्रिया में हौले-से मुस्करा-भर दी। बुरा नहीं लगा उसका कटाक्ष। सभी का यही अनुमान हो सकता है। व्यापारी वर्ग के विशेष रूप से मनोरंजन यही होते हैं। दिखावटी तमीज और तहजीब भी...

"लो, चियर्स करो..." मेजर ने गिलास उठाया।

घूँट भरते हुए, दोनों के दरमियान अपने-अपने भीतर गुम हो जाने की हद तक चुप्पी आ दुबकी।

कैसे बात शुरू की जाए? एकान्त पाने की कामना कितनी प्रतीक्षित थी। अब जब एकान्त उनके दरमियान है, अचानक बातों का सिरा ही कहीं गुम हो

गया! वह तो ठीक है किन्तु सदैव बोलते रहनेवाले मेजर भी मौन हैं।

दृष्टि बेमतलब उठी और कनखियों में लॉन की गहमागहमी में भटकने लगी। हरीश कर्नल बत्तरा के साथ (अन्यों को वह नहीं पहचानती) बैठे रमी खेलने में तल्लीन दिखाई दिए। रिन्नी डांस के गोल में थिरकती रूसी बैले की किसी कुशल नर्तकी-सी सबसे अलग लयात्मकता से झूमती दिखी।

"शकुन!"

समझ ही नहीं पाई कि मेजर ने एक लम्बा निःश्वास भरा या उसे पुकारा? कोई पुकारता भी नहीं पर अनायास ऐसी अनुभूति होती है जैसे किसी ने पुकारा। मगर यह उसका भ्रम नहीं। मेजर ने उसे सचमुच पुकारा था। वे बोल रहे थे।

मैं इस दरमियान बहुत टूटा हूँ, शकुन...बहुत मरा हूँ। बहुत सहेज के रखा है मैंने अपने को, यही सोचकर कि सुनीता को मेरी जरूरत न सही, आदिम और करुणा को तो है..."

"सुनीता!" वह अविश्वास से चौंक पड़ी। उसने गरदन उठाकर मेजर का चेहरा देखना चाहा। अँधेरे ने उनके चेहरे को अपने अंक में डुबोकर उन्हें मात्र आकृति के आभास में बदल दिया या दुःख से कातर उन्होंने स्वयं अपना चेहरा छिपा लिया!

वे बोलते ही जा रहे थे। उसकी एक हथेली उनकी मुट्ठी में भिंच गई।

"लगता है, उसने जिन्दगी को सोचना अधिक शुरू कर दिया, जीना कम। जीने की कृपणता में वह मरती जा रही। पता नहीं, कैसे पहलेवाली सुनीता अब संशय, विरक्ति, उपेक्षा और स्वार्थ की प्रतिमूर्ति बन गई। बहुत निकालने की कोशिश करता हूँ, वह अपने खोल से बाहर आना ही नहीं चाहती। अपने में सिमटकर वह अपने से बाहर कुछ भी नहीं सोच पाती। प्रौढ़ता को उसने हताशा की खोह बना लिया है, सोचती है कि उसके जीने के दिन चुक गए। नहीं समझती कि उम्र के हर मोड़ का अपना रंग होता है, ऊष्मा होती है। उसे जीने की, जी लेने की ललक तो अपने भीतर होनी चाहिए। ललक को हम जबरन मार डालेंगे तो सिवाय जड़ता के हमारे पास शेष क्या बचेगा? उसने अपने चारों ओर जड़ता की दीवार खड़ी कर ली है, मैं इस जड़ता से ऊब चुका हूँ। शकुन, ऊब गया हूँ,

बेतरह! बच्चे तक उससे कट गए, उससे दूर-दूर रहते हैं। मेरा कहीं निकल भागने को जी चाहता है। मैं जीना चाहता हूँ, मैं जी नहीं पा रहा...लगता है, एक और भयंकर युद्ध हो पाकिस्तान के साथ और मैं बचकर न लौटूँ..."

उसकी गरदन भीग रही थी। मेजर का चेहरा बेचैनी से कसमसा रहा था। थर्राते हुए होंठों से झरते गीले-गीले-से शब्द उसके कन्धे पर पिघले हुए मोम-से टपक रहे।

ये मेजर का चेहरा है या हरीश का? वह अपने ही बारे में नहीं सुन रही? चाहती है, हौले से उस चेहरे को थपथपा दे, बालों में उँगलियाँ फिरा दे लेकिन कैसी तसल्ली देना चाहती है वह? क्या बँटा सकती है वह? वह खुद कितनी कृपण है, बन्द! अपने में सड़ी हुई!

"नहीं...नहीं, मैं जीयूँगी..." उसके होंठों पर अनायास बुदबुदाहट फूटी...

(1981)

गर्दी

टैक्सीवाले ने मीटर डाउन कर प्रश्न-भरी दृष्टि से उसकी ओर देखा।

"शायन सर्किल।" पिछली सीट पर बैठते हुए उसने उत्तर दिया।

एयर बैग उसने दाहिनी खिड़की की ओर सरका दिया। छोटी अटैची नीचे पाँवों के निकट ही रख ली। एयर बैग बहुत भारी है। क्या भरा हुआ है, उसे मालूम नहीं। शक्करपारे रखे हुए हैं, इसकी जानकारी चलते समय उसे विशेष रूप से दी गई ताकि वह यात्रा के दौरान इच्छा हो तो उन्हें चाय के साथ टूँग सके। दीर्घ नि:श्वास भरकर उसने स्वयं को सीट पर ढीला छोड़ दिया और आँखें ढाँप लीं। टैक्सी की धीमी-तेज होती रफ्तार उसके ऊपर से गुजरने लगी।

रेनू ने कहा था कि बेसिर-पैर की उड़ती-उड़ती बातें सुनकर मुझे भी कुछ अच्छा नहीं लगा बल्कि विश्वास नहीं हुआ कि तुम ऐसे हो सकते हो। सम्बन्धों के विकल्प बहुत जरूरी होते हैं। हम सबके लिए। जीने के लिए। विकल्प जरूरी नहीं होते तो शायद हम अपने को सगे काका, चाचा, ताई, बुआ के अलावा अन्य किसी को इन रिश्तों से सम्बोधित न करते। लेकिन सत्य की खुरदुरी वास्तविकता एक यह भी है कि उनके आधार अचानक हमारी तृष्णाओं-भावनाओं के दबावों को जाने-अनजाने ग्रहण कर किन्हीं और भावों और रूपों में अँकुआ, आकार पाने को छटपटाते, अपने नैतिक सम्बोधनों के प्रति बेईमान होने लगते हैं।

"तुम राजी के साथ इसमें से किसी भी रूप में होओ, आपत्ति नहीं, कम-से-कम मुझे नहीं। लेकिन ईमानदारी पहली शर्त है, अपने को जानने और उसे छद्मविहीन होकर जीने की..."

शायद ईमानदारी से ज्यादा सही शब्द है 'साहस'।

"तुम खामोश कैसे हो गए?"

रास्ते-भर वह उलझा रहा। अपने से नहीं, कुछ अनचाहे दबावों से विवश। यात्रा में वह पढ़ने का शौकीन है—वेदप्रकाश कम्बोज का कोई भी हल्का-फुल्का जासूसी उपन्यास। नहीं पढ़ पाया, बार-बार खोलकर आँखों के सामने फैला लेने के बावजूद।

दिमाग में रेनू थी। रेनू के साथ वह घर वह घर जिसके बारे में वह चीख-चीखकर रेनू से अपना असन्तोष व्यक्त करना चाहता था कि तुम एकपक्षीय होकर मेरी ओर ही क्यों उँगली तानकर खड़ी हुई हो? उसकी ओर तुम्हारी उँगली क्यों नहीं उठ रही! वह कहना चाहता था—'रेनू, वह घर मेरे लिए धारा की प्राणलेवा भँवर सदृश्य हो गया है जिसमें फँसकर अपनी दर्दनाक मौत को रेशे-रेशे महसूस करते हुए उसकी ओर बढ़ना होता है! ये लोग सिर्फ मेरी अन्त्येष्टि की प्रतीक्षा में हैं, उतावले!"

वह इतना निर्मम और कटु होकर क्यों सोच रहा है? उसे अपने ऊपर अचरज हुआ। बरसों बाद जब लोग आत्मीयों से मिलते हैं तो एक स्निग्ध पुलक से भर उठते हैं। उन्हें छोड़ने का मन नहीं करता। किन्तु उसके साथ सब कुछ विपरीत हुआ। उसे उनसे अलग होना साँसें पाने जैसा लगा। शायद इसलिए कि वह अपनों से नहीं, संशयों से मिला, अविश्वास से भेंट हुई उसकी।

"तेरी तो माँऽऽऽ..." टैक्सी ड्राइवर की भद्दी-सी गाली ने उसे चौंका दिया। वह दाहिनी ओर को लुढ़कते बचा। किसी गाड़ी ने शायद गलत तरीके से ओवर टेक किया था।

"मरने की जल्दी है सालाऽऽऽ...लोगों को।" ड्राइवर झुँझला उठा, "देखा सा'ब, आपने? वो मरता, हम लोगों को भी साथ ले जाता!"

उसे कुतूहल नहीं हुआ। न कोई दिलचस्पी। उसे बेवजह सुनाया जा रहा या सुनाई पड़ रहा। अपने इर्द-गिर्द उबल रही गर्दी (भीड़) से उलझा वह किसी और प्रवंचना के लिए प्रस्तुत नहीं। वह सीधा गेस्ट हाउस पहुँचना चाह रहा। कमरे पर करन्दीकर होगा ही। बोलना तो वह बिलकुल नहीं चाहता। अपने से भयभीत है। होंठ खोले तो शायद ड्राइवर से कह देगा—'कोलीवाड़ा... सरदार नगर चलो। आज इतवार है। राजी घर पर ही होगी और...और उसकी प्रतीक्षा कर रही होगी।'

'डिच'...एअरबैग पलटकर सीट पर लुढ़क गया। टैक्सी को सहसा ब्रेक का झटका लगा। उसने दरवाज़े से लगे हैंडिल को जकड़ लिया।

माँ के लिए यह साड़ी ठीक रहेगी न? खटाऊ की फुलवायल है। मन नहीं किया कि एकदम सादी-सी ले लूँ। हल्के बैंजनी फूल हैं। तुम जबरदस्ती पहनाना उन्हें। ब्लाउज कैसा पहनती हैं? सलूके टाइप? तब एक गज पूरा लग जाएगा। बड़ी भाभी के लिए चमड़े का बटुआ रखे दे रही हूँ। तुम बता रहे थे न, उन्होंने हमसे फरमाइश की थी एक बार? लो, यह रख लो योनेक्स के दो रैकेट! रीता और आलोक के लिए...माँ की चप्पलों के नाप का अन्दाजा है?

हर बार अटैची से कपड़े निकालते हुए हाथ नीचे दबे उपहारों से टकरा गए।

उस रोज गुसल जाने से पहले बड़ी देर तक वह अटैची खोले बैठा रहा। मन हो आया कि सबको आवाजें देकर करीब बुला ले और सान्ताक्लाज की भाँति रह-रहकर कुनमुनाते उपहारों को उनके हाथों में पकड़ा दे, "तुम्हारे लिए राजी ने भेजे हैं तुम लोगों के लिए—जो उसे डायन, ठगिनी घोषित करने पर तुले हुए हो।"

किसी को पुकार नहीं पाया। खुसफुसाहटों से भरी शक्लें दंगाइयों-सी हाथों में गँड़ासे ताने नजर आईं जो मौका पाकर उन उपहारों की हत्या कर देने को कटिबद्ध लगीं। उसे राजी की भावनाओं की हत्या मंजूर नहीं। उसने कपड़ों के ढेर के नीचे काफी सावधानी से उपहार दबा दिए ताकि जरूरत की चीजें निकालते समय कोई करीब आ भी खड़ा हो तो उसे उनकी भनक न लगे।

चौथे ही दिन माँ ने जिद्द की, "दोस्तों से अड्डेबाजी...बहुत हो गया! पन्द्रह दिनों के लिए ही आया है। वह भी चार साल बाद। रेनू और पुष्पा, दादा-दादा करते नहीं अघातीं। उन दोनों बहनों के पास एक-एक दिन के लिए रह आ। खबर उन्हें लग ही गई होगी कि तू आया हुआ है। सुनकर वे खुद ही चली आतीं। एक तो ससुराल का मामला ठहरा, ऊपर से दोनों के बच्चे स्कूल जाते हैं।"

आज्ञाकारी बच्चे की भाँति माँ की बात फ़ौरन मान ली। रेनू से मिलने की इच्छा उसके भीतर स्वयं बलवती हो रही थी। घर में सिर्फ रेनू ही तो थी जिससे

उसकी पटने की हद तक पटती। उमर में उनमें चार-पाँच साल का अन्तर था लेकिन रेनू उसे अपने से बड़ा मानने को तैयार ही नहीं होती। कई बार माँ के हाथों इसलिए पिटी कि वह उसे कभी 'दादा' कहकर पुकारने को तैयार नहीं हुई। जब कभी रेनू से खटक जाती, वह किसी बहाने माँ से जड़ देता—"चार कप चाय मँगवाई थी ऊपर। पट्टी ने सुनी-अनसुनी कर दी। आखिर मुझे ही नीचे आकर ले जाना पड़ा। हर्जा नहीं होता पढ़ाई में?"

उस दोपहरी, सीढ़ियाँ फलाँगती जरझौंसी माँ के साथ बड़े भैया को भी ले आई थी दुछत्ती में।

बिखरी किताबों-कॉपियों के बीच ताश जमी हुई थी। सभी की उँगलियों में सिगरेट सुलग रही थी। बड़े भैया और माँ को साक्षात सामने खड़ा पा मंडली को साँप सूँघ गया। दोस्त कॉपी-किताबें समेटे बिना उठकर सटक लिए। उसके गाल पर एक झन्नाटेदार थप्पड़ जड़कर भैया माँ की छूट को कोसते, पाँव पटकते नीचे उतर गए।

अगले ही रोज फरमान जारी हो गया कि दोस्तों के साथ ऊपर पढ़ने के बहाने मौज-मस्ती नहीं चलेगी। पढ़ना ही है तो रेनू के संग बैठकर पढ़। एक दरजे में न हुए तो क्या हुआ, साथ बैठकर पढ़ा तो जा ही सकता है!

साथ कॉपी-किताबें खोल लेने के बावजूद काफी दिनों तक उनमें कुट्टी रही। एक पूरब को मुँह फेर लेता, दूसरा पश्चिम को। लेकिन मनमुटाव ज्यादा समय तक नहीं चल पाया। दोनों समझौते पर उतर आए।

और वह अंडा प्रकरण! एक दोपहर उसे आमलेट खाने की प्रबल इच्छा हुई। वह जेब में छिपाकर अंडे ले आया। चाय के बहाने रेनू ऊपर स्टोव उठा लाई। माँ किसी के घर अपना चकला-बेलन संग ले बारात की पूड़ियाँ बेलने गई हुई थीं। रेनू ने आमलेट बनाया। प्याज के छिलके उसने बड़ी होशियारी से छत की मुँडेर के पिछवाड़े फेंक दिए। माँ के आने से पूर्व बरतन माँज-धो चौके में पहुँचा दिए। लहसुन और प्याज से वर्जित घर में अंडे! माँ की कट्टरता से भयभीत दोनों ने पेट-दर्द का बहाना कर, उस रात उनके नजदीक बैठकर गरम-गरम फुलके नहीं परसवाये। रेनू दुछत्ती में चार अगरबत्तियाँ एक साथ जलाकर रख गई।

वही घर! उसके और नटखट रेनू के ऊधमों से उल्लसित...कितना अपरिचित, रौनक-विहीन मिला उसे। उन हुड़दंगों को उसने सब तरफ घूम-फिरकर टोहने-पाने की कोशिश की।

माँ को तमाम वहम हो गए थे।

मसलन—वह राह पर नहीं। किसी के बहकावे में अपना दीन-धर्म भूल गया। भूल गया कि वह कोई अनाथ बच्चा नहीं, उसके किए-धरे का कोई हिसाब-किताब लेनेवाला सिर पर मौजूद है। भले ही वह अरसे तक कमाने-धमाने के चक्कर में घर से दूर परदेश पड़ा हुआ। उन वहमों पर अविश्वास की दीवारें चुन दी थीं उसकी चुप्पी ने। माँ की हर जिज्ञासा, बेतुके सवाल का रूप धर उस पर कुल्हाड़ी उठा लेती। उसकी समझ में नहीं आया कि माँ स्त्री होकर किसी स्त्री की भावनाओं के प्रति इतनी नासमझ, कठोर और दुराग्रही क्यों हैं? उसकी चुप्पी उन्हें बेलगाम प्रपंचों से दूर रहने की कोशिश नहीं, अपने मातृत्व की अवहेलना और किसी पिशाचिनी के दुष्प्रभाव का दुष्परिणाम महसूस हुई। जितने दिन वह घर पर रहा, माँ ने न जाने कहाँ-कहाँ की भभूत बड़ी चतुराई से आँखें बचाकर, उसकी चाय या दूध में घोल-घोलकर पिलाई। चीजें छुआ-छुऊ कर टोटके किए। उसे आभास हो गया कि उसके पीछे उसकी अटैची को खोला गया। चीजें रखी यथास्थान अवश्य दिखीं। बस, उनका क्रम बदला हुआ नजर आया।

"तुम्हें सच बता दूँ?" बोलते-बोलते वह क्षण-भर के लिए ठिठका, "ऐसा कुछ भी नहीं है जो ये सोचे बैठे हुए हैं।"

"उस महानगर के बियावान में जहाँ रोजी-रोटी की तलाश में पहुँचा प्रत्येक व्यक्ति संघर्ष की आरी से बोटी-बोटी होता अपनी संवेदनाओं का रक्त स्वयं चाट जाता है, वहाँ सुरक्षित बचता तभी है जब उसे अनायास किसी घर में अपना घर मिल जाता है! रिश्ते मिल जाते हैं।"

"अपने घर की भभक खत्म हो जाती है?"

"तुम भी उलझ गईं?"

"जो भी बम्बई में तुमसे मिलकर आया, तुम्हें समझकर आया, उसने यही स्पष्ट किया कि तुम उस घर को चलाने लगे हो।"

"घर जरूर चला रहा था। उसकी जरूरत थी। अब राजी खुद नौकरी करने लगी है।"

"राजी!"

"राजी भाभी! परिवार पर अचानक टूटे पहाड़ के चलते जिन परिस्थितियों में वे अकेले, असहाय हुए वहाँ अगर मैं उन्हें बेसहारा छोड़ देता तो शायद अपने से ज्यादती होती, तुम सबसे भी...क्योंकि तुम सब उस घर में मेरे लिए मूर्त हो गए थे।"

"बच्चे कितने हैं उनके?"

"दो...दो लड़कियाँ। रूना दस की है। मीता छ: साल की।"

"उम्र में तुमसे बड़ी हैं?"

"जानने की आवश्यकता नहीं अनुभव की।"

"इतनी छोटी उम्र में...उमेश को बीमारी क्या हुई?"

"अलसर फट गया, डॉक्टरों को भी हैरानी हुई, इलाज क्यों नहीं हुआ... तुम्हें उमेश का नाम कैसे पता?"

"भूल गए? तुमने ही तो लिखा था कि उस महानगर में तुम्हें तुम्हारा एक बहुत पुराना अजीज दोस्त मिल गया है...उमेश।"

"सिगरेट मिलेगी?" उसे अच्छा लगा। रेनू पहले की ही तरह उससे लम्बी-लम्बी बातें नहीं कर रही। तर्क कर रही। जो उनका परस्पर पुराना रिश्ता है और पुराने रिश्ते को अनायास लम्बे अन्तराल के बाद उनके दरमियान सजीव हो उठना तसल्ली दे गया।

"मुश्किल है। ये तो पीते नहीं, रखते जरूर हैं दोस्तों आदि के लिए। देखती हूँ इनकी मेज की दराज में।" ढूँढ़कर रेनू सिगरेट का पैकेट और माचिस ले आई। वह सिगरेट सुलगाकर बड़ी देर तक मौन हो आया, रेनू को देखता-भर रहा। पता नहीं कहाँ थी वह...उसमें या अपने में।

खामोशी तोड़ी, "तुम्हारे प्रोफेसर साहब की कहानियाँ-वहानियाँ पढ़ता रहता हूँ, बहुत बकवास झाड़ा करते हैं।"

"बहुत-से लोग इस बकवास की तारीफ करते नहीं अघाते। फिर तुम्हें कहानी की समझ कहाँ! तुम तो पढ़ते होगे विनोद-हमीदवाली जासूसी किताबें।"

वह हँसा, "कुछ परिष्कृत हुआ है मामला। वेदप्रकाश कम्बोज पर आ गया हूँ...लौटेंगे कब तक?"

"तीन-चार रोज मद्रास में ही लग जायेंगे। उड़ीसा में भी एक-आध रोज रुकेंगे, सतीश वहीं है—सबसे छोटावाला देवर। याद है?"

"हाँ।"

"एक प्याली कॉफी और चलेगी?"

"हूँऽऽ..."

उसके खाने से वह कुछ उलझी। आहिस्ता से उसकी कुर्सी के हत्थे से आकर टिक गई।

"जरा बच्चों को देखकर आती हूँ। ऊधम कुछ ज्यादा ही हो रही, कॉफी भी बना लाती हूँ। कहाँ तो तुम दिन में कम-से-कम छः-सात बार चाय बनवाकर पिया करते थे। तुम्हें आए हुए पूरा दिन हो रहा और तुमने..." रेनू का स्वर मीठे उलाहने से भर आया।

"भानजे-भानजियों की संख्या तुमने कुछ ज्यादा ही बढ़ा ली।" दूसरी सिगरेट जलाकर उसने गहरा कश खींचा—"तुम्हें तो सिर्फ एक चाहिए था!"

"चलो, तुम्हें यह परेशानी नहीं झेलनी होगी। दहेज में ही मिल रहे।"

"रेनू...!"

मुड़ती हुई रेनू क्षणांश उसके स्वर के बर्फीलेपन से जड़ हो उठी। फिर तेजी से मुड़ी और रसोई की ओर बढ़ गई।

वह अपने भीतर विस्मित होता बुदबुदाया—"कहीं रेनू में माँ की आत्मा तो नहीं प्रवेश कर गई?"

उँगलियों के बीच फँसी हुई सिगरेट की टीप घूरी उसने!

उसे माँ के 'डेथ बेड' पर होने का झूठा टेलीग्राम देकर बुलाया गया था।

राजी चिन्तित हो उठी थी। वह भी घबरा उठा।

"छुट्टी की समस्या है?"

"जो भी हो, तुम्हें जाना चाहिए...लीव विदाउट पे ले लो।"

शुरुआत में उस अपरिचित महानगर के चार दिन भी चार साल से खिंचे हुए महसूस हुए थे। आया तो भीतर-ही-भीतर अनिश्चित था। पता नहीं किस वक्त यह तय कर ले कि उसे इस शहर में कतई नहीं रहना। चलते समय उड़ेली

गई दोस्तों की हिम्मत-अफजाई भी यहाँ की दमघोंटू गर्दी में हाथों से सरक गई थी। तीसरे रोज ही उसका जी एकदम भड़भड़ा उठा। गेस्ट हाउस के सँकरे कमरे की दीवारें सिमटती-सी महसूस हुईं। लगा, किसी भी क्षण किसी जेलर का रूमाल हवा में लहराएगा और उसके नीचे से फाँसी का तख्ता खींच लिया जाएगा।

चलते समय अपने कस्बे में दोस्तों ने उसे अच्छी नौकरी पाने के लिए बियर की पार्टियाँ दीं। नौकरी को लेकर वे उससे ज्यादा खुश दिखे थे—"हिन्दुस्तान के सबसे सम्पन्न शहर से मिल सकोगे, यार! हमें देखो, कस्बे की घिसी-पिटी नौकरी में केंचुए-से घिसट रहे।"

गाड़ी पर छोड़ने आया पूरा घर अपनी छाती की ऊष्मा उड़ेलता, उसे आश्वस्त करता रहा—"हम सब तुम्हारे साथ चल रहे हैं।"

"यार, कुछ जमा-जुमू लो तो जरा अपना भी खयाल रखना। वहाँ के एक-आध कॉलेज में मैंने प्रार्थना-पत्र भेजा हुआ है।" एक दोस्त ने कहा।

"डॉ. सिंहल वहीं हैं। मिलना हो तो मेरे विषय में चर्चा छेड़ना।"

वे सब जानते थे, वह कहीं टिकता नहीं। उसके लिए टिक पाना बहुत मुश्किल है। किसी वक्त मन उचाट हुआ नहीं कि बोरिया-बिस्तर बाँध शहर से बाहर। कुछ को उसकी ये हरकतें गैर-जिम्मेदाराना लगतीं। कुछ ईर्ष्या से भुनते। कितना बेमुरव्वत है। किसी को छोड़कर अकेला नहीं हो जाता...

तसवीर बहुत जल्द बदल गई। वापसी के लिए बोरिया-बिस्तर बँध चुका था कि उसके दमघुटे और ऊबे मन को अचानक उस विकराल शहर की अजनबीयत के बीच अपनत्व का स्पर्श मिल गया। वह शायन स्टेशन था जहाँ उमेश से सहसा उसकी भेंट हो गई।

स्टेशन की गर्दी की धक्का-मुक्की में एक परिचित हथेली का दबाव उसे बहुत पीछे लौटा ले गया।

कुछ ज्यादा मोटी हो गई शक्ल और फूल गए शरीरवाले उमेश को पहचानने में थोड़ी मुश्किल हुई। पहचानते ही वे एक-दूसरे के बगलगीर हो गए। उस शहर की पहली आत्मीयता! पहली बौछार की सोंधाती माटी-सी। इलाहाबाद! नैनी की एक फैक्टरी में क्रेनों को संचालित करता छरहरा युवक उमेश। ग्यारह साल पहले

उसने मामा जी के पास रहकर कुछ दिनों वहाँ काम किया था। उन कुछ दिनों में वे और उमेश एक हद तक बेतकल्लुफ हो गए थे। शाम के बाद का पूरा समय उनका अपने ढंग से कटने लगा था।

मामी की झुँझलाहटों से मामा लाचार थे। रात देर से आना उसके बिगड़ेपन का कारण मान लिया गया। दूसरी जगह ठिकाना बनाने का मतलब गलत निकाला जाता। तनातनी से उखड़कर वह घर लौट आया। बाद में उसके और उमेश के मध्य मुश्किल से एक-दो पत्रों का आदान-प्रदान हुआ होगा। घर पर ही रहकर उसने मैनेजमेंट का कोर्स किया, पार्ट टाइम जॉब भी। इसी बीच सहसा उसकी नियुक्ति दिल्ली की एक फर्म में हो गई। कोर्स अधूरा छोड़कर वह दिल्ली चला गया। शुरुआत में छुट्टी मिलने का सवाल ही नहीं उठता था। साल-भर बाद घर पहुँचा तो माँ ने उसके नाम इकट्ठी हुई तमाम डाक थमा दी—"रेनू थी तो इन्हें भेजा-भाजा करती थी तेरे पास। मुझसे नहीं होता-हवाता। फिर तेरा पता-ठिकाना भी कोई एक हो तो।"

उन्हीं पत्रों के बीच उसे उमेश की शादी का कार्ड मिला।

"सीधा घर चलते हैं, दस मिनट का पैदल रास्ता है।" उमेश ने कहा उससे।

"मैं चाहता हूँ, गेस्ट हाउस में बैग रखकर तनिक तरो-ताजा हो लूँ?"

"मुझे तो तू पहाड़ खोदकर आया नहीं लग रहा।"

"फिर भी..." उसने जवाब दिया।

"चल, छोड़ भी..."

दोनों ने 'ताशकन्द एम्पोरियम' के सामने से सड़क पार की और 'रूपम' वाली गली में मुड़ गए। उमेश की रस-भरी बतकही में ग्यारह साल लम्बा अन्तराल एक-पर-एक प्लेटफॉर्म छोड़ती गाड़ी-सा गन्तव्य की ओर बढ़ता, फासला तय करता रहा। जब तक वे कोलीवाड़ा रेलवे क्रॉसिंग पर पहुँचे, वह उसकी प्यारी पत्नी राजी और बच्चियों—रूना और मीता—से परिचित हो चुका था। उनकी कद-काठी से ही नहीं, चेहरे, मोहरे, पसन्द-नापसन्द, रुचि-अरुचि से भी। पटरियों से गुजरते हुए उसे महसूस हुआ, जैसे वह उमेश के घर पर पिछले ग्यारह वर्षों से निरन्तर आ-जा रहा—कल रात वह वहीं था; आज शाम फिर जा रहा है। कोई अन्तराल उनके मध्य गुजरा ही नहीं...

हाउसिंग बोर्ड की चालनुमा इमारतों के बीच से होते हुए वे ट्रांजिट कैम्प से लगी हुई मुख्य सड़क पर आ गए।

"यहाँ सरदारों के ढाबों पर तन्दूरी और फ्राई फिश इतनी लजीज मिलती है कि..."

"तो हो जाए एक दिन बियर का जश्न।"

"बियर की छोड़, बेवड़ा चखा है बम्बई का?"

"अड्डे की देसी...परसों-नरसों का कार्यक्रम बनाएँ?"

"पक्का।" वह चहका। बम्बई में वह उसकी पहली भटमारी होगी।

किसी अड्डे पर जाने के प्रस्ताव पर उसे बेहद खुशी हुई। शादीशुदा दोस्तों से वह इस मामले में काफी निराश रहा। कोई कार्यक्रम बनाओ, वे भीगी बिल्ली-सी लार टपकाते हुए गले में पड़े 'लाइसेन्स' के पट्टे को छूने लगते।

"पता नहीं राँड़ ने क्या कूट-कूटकर पिला दिया जो उसके बच्चों में बाल सफेद कर रहा है।" कुहनियों के नीचे, पलकों के भीतर चल रहे स्मृति-दृश्य एकाएक टूट गए। माँ की जहरीली खुस-फुस ने उसकी नींद हुसका दी।

"नर्सिंगहोमवालों की लड़की दिखा आप शादी-वादी की बात पक्की करके ही भेजो।" पुष्पा जिज्जी के स्वर में अब और अधिक ढील न देने की चेतावनी थी।

"दो-तीन बार बात निकाली थी, भड़क गया—मुझे अभी सेटल होना है।"

"चक्करों में मत आइए। कहीं का नहीं छोड़ा। ज्यादा तिया-पाँचा करे तो कह दीजिए सीधा कि मैं भी तेरे साथ चलूँगी। सेहत ठीक नहीं मेरी। इलाज का बहाना बना के टिकट कटा लो।"

"कहा...यह भी कहा।"

"असर नहीं हुआ?"

उसने करवट भरी। माँ और जिज्जी उसके जगने के अन्देशे में सहसा खामोश हो गईं। महसूस हुआ, कमरे में धीरे-धीरे हवा खत्म हो रही। उसे उठकर बाहर निकल जाना चाहिए। उठा नहीं। ढीलेपन से जकड़ा, आँखें मूँदे पड़ा रहा।

जिज्जी कल शाम आई हैं उससे मिलने। इस बात पर नाराज थीं कि वह छोटी रेनू से मिल आया, उनसे मिलने नहीं पहुँचा। वे हमेशा ही उससे अपने बड़े

होने की हक अदायगी चाहती रहीं। पता नहीं क्यों, अन्य भाई-बहनों की तरह न वह कभी उनका रोब खा पाया, न घर में की गई उनकी दखलअन्दाजियों को ही बरदाश्त कर पाया। उस पर अपने दबदबे को बेअसर देखकर वे हमेशा खुन्नस खातीं, डंके की चोट पर घोषणा करतीं—"इसे तो भला आदमी बनना नहीं, न एक दिन यह खानदान की नाक कटवाकर हथेली पर धर दे तो मेरा नाम पुष्पी नहीं..."

और बरसों पहले उसको लेकर की गई भविष्यवाणी आज उन्हें असलियत में परिणत होती दिखी तो वे सवा सेर हो उठीं।

उसे पुन: चियाया हुआ पाकर उनकी हिम्मत निर्द्वन्द्व हुई। खुस-फुस फिर शुरू हो गई। माँ बोलीं, "बोला, कहीं कमरा ठीक-ठाक देख लूँ, तब बुला लूँगा।"

"चार साल से बम्बई में है, एक कमरा ठिकाने का नहीं ले पाया? चार सालों में लोग बम्बई में अपना फ्लैट बना लेते हैं?" जिज्जी ने अविश्वास जाहिर किया, "सब बहाने हैं, कहीं ब्याह-श्याह तो नहीं कर बैठा गुप-चुप उस राँड़ से?"

"भगवान जानें।" माँ ने प्रतिक्रिया में नि:श्वास भरा।

"भगवान-वगवान तो क्या...फाँस रखा है उसने। अब छोड़ना भी चाहे तो वह क्यों छोड़ेगी? दूसरा खसम करने का रिवाज तो चल निकला है..."

"कहता है, भाभी है मेरी।"

"उसने कहा और हमने मान लिया। कमाई हड़पने के बहाने हैं हरजाइयों के।"

कब तक पड़े-पड़े सुनता रहे? चादर परे फेंककर उठ बैठा। पंजों में अजीब किस्म की चटकन भरने लगी। जी में आया, दोनों डायनों की गरदनें मरोड़कर दीवार से लगी खूँटी पर टाँग दे। पर फायदा?

माँ इस सम्बन्ध में उससे सीधे-सीधे जवाब-तलब क्यों नहीं करतीं?

खूँटी पर टँगा तीन दिन पुराना मैला कुरता उतारकर शरीर पर डाल, वह पैर पटकता हुआ कमरे से बाहर निकल आया।

माँ की पुरानी आदत है। जुमले उनके होते हैं, जबान जिज्जी की—विष-बुझी। जो कुछ कहना चाहती हैं, वह स्वयं नहीं कहतीं, कहलवाती हैं। और जो कुछ जानना होता है, वह दूसरों से सुनती हैं, खुद उससे पूछतीं नहीं।

कुरते से भभक रही अपने ही पसीने की बू ने जी मतला दिया। मुँह में पनियाती मतली को उसने जीने की दीवार पर पिच्च से थूका। तीन-चार बार।

'इतनी फिकर यहाँ किसे कि वह रेनू के यहाँ से लौटा है और उसकी अटैची मैले कपड़ों से भरी हुई है। कैसा प्यार है? अपनत्व किस बात का?'

वहाँ...उस घर में उसके कपड़े इतने समय तक मैले-कुचैले टँगे होते? वह पिछली रात अपने घर छूट गई रेनू को सहसा बाँह से दबोच, अपने निकट खींच लाया और प्रश्न कर बैठा था। कितने ताने-तुक्के कस रही थी उस पर कि वह अपने घर, अपने घरवालों की चिन्ता छोड़कर दूसरों की खिदमत में अपना भविष्य स्वाहा कर रहा है?

"बड़ा परिवार है, यहाँ फुरसत किसे।" रेनू ने जवाब दिया।

"वहाँ कैसे फुरसत निकल आती है। घर के काम-काज के साथ राजी नौकरी भी तो कर रही है?"

"आदमी को वश में करने के मन्तर भी तो हो सकते हैं?"

"वे मन्तर यहाँ नहीं हो सकते?"

"खून के रिश्ते में दिखावों की लल्लो-चप्पो नहीं होती।"

"यानी खून का रिश्ता हर मर्ज का इलाज हो गया? खून का रिश्ता न हुआ, तकाजों-भरा महाजन का डंडा हो गया?"

साथ चलती रेनू एकाएक निरुत्तर हो आई।

"क्यों फिजूल भाड़ा भरते हो?"

राजी की बात उसे सही लगी थी। गेस्ट हाउस के कमरे में वह रात को सोने-भर के लिए ही जाता है। गेस्ट हाउस के यार-दोस्त उस पर फिकरे कसने लगे हैं—'कई जरूरतमन्दों को बिस्तर नहीं मिलते, तू कमरा छोड़ क्यों नहीं देता?"

बहुत सोचा, राजी और दोस्तों के तर्कों पर गौर करता रहा। उनकी बात शत-प्रतिशत सही लगी। वहाँ जाए बगैर वह रह नहीं सकता। कभी भूले-भटके दोस्तों में फँस भी गया तो कमरे पर लौटकर पता चलता कि राजी का फोन आया था।

तब मन करता कि सोने की बजाय वह फौरन राजी के घर पहुँच जाए। रूना और मीता अभी सोई नहीं होंगी...राजी किसी उपन्यास में स्वयं को उलझाए जाग रही होगी। खाना हो चुका होगा, उसके बावजूद राजी का आग्रह होगा कि साबूत उर्द में उसने राजमा बनाया है, वह जरा चखकर तो देखे? रूना कॉफी पिलाए बगैर नहीं मानेगी। मीता हमेशा की भाँति ठुनकती एक ही फरमाइश दोहराएगी—"अंकल, हम आज आपको लौटने नहीं देंगे। आज आप हमारे पास सोएँगे और हमें राजा हरिश्चन्द्र की कहानी सुनाएँगे।"

मीता को पौराणिक कथाएँ सुनने का शौक है। अचानक याद आएगा तो तुरन्त माँगेगी—"अंकल मेरी 'एक्लेयर'?"

मीता की 'एक्लेयर' वह बिना नागा, दफ्तर से निकलते ही खरीदकर जेब में डाल लेता। किसी की बात टाली जा सकती है, भूली जा सकती है पर मीता की माँग नहीं। मीता का कुम्हलाया चेहरा उससे बरदाश्त नहीं होगा...

ऐसा भी नहीं कि उसने अपने भीतर उनके बगैर न रह पाने की ठोस होती मजबूरी को न पहचाना हो। मजबूरी से अवश न होने की कोशिश भी की पर कोशिश विफल हुई। उमेश जीवित था तब भी उसके साथ पूरे घर का यही आग्रह था।

'ये लो अपना कुरता और लुंगी। मैं चाय बनाकर लाती हूँ।' उसके लिए अलग कुरता और लुंगी हमेशा रखा हुआ मिलता जो उसके घर में कदम रखते ही निकालकर उसे पकड़ा दिया जाता।

उस दिन बसन्त पंचमी थी शायद। राजी ने हल्की पीली साड़ी पहनी थी। सुन्दर, बेहद आकर्षक लगती राजी से उसने परिहास किया था, "भाभी, तुम पर तो आज लाइन मारने की तबीयत हो रही है! आज मैं तुम्हें भाभी नहीं पुकारूँगा, साली बुजुर्गियत बीच में आड़े आ जाती है।"

"अक्ल के भुरते! जितनी आसानी से भाभी के रिश्ते में लाइन मारने की छूट है, दूसरे में कहाँ—देवर माने, दूसरा वर!" उमेश ने उसकी बात पर ठहाका भरते हुए चुटकी ली। ठहाका मध्यम पड़ा तो संजीदगी ओढ़कर तपाक से पूछा, "भाभी नहीं कहोगे तो कहोगे क्या?"

"साले फुँक गया न!"

"सो तो हो ही गया, पर बता तो..."

"नाम से पुकारूँगा।"

"पुकार, पर राजी से 'राजे' मत करना, 'मेरे नाम' पंजीकृत है!"

"रजिया सुल्तान कैसा रहेगा?"

"चलेगा, चलेगा, अंकल..." बच्चे ताली पीट-पीटकर हँसने लगे।

"बिलकुल नहीं चलेगा?" उमेश ने दोनों हाथ हवा में लहराकर विरोध किया, "तुझे छोड़ यह किसी हब्शी से मुहब्बत कर बैठी तो?"

"मेरे रहते यह सम्भव नहीं।" उसने मुंडी हिलाई।

हास-परिहास के बीच राजी झेंप गई। बड़ी देर तक ठहाके उनके बीच टँगे रहे।

उसने कमरा छोड़ने का निर्णय ले लिया।

उमेश के न रहने पर तंगी का मुँह चौड़ा होने लगा। राजी नौकरी की कोशिश में थी। वह उन्हें असुरक्षित न महसूस करने देने के प्रयास में पूरी तरह समर्पित। दोनों ही जानते थे कि गेस्ट हाउस के भाड़े के ढाई सौ रुपये इस वक्त घर की समस्याओं को कितनी राहत मुहैय्या कर सकते हैं। वह इस प्रतीक्षा में था कि राजी पहल कर, स्वयं एक दिन उसका सामान उठाकर ले आए। राजी ने वही किया।

उसके कमरा छोड़ने पर, उसके रूम पार्टनर ने उसे विदाई स्वरूप ड्रिंक पार्टी दी। पार्टी में लोगों ने उसे शुभकामनाएँ दीं—"घर, घर होता है। कभी-कभी हमें भी घर की रोटियाँ खिलाने को आमंत्रित कर लिया करना, यार!

रूम पार्टनर को धीरे-धीरे ज्यादा हो गई। होश खोकर वह गालियाँ बकने लगा—"साआल्लाऽऽ कीप हो गया है उस औरत का, सौदा घाटे का नहीं।"

नौबत मारा-पीटी पर आ गई। दोस्तों ने रूम पार्टनर को ले जाकर कमरे में बन्द कर दिया। उसका नशा हिरन हो गया। दिमाग की नसें फटने को होने लगीं। श्याम उसे टैक्सी से घर छोड़ने आया।

प्रश्नों की निरुत्तर कीलें ठुकती रहीं दिमाग पर।

उमेश के रहते यही लोग उसे प्यार से छेड़ा करते—"भाभी के बगैर नहीं रह सकता, भैये, तो उठा क्यों न ले जाता अपना टिन-टँगाड़ा?'

अब?

वही भाभी दूसरी औरत हो गई और वह देवर से कीप! राजी वही थी, वह भी वही था। जो उनके मन में नहीं, वह कैसे उन पर आरोपित कर दिया गया है!

"सा'ब! आगे किधर ले चलूँ?" टैक्सी ड्राइवर उससे पूछ रहा था। टैक्सी शायन सर्किल पर ताशकन्द एम्पोरियम के सामने धीमी हो गई।

उसने चौंककर खिड़की से बाहर देखा। उसकी चिर-परिचित जगह, चिर-परिचित गर्दी, चिर-परिचित गहमागहमी, चिर-परिचित हवा, हवा में तैरती अपनेपन की गन्ध!

एकाएक लगा कि वह किसी अँधेरी खौफनाक खोह से मुक्त होकर बाहर निकल आया है।

"पान खाते हो?"

"नईं, सा'ब।"

"सामनेवाली दुकान से मेरे लिए एक तीन सौ नम्बर लगवा लाओगे?"

"जरूर, सा'ब।" गाड़ी सड़क के किनारे लगाकर, टैक्सीवाला दरवाजा खोलकर बाहर निकल गया।

"मेरे सिर पर हाथ रखकर कसम खा कि तू अब लौटकर उस राँड़ के पास नहीं जाएगा, अलग कमरा लेकर रहेगा! अगले महीने मैं बम्बई आ रही हूँ..."

माँ ने अपने दूध का वास्ता देकर अपने सिर पर उसका हाथ जबरदस्ती रखवाया। तब तक हाथ हटाने को तैयार नहीं हुईं जब तक कि उसने कसम न खा ली। उसे वश में करने का यह अमोघ अस्त्र था—इस अन्तिमेथम के साथ कि उसने उनके सिर पर हाथ रखकर कसम न खाई तो वे समझेंगी कि उनके सबसे बड़े बेटे की भाँति, वह भी बरसों पहले हुई चीन की लड़ाई में मारा गया।

पूरा परिवार उसे घेरे हुए था।

उसी क्षण उसे लगा कि जब तक उसने कसम खाने के लिए माँ के सिर पर विवश हो हाथ नहीं रखा, वह जिन्दा था। हाथ रखते ही वह सचमुच बड़े भैया के साथ पहले चीन की लड़ाई में मारा जा चुका है।

माँ उसे कहाँ समझ पाईं?

रेनू उस क्षण अनुपस्थित होकर भी उसके मस्तिष्क में उपस्थित है।

व्यंग्य से पूछा उसने, 'वाकई माँ के सिर पर रखा हाथ तुम्हारा ही था?'

रेनू से झूठ नहीं बोल पाया—'नहीं।'

'तो फिर तुमने टैक्सीवाले से सीधे-सीधे क्यों नहीं कहा कि वह तुम्हें सरदार नगर ले चले?"

"मैं वहीं जा रहा हूँ, रेनू।"

अनायास उसका हाथ बाएँ बाजू पर माँ के द्वारा बाँधे गए ताबीज पर चला गया—"मौनी बाबा का है, तेरी सेहत ठीक रहेगी?" जानता है, सेहत की आड़ लेकर उस पर टोने-टोटके आजमाए जा रहे। उँगली के जोर से उसने ताबीज का डोरा खींचा। ताबीज उछलकर सीट पर आ गिरा। उसने हिकारत से भरकर ताबीज को उठाया, जैसे ताबीज को नहीं, अपने सिर पर माँ की कसम धराता हाथ उठा रहा हो, और उस हाथ को उसने पीछे से तेजी से चली आ रही डबलडोर बस के सामने उछाल दिया।

(1983)

लिफाफा

वह जाग रहा है। तड़के ही उसकी नींद खुल जाती है। रात चाहे जितनी देर से घर लौटा हो, चाहे जितनी देरी तक पढ़ता रहा हो, सुबह अपने-आप जाग जाने की उसकी आदत छूटी नहीं। उसे आश्चर्य होता है। कुछ आदतें और नियम बदले हुए समय के साथ बहुरूपिए-से अपना चोला बदल लेते हैं। मगर कुछ आदतें किसी भी असर से बेअसर, मरे बच्चे को छाती से चिपकाए बन्दरिया हो उठती हैं। आज भी, जैसे ही दूधवाले की घंटी बजी, वह जाग गया। लेकिन दूध लेने के लिए नहीं उठा। उठती माँ ही हैं। माँ के उठने के कुछेक मिनटों उपरान्त मिल्क कुकर की कर्ण-भेदी सीटी बजती है। चाय चढ़ती है—मसालेदार चाय। चाहे गरमी हो या सर्दी, माँ बगैर मसाले की चाय नहीं बनातीं। मसालेदार चाय की खुंशबू पूरे घर में फैल जाती। घर में सुबह हो जाती। वह अपने बिस्तर पर पड़े-पड़े, आँखें कुहनियों से ढके सुबह को होते देखता, सुनता। सुबह बड़ी हड़बड़ी में होती। वक्त जो बहुत कम होता है उसके पास...

उसे पता होता है कि अब आगे क्या होगा और ठीक उसके अगले 'अब' में...

अनु को उठाया जाएगा, 'उठ न गुड़िया! उठ नऽऽ!'

यह जो उसके बगलवाले पलंग पर चौतेरे-सी पाँच फीट चार इंच की औरतनुमा लड़की औंधी पड़ी हुई है (लड़की कहना मजबूरी है...) वह माँ को गुड़िया लगती है। गुड़िया 'ऊँ-ऊँ' के नखरों के साथ उलटी-पलटी होती, आहिस्ता से उकड़ूँ उठ चाय का प्याला पकड़ लेती। 'गुड़िया' बगैर कुल्ला किए

चाय पीती जबकि रात-भर मुँह खोलकर सोती और तकिये पर ढेरों बदबूदार थूक उगलती, अभी कोई पास बैठ जाए तो मुँह से उठता बदबू का भभका उसे टिकने न दे। मगर उसे कोई फर्क नहीं पड़ता। वह जमुहाइयाँ भरती, बदबू उड़ाती, चाय के घूँट गटकती, आलस तोड़ रही होती। माँ अब कुछ नहीं कहतीं। पहले सख्ती इस कदर थी कि बगैर ब्रुश किए हुए उन्हें चाय मिलती ही नहीं। वह अब भी बगैर ब्रुश किए चाय नहीं पी सकता।

मनुहार चाय के प्याले के साथ बाबू जी के कमरे की ओर मुड़ जाती। दोनों मिलकर चाय पीते। पहले सब साथ बैठकर चाय पिया करते थे। बाबू जी की आदत थी कि उनके हाथ में चाय का प्याला और अखबार आते ही दोनों बच्चों को भी उनके पास बैठा हुआ होना चाहिए। देर से जगना उन्हें और माँ को दलिद्दर न्यौतने जैसा लगता (अब उसके पड़े रहने से नहीं लगता)। चाय के दौर तक का आलम बड़ा शान्त होता। फिर माँ की कमेंटरी शुरू हो जाती। सुर की मिठास अनायास कर्कश हो उठती—'अब और चाय नहीं मिलेगी। अखबार छोड़ो जी, गीजर से पानी निकाल दिया है। फटाफट नहा के निकलो।' 'अनु, पहले अपने बाबू जी को नहा लेने दे, तुझे बाल धोने हैं न, तू देर लगाएगी।' 'जी ये कल की पैंट चलेगी न! जेबों पर हल्का-सा मैल आ गया है।" 'अनु, टिफिन रख दिया बैग में, सब्जी आज कैंटीन से मँगवा लेना, करैले तू खाती नहीं, आलू है नहीं...और हाँ, बीकासूल के कैप्सूल ले रही है न! लापरवाही नहीं बरतते, गुड़िया!' (फिर गुड़िया...) 'यह दूध क्यों छोड़े जा रही है? देर-सबेर का बहाना छोड़, खत्म कर दूध।'

अनु ने धाड़ से अलमारी खोली। सूँ-सूँ इंटीमेट (विदेशी सुगन्ध) की बोतल से अपने को तर किया—अपने को ही नहीं, पूरे कमरे को।

सजती है जैसे दफ्तर न जाकर किसी सौन्दर्य-प्रतिस्पर्द्धा में जा रही हो। वैसे भी आजकल सजने का शौक उसे कुछ ज्यादा ही हो गया है। जिस दिन विदेशी सुगन्ध से देह को नहलाया जाता है, उसके कान खड़े हो जाते हैं—अवश्य ही बिहारी की नायिका कहीं किसी के साथ...

दरअसल, इस मामले में माँ-बाबू जी अतिरिक्त उदार हैं। खुली ढील दे रखी है उन्होंने। साफ कहते हैं, "हमारे दिन और थे। तुम लोगों को जब जिस वक्त जो करना हो, बस हमें बता-भर देना। तुम्हारा अच्छा-बुरा तुम्हारे साथ।

हाँ, अगर हमारे मन मुताबिक चलना हो तो पहले बता देना। हम लड़की देखेंगे, लड़का देखेंगे।"

माँ और बाबू जी के विषय में वह कभी एक राय कायम नहीं कर पाता। सूप में राई-सा ढनगता रहता। दोनों उसे कभी अपनी पीढ़ी के हिमायती और आधुनिक भाव-बोध के संवाहक प्रतीत होते, कभी चतुर-सुजान। कौन चप्पलें घिसे, संस्कारों और खानदानों के नखरे झेलते!

अलमारी भड़ाक से बन्द की।

उसके जी में आया कि उठकर तड़ाक से एक थप्पड़ वह उसके गाल पर जमा दे। कोई तरीका है यह अलमारी खोलने और बन्द करने का? वह पड़ा सो रहा है और वह भड़ाम-भुड़ूम किए कान फोड़े डाल रही है? कुछ कहने से कोई फायदा नहीं। जब से नौकरी पाई है, जबान बेलगाम हो गई है। पलटकर बेइज्जती करने पर उतर आती है—वह बड़ा है, यह लिहाज छोड़-छाड़। पहले माँ सुनती तो बीच-बचाव करते हुए उसे डपट देती थी कि बड़े के मुँह मत लगाकर। लेकिन अब पासे बदल गए। उलाहना देने पर उलटा माँ उसे ही गम खाने की पट्टी पढ़ाने लगतीं।

पिछले महीने घर पर मेहता कई दफे आए। एकाध बार अनु को छोड़ने के बहाने। कुछेक दफा अकेले। उसे बात नहीं जमी। विशेषत: उनका तलाकशुदा होना। क्यों नहीं पटी बीवी से? बातचीत में भी स्पष्ट नहीं लगे मेहता। लेकिन माँ ने उसकी आपत्तियों पर गौर करने के बजाय मखौल उड़ाया कि बेकारी में उसका दिमाग कुंठित हो गया है। वह सही-गलत में फर्क नहीं कर पाता। बातों का बतंगड़ बनाने की जरूरत नहीं। वे न अन्धे हैं, न अक्ल के कँगले। बेहतर होगा, वह मुँह बन्द करके बैठे। दुनिया-जहान कुछ कहे न कहे, घर के भेदी लंका ढहाने में जुटे हुए हैं।

अनु के 'पेंसिल हील' के सैंडिलों की टिक-टिक दरवाजे की ओर बढ़ रही। लॉक पूरा घूमता भी नहीं कि माँ की चेतावनी उछलती है—'सँभल के जाना!' जैसे वह दूधपीती बच्ची हो। अपनी हिफाजत स्वयं कर पाने में असमर्थ। इधर वह लगातार महसूस कर रहा है कि जब से अनु को ओबराय में रिशेप्सनिस्ट की आकर्षक नौकरी मिली है, माँ की खैरख्वाही उसके लिए कुछ ज्यादा ही चिन्तित हो उठी है। उसकी ओर उनका ध्यान ही नहीं जाता कि ऐसे निरर्थक

बोझिल दिनों में उसे उनके ममत्व की कितनी जरूरत है। विचित्र समझ है माँ की। अघाए पेट को रोटी खिला रही जबकि जरूरत उसकी कल्लाती आँतों को वाजिब खुराक देने की है।

कितना उपेक्षित हो गया है वह!

उसे लगता है कि वह उठकर बैठ जाए। कब तक और कितने दिनों तक नकली नींद का नाटक किए हुए पड़े-पड़े उनकी व्यस्तता से खुन्दक खाता रहे। इसलिए कि उसे कहीं जाना नहीं? जल्दी उठकर करेगा क्या? सारी गहमागहमी में एक कप चाय का भी डौल नहीं होता उसके लिए। अखबार बाबू जी और अनु के हाथों में वॉलीबाल खेलता रहता। चलो, अखबार खाली मिलता तब भी उसके जल्दी उठने की गुंजाइश बनती। कुछ तो होता, जो सिर्फ उसके लिए खाली होता और उसके खालीपन को भरता।

उसके भूले-भटके जल्दी उठ जाने में माँ को असुविधा होने लगती है—'यह घंटे-भर तक पाखाने में घुसा-बैठा क्या करता रहता है? बाकी लोगों को नहीं लगती? तू नहाने घुस गया तो अनु कब नहाएगी? तुझे कौन दफ्तर जाना होता है जो सुबह उठकर बैठ जाता है छाती पर मोंगरी कूटने? तेरी चाकरी करूँ या इन लोगों का ताम-झाम निबटाऊँ? चाय, चाय, चाय...न जाने कितनी चाय चाहिए तुझे। कमबख्त पेट है या हौदी?"

लॉक फिर घूमा। बाबू जी भी जा रहे हैं।

घर कामकाजियों से खाली हो गया। अब कोई दिक्कत नहीं। सिग्नल हो गया। बेखौफ उठ सकता है।

रेखा के पास उसे दोपहर के खाने पर पहुँचना है...

रेखा उसकी दोस्त है। दोस्ती की परिभाषा इधर बदल रही। पहले वह अनु की सहेली थी और उन्हीं की कॉलोनी में रहा करती थी। अलग-अलग कॉलेजों में होने के बावजूद दोनों ने साथ-साथ बी.ए. किया। आगे पढ़ने की अनु की इच्छा नहीं थी। उसने बड़े मनोयोग से टाइपिंग और शॉर्टहैंड की पढ़ाई की। गति अच्छी हो गई। आवेदन करते ही सेंचुरी में नौकरी मिल गई।

आगे पढ़ने में रेखा की दिलचस्पी भी नहीं थी। उसके पिता जी चाहते थे कि अगर वह आगे नहीं पढ़ना चाहती है तो कायदे से उनकी विज्ञापन एजेंसी में नौकरी कर ले। रेखा को अपने पिता जी के साथ काम करना मंजूर नहीं हुआ। कारण—'मैं अपने को पूरे समय किसी की निगरानी में नहीं बरदाश्त कर सकती।' उसने हिमालया एडवरटाइजिंग में कॉपी लेखक के रिक्त पद के लिए आवेदन कर दिया। पिता की हैसियत अपरोक्ष रूप से सहायक हुई। हालाँकि रेखा की डींग थी कि उसका चुनाव उसकी योग्यता और चुस्ती-दुरुस्ती के आधार पर ही हुआ। योग्यता और चुस्ती-दुरुस्ती की इतनी ही कदर होती तो वह डेढ़ साल से बेकार बैठा रहता? कद-काठी में वह अच्छे-खासे लोगों के लिए ईर्ष्या का विषय है। बी.कॉम. है। बिजनेस मैनेजमेंट की पढ़ाई द्वितीय श्रेणी में पास की है। सोच रहा है कि बैठे-ठाले कानून पढ़ डाले, अतिरिक्त योग्यता हो जाएगी। हालाँकि अपना भविष्य उसे अन्धकारमय दिखाई दे रहा।

कल सतीश आया था। वह भी उसकी तरह बेकार घूम रहा। कह रहा था नौकरी खोजने में हम जितना समय जाया कर रहे, अच्छा है कि कोई व्यवसाय करने की सोचें।

उसका तर्क था—"पैसा? पैसा कहाँ से आएगा?"

सतीश ने सुझाया, "क्यों न हम शिक्षित बेकारों के लिए खोली गई सरकार की 'लघु उद्योग योजना' की ऋण-नीति का लाभ उठाएँ?'

ऋण मिलेगा?

"कुछ अपनी जेब से डालना होगा। बस, एक धन्धा निश्चित कर लें और अपने अतिरिक्त दो शिक्षित बेकारों की खोज और कर लें ताकि चारों की भागीदारी से काम बन सके। मामला आसान नहीं। वैसे आसान इस देश में है क्या?"

"मिल गया ऋण ऐसे...!" उसने अविश्वास से सिर झटका।

"पका-पकाया कुछ नहीं रखा। मगजमारी करनी होगी, करेंगे। खिलाना होगा, खिलाएँगे।" सतीश ने चुटकी से सिक्के ठनकाने की मुद्रा बनाकर समस्या के बहुत जटिल न होने की ओर इंगित किया, "तुम तैयार तो हो, बन्धु! नौकरी में ही हम क्या उखाड़ लेंगे? कोई भविष्य है?"

"कहता तो तू ठीक है?" बात उसे कुछ जमी।

"चमड़े का काम शुरू करें? कोल्हापुरी चप्पलों की भारी माँग है। डोंबीवली या कल्याण में एक जगह खरीदकर, टिन-वीन का शेड बनवाकर, कच्चा माल देकर आठ-दस मजदूरों को बैठा देंगे।"

सहमत होता है तो सतीश के साथ भागा-दौड़ी शुरू करनी पड़ेगी। बस, इसकी हिम्मत नहीं बँधती। उसे लगता है, प्रकृति से वह नौकरी करने के लिए अधिक अनुकूल है। व्यवसाय की चौबीसों घंटों की माथापच्ची, मारामारी उसके वश की नहीं, न तिया-पाँचा के लिए उसके पास गैंडे की खाल है। निराश होकर भी वह एकदम टूटा नहीं। दूसरे-तीसरे रोज भेजे जानेवाले आवेदन-पत्रों पर जाने-अनजाने उम्मीद की एक नई कोंपल अँकुआने लगती है। शायद फलाँ कम्पनी से बुलावा आ ही जाए। जैसी उनकी अपेक्षाएँ हैं वह शत-प्रतिशत उन पर खरा उतर रहा।

चाय का प्याला हाथ में देकर माँ उसके करीब आ बैठी।

अब अखबार की तह खोलने ही जा रहा था कि माँ के इस तरह पास आकर बैठ जाने से अच्छा लगने के बावजूद माथा ठनका। सब चले गए फिर भी यह उनके फुरसत का समय नहीं। हो सकता है बड़े दिनों बाद उन्हें एकाएक उसकी सुध हो आई हो। पूछें कि वह कैसा है? कहाँ-कहाँ आवेदन-पत्र भेजे? किन जगहों पर उसे उम्मीद लगती है? आजकल वह ढंग से खाता-पीता भी नहीं। क्या बात है? रात में देर से घर क्यों लौटता है? घर में जी नहीं लगता? अनु और मेहता की कोई बात हो, वे उससे सलाह-मशविरा लेना चाहती हों। आखिर वह घर का बड़ा लड़का है...

"तेरे बाबू जी पूछ रहे थे कि तू डॉ. गुप्ता से मिलने गया था?"

सत्यानाश! सुबह की रेड़ हो गई।

"कितनी बार जाऊँ?" वह अनायास रूखा हो आया—"जब भी मिलने जाता हूँ, वे यह कहकर लौटा देते हैं कि भविष्य में गाहे-ब-गाहे उनसे मिलता रहूँ। पिछले तीन महीनों से मैं उनसे 'गाहे-ब-गाहे' मिल रहा हूँ। आज तक उन्होंने कहीं किसी काम के लिए, किसी से मिलने नहीं भेजा। मेरे बस की नहीं उनकी जी-हजूरी। होंगे बड़े फन्ने खाँ। एक कप चाय तक को नहीं पूछते। न जाने कैसे दोस्त हैं बाबू जी के...चिरकुट।"

"भई, बड़े आदमी हैं...तब तक जबान नहीं खोलेंगे जब तक तेरे लायक कोई बात उनके दिमाग में नहीं आ जाएगी।" माँ ने डॉ. गुप्ता की तरफदारी की।

"तुम जब किसी बात को नहीं जानतीं-समझतीं तो बीच में मत बोला करो। कुर्सी का दम्भ है उनको...अहंकार सन्तुष्ट होता है नई पीढ़ी को कुत्ते-सा दौड़ाने में।"

"मुझे क्या पड़ी...तेरे बाबू जी ने पूछा सो मैंने पूछ लिया तो कौन-सा अनर्थ कर दिया?"

"बाबू जी से कहा करो कि वे जो कुछ पूछना चाहते हैं, खुद ही पूछ लिया करें! दूसरे के कन्धे पर बन्दूक रखकर दागने की जरूरत नहीं।"

माँ तुनककर उठ गईं उसकी बेहयाई पर कि आखिर यह क्या तरीका है कि कुछ पूछो तो वह मरखने बैल-सा सींगें दिखाने लगता है। धौंस काहे की दिखाता है?

मन में आया, लपककर माँ की गरदन नाप ले कि तुम्हारे ममत्व की पोल खुल गई है। तुम परले दरजे की कपटी औरत हो। तुम सन्तानों में भेदभाव बरतती हो—अनु को श्रेष्ठ और मुझे हेय बनाकर। परन्तु जड़ हुआ-सा अखबार के पन्ने थामे बैठा रहा। बस, इतना हुआ कि अखबार के कोने मुट्ठियों में मुस गए।

माँ और बाबू जी की धारणा बन गई है कि वह न नौकरी पाना चाहता है, न नौकरी करना वरना अब तक उसे नौकरी मिल गई होती।

अब तो उन्हें शंका होने लगी है कि वह साक्षात्कार देने जाता भी है या आवारा दोस्तों के संग इधर-उधर भटकता रहता है। 'गए थे।' 'क्या हुआ?' पूछते उनका गला दुखने लगता। उन्हें उसके नौकरी न पाने का कोई कारण नजर नहीं आता। माँ कहतीं कि उनके देखते कॉलोनी की ऐरी-गैरी नत्थू-खैरी लड़कियाँ नौकरी पर लग गईं। परिचितों के लड़कों के तबादले होने लगे।

कैसे समझाए कि बगैर सिफारिश के आजकल बात नहीं बनती। और इसी अक्षत का अभाव है उसके पास। रही लड़कियों की बात तो वे अपने-आपमें एक जबरदस्त 'सिफारिश' हैं...भला उन्हें सिफारिश की क्या जरूरत? जमाना ही लड़कियों का है। घर, सड़क, दफ्तर, बाग-बगीचे, रेलवे प्लेटफॉर्म, फुटपाथ, बाजार, दुकानें—जहाँ देखो वहीं लड़कियाँ-ही-लड़कियाँ उमड़ी चली आ रहीं।

टिड्डियों के दल-सी यह जो युवकों में बेकारी की बाढ़ आई हुई है—लड़कियाँ ही जिम्मेदार हैं। कमबख्त घरों में बन्द चूल्हा-चौका निपटा रही होतीं तो आज लड़के निठल्ले, बेरोजगार न घूम रहे होते। डिगरियों का पुलिन्दा कन्धों और खोपड़ियों पर ढोते हुए—निराश, हताश, जीवन से विरक्त...

उसे लगता है कि एक आन्दोलन शुरू होना चाहिए। देशव्यापी स्तर पर। देश के सारे युवकों को संगठित होकर लड़कियों के खिलाफ नाकेबन्दी करनी चाहिए कि वे घरों की शोभा हैं। कृपया घरों में पायल रुनकाती-झुनकाती, सिरों पर पल्लू डाले, माँग में चुटकी-भर सिन्दूर भरे पतियों, भाइयों, सास, ससुर की सेवा करें! दफ्तरों में कुर्सियाँ क्यों अगुआ रखी हैं; खाली करें! 'देश की महिलाएँ मुरदाबाद!' 'महिलाओ दफ्तर खाली करो।' 'महिलाओं को भगाओ, बेकारी मिटाओ!' यह निश्चित है, अगर देश की सारी नौकरीपेशा महिलाएँ नौकरियों से इस्तीफा दे दें तो देश में बेरोजगारी की समस्या चुटकियों में हल हो जाएगी।

इतने खराब मूड में भी वह मुस्कराए बगैर नहीं रह सका।

अचानक कभी उसका दिमाग चमत्कारी हो उठता है और ऐसी-ऐसी धाँसू बातें सोचता है जिनका कोई जवाब नहीं। भले ही वे बेसिर-पैर की हों। बेसिर-पैर की क्यों, वास्तविकता यही है। अपने ही घर का वातावरण ले लें तो तसवीर का पहलू यह भी हो सकता था कि अनु घर पर बैठी, काम के बोझ से त्रस्त, खीजती-झल्लाती माँ की मदद कर रही होती और वह उसकी जगह ओबराय में नौकरी कर रहा होता।

अब क्या पढ़ना अखबार! होता ही नहीं पढ़ने लायक कुछ। रोज-ब-रोज घुमा-फिराकर वही-वही घिसी-पिटी बातें। उसकी पीढ़ी के लिए अखबार हफ्ते में सिर्फ एक ही रोज निकलता है और वह दिन होता है रविवार। तीन पृष्ठ रिक्त स्थानों के विज्ञापनों से भरे हुए। आँखें गड़ाए सुबह से शाम हो जाए तब भी कुछ-न-कुछ पढ़ना छूट जाए। उनमें से अपनी लियाकत के मुताबिक रेखांकित करना तो और भी मुश्किल।

अखबार परे फेंककर उठ खड़ा हुआ। नहा-धो ले। दाढ़ी भी बनानी है। रेखा को बढ़ी हुई दाढ़ी से नफरत है—"लगता है, आजीवन कारावास काटकर चले आ रहे हो..." देखते ही ताना कसती। उसका नियम है—जिस वक्त उसे रेखा के पास जाना होता है, उसकी पसन्द-नापसन्द महत्त्वपूर्ण हो उठती है।

हालाँकि आजकल उसका मूड उखड़ा और कटखन हो गया है। रेखा भी उसे दोस्त कम और प्रतिद्वन्द्वी अधिक लगती है। ऐसा क्यों हो रहा है उसके साथ! सामान्य बने रहने की पूरी चेष्टा किसी अदृश्य दबाव के तहत निष्फल हो उठती है।

उसकी तसवीरें देख रही रेखा अँग्रेजी के भोंड़े-भोंड़े शब्दों में अपनी प्रसन्नता व्यक्त कर रही है, "हाय अशोक, कितने 'डैशिंग' लग रहे हो! यह 'क्लोजअप'! 'वाव' अशोक!"

रेखा का आग्रह गम्भीरता से न लेने के बावजूद रख लिया था उसने। तसवीरें धुलकर आ गई थीं और वह अलबम उसके पास दिखाने ले आया था।

बहुत दिनों से रेखा उसके पीछे पड़ी हुई थी, वह अपनी कुछ तसवीरें क्यों नहीं उसकी विज्ञापन एजेंसी में रख देता। क्या पता, कभी किसी क्लाइंट को उसकी तसवीर पसन्द आ जाए और वह मॉडलिंग के लिए चुन लिया जाए! मॉडलिंग, बतौर शौक करने में कोई हर्ज नहीं। पैसा भी ठीक-ठाक मिल जाता है। साथ ही शोहरत भी।

"तुम मेरी बात पर कभी गौर नहीं करते, अशोक...आई स्वेर, तुम कद-काठी से ही नहीं बल्कि चाल-ढाल, अन्दाज से भी विशिष्ट लगते हो।" वह हमेशा उसे प्रोत्साहित करती, उसे उकसाती—वह चाहे जो भी पहन ले...चाहे जैसे भी पहन ले...

"रहने दो।" वह सोचता कि रेखा उसे लपेट रही है। कुछ ज्यादा ही चढ़ाती है उसे चने के झाड़ पर।

बहुत दिनों तक बात टलती रही। एक तो वह रेखा के माध्यम से कोई काम नहीं चाहता था। दूसरे उसे मॉडलिंग का पेशा प्रतिष्ठित नहीं लगता रहा। मगर रेखा ने इस दिशा में अपना प्रयास नहीं छोड़ा। एक रोज वह छायाकार दवे को लेकर घर पहुँच गई और उसने उसे तसवीरें खिंचवाने के लिए मजबूर कर दिया। उसके और दवे के संकेतों पर कठपुतली बना वह मुद्राएँ देता, पल-छिन नाचता रहा। रेखा को चेतावनी देता रहा कि वह फिजूल उसकी तसवीरें खिंचाने

में समय और पैसा जाया कर रही। संयोग और सुयोगों ने उससे किनाराकशी कर रखी है। सारी मेहनत बेकार जाएगी। मगर रेखा पूरे वक्त बहरी बनी हुई, दवे के साथ परामर्श करती, मनोयोग से अपने काम में लगी रही।

काम समाप्त कर दवे के जाते ही वे कमरे में आ बैठे पस्त-से। माँ ने उनके साथ चाय-भर पी। रेखा के दोबारा चाय के आग्रह पर वे केवल ट्रे उनके मध्य रखकर अपने कमरे में लौट आईं। रेखा ने पास बैठने की बहुत जिद्द की पर वे लगातार अन्यमनस्क बनी रहीं—"फिर कभी बैठूँगी, बेटे!" रेखा ने भाँप लिया कि माँ-बेटे के मध्य जरूर कोई तनातनी चल रही वरना माँ उनके आने पर खूब खुश होतीं। खूब चटर-पटर करतीं। मन में आया कि अशोक से सीधे पूछे कि क्या बात है? माँ इतनी चुप-चुप और अनमनी-सी क्यों हैं? पर इस भय से छेड़ना मुनासिब नहीं लगा कि कहीं अशोक अपने मनोद्वन्द्व को उगलने लगा तो उसकी स्थिति बड़ी विकट हो उठेगी। घर के खिलाफ अशोक के मन में ढेरों कड़ुवाहट उबल रही, विशेषकर माँ के सन्दर्भ में। माँ पर वह सदैव निर्भर रहा है। छोटी-बड़ी जरूरतों के लिए। अब बढ़ी हुई उम्र और क्षीण हुई शक्ति के चलते वे शायद उसकी जरूरतों को अपेक्षित तवज्जो नहीं दे पातीं। उपेक्षा का हल्का-सा झोंका भी उसे विश्रृंखल कर देता है।

"इतने स्वार्थी और खुदगर्ज न बनो। किताबें बहुत पढ़ ली हैं। माँ को जरा समझने की कोशिश करो। ये मामूली-सी बातें ज्यादा इसीलिए चुभती हैं तुम्हें क्योंकि तुम अपने-आपको असफल महसूस करने लगे हो। सीधे-सीधे से भी पूछी जानेवाली बातें तुम्हें ताना-तुक्का लगती हैं, अशोक! ऐसा नहीं है। यह खीज उनकी दुश्चिन्ता है। तुम्हारे प्रति, तुम्हारे भविष्य के प्रति..."

रेखा बोलती है तो बोलती ही चली जाती है। दरअसल, रेखा से किसी भी प्रकार की बहसबाजी उसे निरर्थक लगती है। किसी हद तक रेखा उसकी तिरस्कृत मन:स्थिति की खरोंच को महसूस करती है पर पूर्णत: नहीं। कर भी नहीं सकती। जिस अच्छे-खासे ओहदे पर वह बैठी हुई है, सफलता और सन्तुष्टि का चश्मा उसकी आँखों को सच्चाई से विमुख किए हुए है। वह तट पर बैठे किसी व्यक्ति का अवलोकन है, तैराक का नहीं। अनुमानों, कल्पनाओं और सहानुभूति से न किसी का नरक बँटा है, न बाँटा जा सकता है। अपने घर में वह अकेली बेटी है।

एक वक्त था...माँ की नजर में वही वह था। बचपन से ही उसे यह एहसास दिया गया कि तुम लड़के हो, श्रेष्ठ हो। कुछ बनना है। तुम्हारे कुछ-न-कुछ बनते ही सारा नक्शा बदल जाएगा। लेकिन बड़े होते-होते परिस्थिति कितनी बदल गई! बड़े होते-होते नहीं, शायद नौकरी की तलाश शुरू होते ही। शायद वे और अनु घर के दो प्रतिस्पर्द्धी छोर हो गए। उनमें दुराव बरता जाने लगा। खुल्लम-खुल्ला। बाबू जी भी पहलेवाले बाबू जी नहीं रहे। न पहले की तरह वे उसे पास बिठाते, न बतियाते, न सुझाते कि उसे क्या करना चाहिए। पहले जरा-सा भी वह कमजोर दिखाई देता तो वे उसे अपनी मौजूदगी का एहसास दिलाकर धैर्य बँधाते। मेहनत करने के लिए प्रेरित करते।

माँ कितना आगे-पीछे घूमती थीं उसके। कहाँ तो अनु को बमुश्किल एक वक्त दूध मिलता जबकि उसे दोनों वक्त जबरन पिलाया जाता। नाश्ते में उसे रात को विशेष रूप से भिगोई गई दो बादाम-गिरियाँ खानी जरूरी होतीं। एक दफे पढ़ते समय उसने माँ से आँखों में जलन होने की शिकायत की तो माँ भरी दोपहरी दवाइयों की दुकान पर जाकर गुलाब जल की शीशी खरीद लाईं और अगले ही रोज दस किलो आँवले का मुरब्बा बना डाला। अनु खाने के लिए माँगती तो स्पष्ट झिड़क देतीं—"देखती नहीं, कित्ता झटक गया अशोक! कसरत करता है। बादाम उसके लिए आवश्यक हैं या तेरे लिए? इस उम्र में बेचारे को खुराक के नाम पर मिलता क्या है? एक तेरे बाबू जी का जमाना था—दंड-बैठक पेलते थे तो छटाँक-छटाँक बादाम, बाल्टी-बाल्टी दूध पीते थे। वही खिलाई-पिलाई है जो आज काम दे रही है। तीन-तीन हार्ट अटैक झेल जाना मामूली बात है?"

किसी विषय में वह फेल हो जाता या कम नम्बर लाता, माँ फौरन उसके लिए ट्यूशन रख देतीं। अनु रिरियाती तो वे तंगी का रोना रोने लगतीं। उसका साल खराब होगा तो उम्र का घपला हो जाएगा। सरकारी नौकरी के लिए आवेदन नहीं कर सकेगा। तेरा क्या, तू ब्याह करके चली जाएगी ससुराल! प्रथम श्रेणी में पास हो या तीसरी, क्या फर्क पड़ता है? सेवा बेटा ही करेगा। आखिरी समय मुँह में गंगाजल डालेगा, वंशवृद्धि करेगा, कन्धों पर ढोकर ले जाएगा श्मशान...

अब पासा पलट चुका है। उसकी जगह अनु ने ले ली है।

माँ को छीन लिया है, बाबू जी को छीन लिया है। नियति के हाथों वह कितना विवश है। समझ में आ रहा है। माँ-बाप से बढ़कर व्यापारी दुनिया में और

नहीं। वे सिर्फ अपने को जीते हैं—जो उनके जीने में रंग भरे, वही उनका सब कुछ! वास्तविकता यही है कि सामाजिक व्यवस्था अगर बहुत पहले लड़कियों को घर के भीतर की जिम्मेदारी न सौंप, आर्थिक पक्ष सँभालने की जिम्मेदारी सौंप देती तो निश्चित ही छटाँक-छटाँक बादाम की गिरियाँ उन्हीं की सेहत के लिए भिगोई जातीं और दरवाजे पर बँधी भैंसें बाल्टी-बाल्टी उसी के लिए दूध देतीं।

"चाय पीने चलें?"

"..."

"कहाँ खोये रहते हो हर वक्त? शिप्रा ने तुम्हें विश किया और तुमने मात्र सिर हिला दिया?"

उसने कोई जवाब नहीं दिया। ऐसा जान-बूझकर नहीं होता उससे। रेखा जानती है, शायद वह टोक इस वजह से रही है ताकि वह आगे से एजेंसी में अपने व्यवहार के प्रति सचेत रहे, सौहार्द्रपूर्ण रहे। उसके प्रति लोगों की धारणा अच्छी बने। मित्रतापूर्ण बने। तसवीरें पसन्द की जाती हैं तब यह जिम्मेदारी और बढ़ जाएगी। हालाँकि उसे विश्वास नहीं कि उसकी तसवीरें किसी क्लाइंट को आकर्षित कर पाएँगी। जो भी हो, रेखा को तो तसल्ली हो गई।

शाम को चारों बेकारों की मीटिंग हुई सतीश के घर। रूपरेखा को अन्तिम रूप दिया गया। आवेदन-पत्र की औपचारिकताएँ पूरी की गईं। तय हुआ कि कौन क्या-क्या काम सँभालेगा। भागा-दौड़ी उसके वश की नहीं। उसने अपने जिम्मे लिखा-पढ़ी ले ली। भागा-दौड़ी सतीश एवं निगम के हिस्से में पड़ी। जगह आदि तय करना नितिन के जिम्मे। नितिन ने बताया कि वासी के निकट लघु उद्योगों के लिए महाराष्ट्र सरकार नाममात्र के पैसों पर जगह मुहैया करा रही है। अभी स्थान पूर्ण विकसित नहीं है मगर जल्दी ही हो जाएगा। पानी और बिजली की सुविधा है।

उन्होंने कार्यक्रम बनाया कि अगले शनिवार को वे चारों वासी जायेंगे और जगह देख लेंगे। शेड किराये पर लेना हो तो उल्लास नगर बुरी जगह नहीं मगर न्यू बॉम्बे का पुल पूरा होते ही वासी सोना हो जाएगी। फिर अपनी जगह तो अपनी जगह है। सतीश के हिसाब से राजनीतिक पेपरवेट भी है उनके पास। खाद्यमंत्री शेवड़े रिश्ते में दूर के मामा लगते हैं। डेढ़-दो महीने में मामला जम जाना चाहिए। जमाना ही पड़ेगा।

सबके मूड हल्के-फुल्के हो आए। कल क्या होगा, पता नहीं मगर एक शुरुआत हो चुकी। वे अपने दिलों में उत्साह और फुरती का संचार महसूस कर रहे थे।

निगम और नितिन उठे और सीधे अपने-अपने घर चल दिए। वह इतनी जल्दी घर लौटने के मूड में नहीं था। क्या करेगा आठ बजे ही घर पहुँचकर? आजकल कोई नई किताब भी नहीं पढ़ने के लिए। अनायास उसे 'दाग' का खयाल हो आया। माँ ने बड़ी प्रशंसा कर रखी थी इस फिल्म की। सोचा, चलकर क्यों न 'दाग' ही देखी जाए। सतीश को प्रस्ताव भा गया। दोनों थिएटर पर पहुँच गए। टिकटघर पर खासी भीड़ थी। पुरानी फिल्मों को लेकर दर्शकों में अभी भी काफी उत्साह है। माँ को बस पता लगना चाहिए कि कहाँ सुरैया की फिल्म लगी है, कहाँ नर्गिस या मधुबाला या निम्मी की, काम-धाम छोड़कर फिल्म देखने निकल लेंगी। पुरानी तो पुरानी, आज की फिल्में भी उनसे कहाँ छूटती हैं! अच्छी हो या बुरी। जिस फिल्म को वे और अनु एक बार नहीं बरदाश्त कर पाते उसे वे घर लौटकर दोबारा-तिबारा देखने की घोषणा ठोंक देतीं। बाबू जी दबे स्वर में माँ के शौक की तरफदारी करते हैं—पान न सुपाड़ी, ले-दे के एक सिनेमा...बाबू जी का तर्क सुनकर उसे हँसी आती। पचासों रुपये हर हफ्ते माँ के शौक के पीछे फुँक जाते, कभी तंगी महसूस न होती। तंगी की हाय-तौबा उसी समय मचती जिस समय वह मुँह खोल बैठता। उसे हजार सीखें सुननी पड़तीं। फिजूलखर्ची से आगाह किया जाता। बुरी लतों से दूर रहने की ताकीद की जाती।

एक बजे रात दरवाजा माँ ने ही खोला।

चाबी साथ ले जाना ही भूल गया था। जब भी देरी से घर लौटना होता, गोदरेज लॉक की चाबी साथ ले जाना न भूलता ताकि उसकी खातिर किसी की नींद में खलल न पड़े।

कमरे की ओर बढ़ ही रहा था कि नियम के विपरीत माँ ने पूछा, "खाना?"

"ले लूँगा...जाकर सो जाइये आप।"

"गरम ही होगा, अभी।" कहकर वे मुड़ने लगीं तभी अचानक उन्हें कुछ खयाल हो आया—"सुन, रेखा का फोन दो बार आया था तेरे लिए। कल ठीक ग्यारह बजे तुझे उसकी एजेंसी में पहुँच जाना है। किसी क्लाइंट से जरूरी मीटिंग

है..." और वे बगैर किसी प्रतिक्रिया की प्रतीक्षा किए अपने कमरे में दाखिल हो गईं।

कल दोपहर सचिवालय भी जाना तय हुआ है। सतीश के साथ उसके मामा शेवड़े जी से मिलने। सुबह सतीश से फोन पर तय कर लेगा कि वह उससे कहाँ मिले। रेखा की एजेंसी वी.टी. पर ही है। ज्यादा दूर नहीं वहाँ से सचिवालय।

मिल्क कुकर की सीटी पूरे स्वर में सुबह का एलान करने लगी।

उसकी नींद टूट गई। नींद आई भी बहुत गहरी थी वरना दूधवाले की घंटी बजते ही वह जाग जाता। आज पता ही नहीं चला कि दूधवाले की घंटी कब बजी। थक बहुत गया कल! रेखा के पास से लौटकर वह ठीक साढ़े चार बजे सचिवालय पहुँचा जहाँ खड़ा सतीश उसकी प्रतीक्षा करता मिला। दोनों ही मुलाकातें सार्थक रहीं। पीठ ठोंककर मंत्री जी ने उनकी हिम्मत बढ़ाई और स्पष्ट संकेत किए कि वे उनके मामले को शीघ्र ही देखेंगे। अपने दढ़ियल सेक्रेटरी को बुलाकर उन्होंने फौरन उनके कागजात ले लेने को कहा। बातचीत से उसे यही आभास हुआ कि जैसे उन्हें ऋण चुटकियों में मिल जाएगा। पर सतीश ने सदैव की भाँति उसे उड़ने से रोका—"यार, यह तो निश्चित है कि अपना काम हो जाएगा पर इतनी आसानी से नहीं, तू इन राजनीतिज्ञों को नहीं जानता। ये ऐसे सुनार हैं जो अपने बाप को भी न छोड़ें। अभी आठ-दस चक्कर लगने मामूली बात है।"

लौटते समय वे गिरगाँव में चमड़े के थोक व्यापारी पवार सेठ से भी उनके घर पर मिलते हुए आए। पवार सेठ से मिलकर वे इस मुद्दे पर एकमत हुए कि कच्चा माल बजाय थोक व्यापारियों से खरीदने के, उनके लिए उन्हीं शहरों में जाकर सीधे खरीदना अधिक फायदेमन्द होगा।

खुशी और दिमागी हल्केपन का एक और जबरदस्त कारण था—

जिस क्लाइंट से रेखा ने उसे मिलवाया वह उससे मिलकर इतना प्रभावित हुआ कि उसने बतौर अग्रिम अनुबन्ध राशि उसे हजार रुपये का लिफाफा पकड़ा दिया था। शेष पारिश्रमिक सत्ताईस-अट्ठाईस की दो दिन की शूटिंग खत्म होने

के उपरान्त। यह भी शर्त रखी कि वह उनकी टाइयों के विज्ञापन के अतिरिक्त अन्य किसी टाई कम्पनी के लिए विज्ञापन नहीं करेगा। इसके लिए भी उसे हर माह बँधा हुआ पैसा मिलेगा। उसे क्या दिक्कत हो सकती थी? उसने बस इतना किया कि क्लाइंट जब उससे शर्तों पर सहमति का ठप्पा लगवाना चाहता, वह रेखा की ओर संकेत कर देता—जैसा रेखा जी कहेंगी। रेखा ने हर माह दिए जानेवाले पारिश्रमिक पर जरा आपत्ति प्रकट की कि यह राशि बहुत कम है। अन्य टाई कम्पनियों के लिए काम न करें, इसके लिए पारिश्रमिक वाजिब तो होना ही चाहिए। थोड़े तर्क-वितर्क के बाद राशि आठ सौ रुपया महीना बढ़ गई। अनुबन्ध हस्ताक्षरित हो गया। वह रेखा की कार्य-कुशलता पर मुग्ध हो उठा। उसे अनुमान नहीं था कि वह पुरुषों को चराने में इतनी चतुर होगी।

क्लाइंट ने उसे प्रथम बधाई दी। रेखा ने भी, अपनी अन्तरंगता को न जाहिर करते हुए।

क्लाइंट की गाड़ी जाते ही उसने रेखा को बगैर 'आसपास' की परवाह किए बाजुओं में समेट लिया। रेखा को अरसे बाद उसने इतना खुश पाया था। घर के लिए 'ब्रजवासी' से रेखा ने दो किलो बरफी बँधवाई—"घर पहुँचते ही माँ के हाथ में देना। पैर छूना न भूलना।" बरफी का डिब्बा सादे खाकी कागज में पैक करवाया ताकि देखने में ऐसा आभास हो कि कुछ किताबों का बंडल है। रेखा को मालूम था कि उसके पास से उसे सचिवालय पहुँचना है। सतीश वहाँ उसकी प्रतीक्षा कर रहा होगा।

आज़ दोपहर को उसने तीन-साढ़े तीन के बीच ताड़देव उमेश के यहाँ पहुँचना है। कपड़ों का नाप देने। कपड़ों के चार सेट बनेंगे उसके जिन्हें उसे शूटिंग के दौरान बदल-बदलकर पहनना है।

पिछले छः महीनों से वह बगैर बनियान के कमीजें पहन रहा है। चड्ढियाँ तो खैर, अभी कुछ दिन और घसीट ली जाएँगी। माँ का ध्यान ही नहीं जा रहा था। उसे ध्यान दिलाना पड़ा तो माँ बोलीं, "मैंने तो समझा था कि तू इसलिए नहीं बोल रहा है कि आजकल बगैर बनियान के कमीज पहनने का फैशन चल रहा।" जी में आया कि संकोच छोड़ तड़ाक से कह दे कि फैशन तो आजकल बगैर ब्रा के ब्लाउज पहनने का भी चल रहा। पर लिहाज में चुप्पी साध गया। वह

कमाता नहीं है तो माँ की नीयत स्पष्ट है कि उसे कम-से-कम में काम चलाना चाहिए। नहीं है तो उसमें भी।

रेखा ने कहा ही था। उसने भी यही सोचा कि कायदे से पहली कमाई यही है और वह माँ के हाथों में रखी जानी चाहिए। उसने किया भी वही। पैसों का लिफाफा और मिठाई का डिब्बा घर में घुसते ही माँ को पकड़ा दिया। पाँव भी छू लिए। अनमने भाव से। अब ये ढकोसले बेनकाब हो चुके हैं। काहे का आदर, काहे का आशीष!

माँ भौचक्की रह गईं। एकदम से समझ नहीं पाईं। या विस्मय दिखाने का नाटक किया। वास्तविकता जानते ही उनकी आँखों का रंग बदल गया। उसकी बेरोजगारी के दु:ख से सोई ममता अचानक उमड़ पड़ी। झर-झर आँसू बहने लगे। अभिनेत्री भी अच्छी हैं, प्रसाद चढ़ाने की बात श्लोक-सी उच्चारी गई। ढोंग में उसे विश्वास नहीं। उसने स्पष्ट मना कर दिया था कि वह मन्दिर-वन्दिर नहीं जाएगा। शाम को बाबू जी ने गम्भीरता के खोल से बाहर आए बगैर ही उसे विज्ञापन फिल्म पाने पर हार्दिक बधाई दी। अनु सदैव की तरह नाटकीय थी। मिलते ही कन्धों से लटककर उसने उसका माथा चूमा। कैसे-कैसे क्या हुआ, पूछा। सारा कुछ ब्यौरेवार जानने की जिद्द की। बाबू जी भी पास आ बैठे। माँ कॉफी बना लाईं अपने-आप। अरसे पहले की वे सुबहें कितनी सच्ची थीं...यह शाम, यह शाम कितनी औपचारिक, अपरिचित!

अचानक अपनी कुहनी पर उसे किसी मुलायम स्पर्श का एहसास हुआ।

उसकी आदत है। वह सोता इसी तरह है। कुहनी से चेहरा ढककर। इस वक्त जरूर किसी ने उसको कुहनी को छुआ है...मगर कौन? वहम भी तो हो सकता है उसका। जब से नींद टूटी है, सोच रहा है...सोच रहा है, बाह्य हलचल से अस्पर्शित उसके भीतर एक दुनिया है जहाँ किसी का हस्तक्षेप नहीं, जहाँ वह अपने तरीके से रहता है। अपने तरीके से जीता है। अपने तरीके से किसी को प्यार करने के लिए स्वतन्त्र है। किसी से घृणा करने के लिए भी। और, ये जो उसके अपने हैं उनसे वह उस दुनिया के भीतर खूब-खूब घृणा करता है। बात-बात में

चुनौती देता है। तिरस्कृत करता है। यही लोग हैं जिनकी वजह से वह अपने को आज 'किसी काबिल नहीं रह गया' अनुभव करता है। इन्होंने ही तो उसके जिस्म में कूट-कूटकर भर दिया है कि तू बेकार है, नकारा है—बुहारे कूड़े-सा!

कुहनी फिर छुई गई। झकझोरी गई। कोई उसे ही उठा रहा है। पर इतनी सुबह? इस घर में यह अजूबा कैसा? नियम-भंग कैसा? बेगाने घर को अचानक उसमें दिलचस्पी कैसे पैदा हो गई? वह एकाएक सुबह में कैसे शामिल किया जा रहा है? कहीं अनु के भ्रम में तो नहीं उठाया जा रहा उसे?

कुहनी अबकी जोर से झकझोरी गई। मनुहार भी उसकी ओर झुका—"उठ ना, ले, चाय पी ले..."

माँ? हाँ, माँ ही तो उठा रही हैं उसे। यह क्रम कैसे बदल गया? वह उठ बैठा।

'माँ, माँ, मैं हूँ...अनु नहीं...' शब्दों पर माँ को सहज पाया।

"हाँ, हाँ, मैं तुझे ही उठा रही हूँ, ले चाय पकड़!" चाय का प्याला उसकी ओर बढ़ाकर माँ अनु के पलंग की ओर बढ़ गईं, उसे उठाने। हतप्रभ हो उसने अनु की ओर देखा—अपने बिस्तर पर सिकुड़ी-सिमटी-सी पड़ी हुई अनु ने माँ के हिलाने पर 'ऊँ-ऊँ' की।

(1982)

शून्य

उसका कमरा है। तिपाई पर भाप छोड़ते कॉफी के दो प्याले हैं। तश्तरी में बिस्कुट हैं। सामने राकेश बैठे हैं—भूतपूर्व पति।

"मैं दीपू को...अब अपने संग ही रखना चाहता हूँ। इस दरमियान लगातार उसके अभाव को झेलता रहा लेकिन अपने-आपको दबाता, समझाता रहा तो बस इसी खयाल से कि अभी उसे मुझसे ज्यादा माँ के ममत्व और संरक्षण की जरूरत है...आपके अकेलेपन का भी खयाल रहा।"

'आप' और 'अकेलेपन' इन दो शब्दों ने अनायास उसके स्वाभिमान पर नश्तर चुभो दिए। इतनी औपचारिक भाषा? क्या अतीत बन गए सम्बन्ध जिये गए सत्य को विस्मृत कर देते हैं? ठीक है, अब उन्हें एक-दूसरे से कुछ लेना-देना नहीं पर 'आप' न कहकर अगर वे उसे पहले ही की तरह 'सरला' कहकर सम्बोधित करते तो क्या स्थितियाँ बदल जातीं? नहीं, बस, उसे अच्छा लगता—बीते सच को सम्मान देने-सा। वर्षों बाद हो रही भेंट को, नितान्त अपनी-अपनी व्यवस्था में जीते हुए अनौपचारिक बने रहने देने-सा...कितना विचित्र लग रहा है सुनकर। बच्चे का अभाव उन्हें निरन्तर सालता भी रहा और उसे देखने नहीं आ सके तो महज उसके अकेलेपन पर दया कर! आज आए हैं तो यह निश्चय करके कि अब दीपू को अपने साथ ले जाएँगे। उसके अकेलेपन का विचार आज नहीं आया?

वह तल्ख हो आई, "देखिए, मैंने दीपू को उन कड़ुवाहटों के स्पर्श से दूर रखा है..."

बात पूरी नहीं होने दी उन्होंने—"इसमें छिपाने जैसी क्या बात है? उसके माँ-बाप में नहीं पटी, नहीं पटी।"

"उसकी माँ को छोड़ दिया है, यह भी?"

"बिलकुल! दरअसल...सच कभी बच्चों से छिपाना नहीं चाहिए, फिर... आप उसे 'छोड़ दिया है' कहकर क्यों समझाना चाह रहीं? यह कहकर क्यों नहीं कि उसकी माँ और बाप के बीच आपसी समझदारी का अभाव रहा। बच्चे समझदार पैदा नहीं होते। उन्हें सयाना बनाना पड़ता है और अगर सच्चाई सही तरीके से उनके सामने रखी जाए तो कोई कारण नहीं कि आपसी टूटन को वे सहज भाव से न लें। हाँ, सावधानी बरतनी जरूरी है—उनके कोमल मानस को ध्यान में रखते हुए। मुझे यकीन है, बेला इस समस्या को सुलझाने में समर्थ होगी।"

'बेला!' छन्न से उसे भीतर कुछ दरका। एक सोयी टीस सहसा खुरची जाकर अन्तर्मन के अँधेरे, बन्द प्रकोष्ठों से माथा पटकती, पलकों में नम होने लगी।

इतनी कमजोर है वह? पहली बार उसके सामने राकेश बेला के प्रति साधिकार नहीं हुए। फिर? छि:! भावुकता ही तो उसे दाने-दाने दीमक-सा चाटती रही। अब, जब वह पूरी तरह अपने को उबारकर सुदृढ़ भीत-सी खड़ी है, तब...

अपने को घुटककर अतिरिक्त तनकर बैठ गई।

"ठंडी हो रही आपकी कॉफी?"

राकेश ने अनिच्छा से प्याला उठा लिया, "देखिए!" वे घूँट भरते हुए कुछ कहने को तत्पर हुए।

वह आक्रामक मुस्कान मुस्कराई, "पहले कॉफी खत्म कर लीजिए, इत्मीनान से बातें करेंगे, हड़बड़ी कैसी।"

राकेश ने भेदती दृष्टि से उसे देखा। एकटक!

संचित साहस तनिक डाँवाडोल हुआ। चौंकी—सामनेवाले के पैंतरे तौल-परखकर अपना वार तय करने में माहिर राकेश जरा भी नहीं बदले!

"ठहरे कहाँ हैं?" घूँट मुँह जला गया।

"नटराज में।"

"कार्यालय के काम से आना हुआ?"

"नहींऽऽ, दीपू के लिए विशेष रूप से कार्यक्रम बनाया।" संक्षिप्त उत्तर। नजर इधर-उधर दौड़ाकर बन्धेज के घुँघरू-लगे परदे टटोले, "दीपू आया नहीं खेलकर?"

"आता होगा।" उसने अनुत्सुक भाव से जवाब दिया। महसूस किया, अपने आने का महत्त्व न दिया जाना राकेश को अखरा। शायद उनका अनुमान रहा हो कि उसकी जगह अब भी परित्यक्ता, आतंकित पत्नी काँपती-थर्राती प्रतीक्षारत मिलेगी।

"आपको नहीं भेजना था।" सुर में सीधा आक्षेप था, जैसे कहना चाह रहे हो कि आपने जान-बूझकर उसे खेलने भेज दिया।

उसने कोई प्रतिक्रिया नहीं दी। बस, प्याले तिपाई से उठाते हुए पूछा, "आप शायद कुछ और भी कहना चाह रहे थे?"

"हाँ, यही कि कोर्ट के फैसले के मुताबिक एक साल बाद दीपू को हमारे पास ही होना है। लेकिन बेला चाहती है कि मैं उसे अभी ले आऊँ। बेला का तर्क है कि दीपू को केवल माँ के लाड़-प्यार की ही नहीं, बाप के अनुशासन और अंकुश की भी जरूरत है। उसने दार्जिलिंग के 'लारेटो' और ग्वालियर के 'सिन्धिया' की विवरण-पत्रिका मँगा रखी है...अब दीपू के भविष्य को लेकर आपको चिन्तित होने की जरूरत नहीं।"

वही पुरानी आदत। अपनी, बस अपनी कहने की अधीरता। उसकी भावनाओं की, उसके सोचने-समझने की परवाह न उन्हें तब थी, न अब। लेकिन अब वह सुने क्यों?

बहुत दिनों तक सुनती रही कठघरे में खड़ी कर दी गई अभियुक्त-सी कि तुम महज एक मामूली औरत हो। हमारे निर्णय तुम्हारी नियति! तब सिर झुकाए उसने सब कुछ स्वीकार कर लिया—अपनी नियति मानकर। यह मानकर कि किसी के मन में अपने लिए बलात कोई कोना पैदा नहीं किया जा सकता। न सप्तपदी की प्रदक्षिणा को आजीवन ढाल बनाए, पत्नीत्व पर अधिकार लिया जा सकता है। सब एक तरफ। अम्मा, बाबू जी, जीजी। इधर माँ जी कि तुम तैश में आकर नादानी न कर बैठना, कि कुछ लिख-लिखकर दे दो या तलाकनामे पर हस्ताक्षर कर दो। बच्चा तुम्हारे पक्ष में है। "दुनिया का कोई कानून तुमसे तुम्हारा अधिकार नहीं छीन सकता...मुस्लिम धर्म स्वीकार करके भले ही दूसरी शादी रचा

ले पर वह भी बात बनती नहीं दिखती। उसका भी तो खसम बैठा है सिर पर, बनी रहने दे हरामजादी को रखैल! घर की देहरी लाँघे तो उठा लेना झाड़ू..." जीजी ने उसे मोरचे पर डटे रहने का साहस बँधाया।

घर की देहरी क्या उसके अधिकार-क्षेत्र को सुरक्षित रख पाई? एक देहरी बेला की भी तो थी...

हिदायतों, सलाहों, सुझावों, सान्त्वनाओं के सहारे खोखली और निस्सार मर्यादाओं को दाम्पत्य के नाम पर जिया जा सकता है? कोशिश की थी उसने।

"जरा शान्ति से सोचें।" उसे अपने में उलझा हुआ पाकर राकेश अपने पक्ष की वकालत में मुखर हुए, "क्या अन्तर पड़ता है अगर दीपू हमारे पास साल-भर पहले आकर रहने लगे। साल-भर बाद उसे हमारे पास आना ही है। सोच लीजिए, साल पूरा हो गया।"

वह अनायास असन्तुलित हो उठी। साल-भर पहले...साल-भर बाद... अदालत जैसे जुमले, क्या यह परस्पर शान्तिपूर्ण बातचीत करने का तरीका है? बगैर अदालत के निर्णय का जिक्र किए हुए भी तो वे दीपू को अपने साथ ले जाने का मुद्दा उठा सकते हैं? लेकिन उठाते कैसे! पितृत्व का कोई कर्तव्य, कोई दायित्व आज तक उन्होंने निबाहा? किस बूते पर वे उससे बच्चे को माँगने पहुँचते? सिवाय कानून की दुहाई के है क्या उनके पास? उसी हथियार का उपयोग तो वे पितृत्व की आड़ से उस पर किए जा रहे हैं। यह न बातचीत है, न प्रार्थना, न विनम्र निवेदन, न विवेक। यह वही दर्प है जो उसके विरोध प्रकट करने पर उसके तर्कों के समक्ष नि:शस्त्र हो आक्रामक हो उठता।

स्वाभिमान आहत हो तिलमिला उठा। इस दर्प का वह प्रत्युत्तर देगी। घिघयानेवाले दिन अब लद गए।

"आपको बच्चे के कच्चे, सुकोमल मन की चिन्ता है? बिलकुल नहीं। उसकी चिन्ता न आपको तब थी, न अब है। एक दिखावा ओढ़ने की इच्छा हुई है अब आपको, तो प्लीज...बच्चे के भविष्य के साथ खिलवाड़ न कीजिए! मैं हूँ न—माँ और पिता, सब कुछ। रही बड़े-से-बड़े स्कूल में उसे शिक्षित करने की बात, तो अपनी औकात-भर उसे 'सेंट एंड्रूज' में पढ़ा रही हूँ। वैसे एक बात कहूँ, अन्यथा न लें...अगर बच्चे की हुड़क इस कदर सता रही है आपको, तो

कोई बच्चा गोद क्यों नहीं ले लेते? बेला और आप, दोनों का ही ममत्व, पितृत्व सन्तुष्टि पा लेगा...फर्क क्या पड़ता है, बस मानने की बात है।"

"मैं सलाह लेने नहीं आया?" राकेश एक-ब-एक उत्तेजित-से खड़े हो गए, "मैंने सोचा था, पढ़-लिखकर आप कुछ समझदार, सलीकेदार हो गई होंगी; मगर देख रहा हूँ, कुछ नहीं बदला।"

"मैं या आप?"

"जाहिर है कि कौन?"

"यही मैं भी कहना चाहती हूँ, गैंडे की खाल ओढ़कर कब तक छिपिएगा?"

"अदालत में मिलता हूँ।" तिलमिलाहट घुटकते हुए वे दरवाजे की ओर बढ़ दिए, "उजड्ड, गँवार!"

"ठीक है, जितनी जल्दी हो, बेटा भी अपने बाप की असलियत जान ले।"

दरवाजा पार करते-न-करते वे क्षणांश ठमककर खड़े हो गए। लगा, अभी पलटेंगे और क्रोध से बिलबिलाकर उसे दबोच लेंगे किन्तु खून का घूँट पीकर वे सर्र से बाहर हो गए। उसने चाहा था कि वे सुन लें। मर्माहत भी हों...बेबस भी हुए वे। कहीं यह भी महसूस हुआ कि प्रहार किसी चट्टान से टकराकर अपनी दिशा बदल बैठा।

खिसियाहट तरल हो आँसुओं में तब्दील होने लगी। क्यों वह असन्तुलित हो उठी? क्यों आहत हो उठी वह राकेश के व्यवहार से? उनकी धमकी से? उनके मिलने आने की सूचना के साथ ही तो उसे इस कड़ुवाहट की पुनरावृत्ति का अन्देशा हो गया था कि ऐसा हो सकता है, वे ठीक से पेश न आएँ। फिर क्यों विचलित हो उठी? उनके मध्य क्या शेष है सिवाय कटु स्मृतियों के? फिर, अलग होने का निर्णय तो उसी ने लिया...

राकेश ने कहा था, "तुम वह पड़ाव हो सरला जिसके दायरे में मैं अपने को हर विवाद, हर लांछन, प्रपंच से मुक्त महसूस करता हूँ, तुम अपनी जगह हो...बेला अपनी..." पर क्या यही परिभाषा थी दाम्पत्य की या महज रोटी-कपड़ा देकर हिलगाये रहने की साजिश! सभी ने कहा, सब्र से काम लो। एक दिन बेला से विरक्त हो उसका मन घर की ओर पलटेगा। लेकिन कहाँ से धैर्य सहेजती? उठते-बैठते, चलते-फिरते बेला की प्रेत-सी प्रतिच्छाया उस पर मँडराती रहती।

डाह का अटूट सिलसिला उसके अन्तर्मन में खदबदाता, खौलता रहता जहाँ वह अपनी क्षमता भूलकर, बेला की समर्थता का खौफ निरन्तर पीती रहती।

छीननेवाले हाथ उसे अधिक ताकतवर लगे। फिर...अपनी क्षमता का इस्तेमाल कर पाती तो क्या तसवीर का पहलू अलग होता? शायद अलग होता! शायद नहीं। उनकी तसवीर का अन्य कोई पहलू हो ही नहीं सकता था। कोई किसी को खींचकर बाहर निकाल सकता है जब अगला तन-मन, सम्पूर्ण चेतना से किसी के वजूद में स्वयं को विलय कर अदृश्य हो चुका हो!

"पत्नी का कलहपूर्ण कटु व्यवहार पति को दूसरी औरत का संसर्ग पाने के लिए उकसाता ही नहीं, जबरन धकेलता भी है।" उसके जेठ ने निरपेक्ष भाव से उसे समझाया था।

बड़ा अजीब लगा था उसे। सब-के-सब उससे ही अपेक्षा करते हैं कि वह अपने को समाईपूर्ण बना ले। बेला के प्रति राकेश की आसक्ति को सहज स्वीकार कर ले। मगर क्यों? उन्हें नहीं समझाया किसी ने? दाम्पत्य को टूटने न देने की सारी जिम्मेदारी क्या पत्नी की ही होती है?

"माली, मेम सा'ब!"

चौंकी। चेहरा दरवाजे की ओर घूमा, तब तक माली कुंडी में फूलों की पुड़िया खोंसकर लौट पड़ा था। उठी, हल्के धुँधलके के बावजूद 'ट्यूबलाइट' जला दी। फिर दरवाजे की कुंडी से फूलों की पुड़िया निकालकर रसोई में बने मन्दिर में रख आई और राहदरी में लगे वॉश-बेसिन पर आँसुओं से तर हुए चेहरे को अँजुरी में पानी भर-भरकर छपछपाने लगी। पानी की ठंडक से बड़ा सकून मिला। प्रकृतिस्थ हुई। आकर फोन पर श्रीमती मेहरा का नम्बर डायल करने लगी। उन्हें सूचित किया कि वे रामसेवक के साथ तुरन्त दीपू को घर भेज दें। राकेश जा चुके हैं।

श्रीमती मेहरा उसकी सहपाठी हैं, मित्र हैं।

दीपू ने शिकायत करते-करते कहा "मैं रामसेवक काका से बार-बार कह रहा था कि अब घर चलो, नहीं खेलना आंटी के घर। ममा फिकर कर रही होंगी। होमवर्क भी बहुत-सा करना बाकी है। कल साइंस का टेस्ट है। पर वे सुन ही नहीं रहे थे। मैंने मेहरा आंटी से भी कहा, पर वे भी, 'अरे बैठो, दीपू' कह-कहकर रोके रहीं। मैं क्या करता? तुम गुस्सा तो नहीं हो मुझ पर? कुछ बोल क्यों नहीं

रहीं? रामसेवक काका को जरूर डाँटना। ये बुड्ढे लोग किसी का कहना क्यों नहीं मानते।"

कुछ बोल पाने की स्थिति ही नहीं रही उसकी। बस, आशंकित-सी प्रतिपल सावधान बनी रही कि कहीं वह सूँघ न ले कि उसके पापा आज उसके घर आए थे और फ्रिज में रखा मिठाई का डिब्बा वही लाए हैं।

दीपू के जिज्ञासा प्रकट करने पर उसने फौरन बहाना बनाया कि वह स्वयं 'ब्रजवासी' की दुकान तक गई थी। यहाँ तक कि रैपर तक निकाल फेंकने की सतर्कता बरती उसने। अभी नहीं चाहती कि दीपू पर प्रकट हो—उसके पापा विदेश में नहीं बल्कि यहीं हैं और उन्होंने उन्हें छोड़कर दूसरा ब्याह रचा लिया है...चाहती है कि दीपू थोड़ा बड़ा और समझदार हो जाए तभी जीवन की कटु वास्तविकताओं से उसका सामना हो! दाम्पत्य की विघटन की कड़वाहट बड़ी जहरीली होती है—बच्चे के दिल-दिमाग को भ्रमित कर देनेवाली। असहज बना देनेवाली। उसके कोमल मन में एक खोह को जन्म देनेवाली।

नींद नहीं आ रही। दीपू की चादर को कई बार ठीक किया। सिर के नीचे से सरक गया तकिया सहेजा। बड़ी देर तक उसके अबोध चेहरे को निर्निमेष ताकती रही। क्या वाकई राकेश दीपू को उससे छीन लेंगे? वह फिर अपने विपन्न होने और कर दिए जाने की यन्त्रणा भोगने को विवश होगी?

हृदय की बेचैनी अनायास नम हो, भिंची पलकों के ओर-छोर घुमड़ती, कनपटियों पर अजस्र धारा-सी बह निकली।

राकेश क्यों आए बिसर गए विगत को कुरेदने? जिसे दीपू के होमवर्क में, कॉलेज के वक्तव्यों की तैयारी में, कक्षा के उल्लासपूर्ण जीवन्त वातावरण में विलय कर वह लगभग भूल चुकी थी। बरसों पहले शुरू की गई अपनी नितान्त दरिद्र जिन्दगी को वह नए मायनों में जीने की अभ्यस्त हो चुकी थी। तीन शहर, तीन कॉलेज बदलकर हर शहर, हर नई नौकरी ने उसे आत्मबल ही नहीं दिया, सामर्थ्य-बोध से भी पूरा। ग्रीष्मावकाश में या तो वह दीपू के साथ बाबू जी और अम्मा के पास पहुँच जाती या किसी सुरम्य पहाड़ी स्थान पर सैर को।

दीपू को पहाड़ मोहते हैं। उसे भी। जैसे दीपू ने उसके मन को पढ़ लिया हो। छुट्टियाँ होने से पूर्व ही घोषित कर देता कि नाना-नानी के पास सिर्फ हफ्ते-भर रहेंगे और वहीं से नैनीताल चल देंगे। पहाड़ों से लौटते हुए नई स्फूर्ति, नई

दृढ़ता अपने में संचित कर लाती। पर आज...सारी दृढ़ता राकेश को सामने पाकर मोम-सी पिघल उठी। क्यों? शायद राकेश के समक्ष वह शिकस्त जीवित हो उठी जो वर्षों पूर्व पत्नी के रूप में उसे मिली...

अकेलेपन का इतना गहरा एहसास आज से पहले उसे कभी नहीं हुआ। क्या पुरुष के बगैर जिन्दगी अधूरी है, बेबस है, बेमायने है...क्या गढ़ा स्वयं को?

जब तक राकेश के साथ रही, यही खयाल दीमक की भाँति चाटता रहा। उनसे अलग होकर भी अरसे तक वह इसी खयाल से बिंधी, पस्त गुलाटियाँ खाती, स्थिर नहीं हो पाई। फिर लगा कि अपने को पहचानने की कोशिश करनी होगी। राकेश उसकी पहचान नहीं—न जिन्दगी में, न समाज में, न कैरियर में। आत्मबल ने उसे अपनी पहचान की परिभाषा दी—किसी तने के अवलम्बन से मुक्त। हालाँकि बाबू जी उसकी इस परिभाषा से सन्तुष्ट कम, चिन्तित अधिक हुए। पुरुष के महत्त्व की अनगिनत व्याख्याएँ वे जब-तब अनिवार्यता के रूप में उसे टिकाते रहे। कितनी दफे उसकी जानकारी में, कितनी दफे अनभिज्ञता में, उन्होंने अखबारों और पत्रिकाओं में वैवाहिक विज्ञापन देकर उसके जीवन की दिशा बदलनी चाही। कई अच्छे प्रस्ताव आए। मगर उसका मन न डोला। उसका एक ही उत्तर था—"दीपू है, मैं हूँ। जिन्दगी मजे में कट रही है। दीपू के रहते कैसा अकेलापन? फिर आप दीपू के लिए बाप खोज रहे हैं? या खोज पायेंगे? एकाध विज्ञापन में पद के अलावा यह तथ्य भी स्पष्ट करके देखिए कि समझदार पति के अलावा बच्चे के लिए एक समझदार बाप की भी आवश्यकता है। सब ठंडे पड़ जायेंगे। चार हजार तनख्वाह का लालच भी उस ठंडेपन को आँच नहीं दे पायेगा!"

इस तर्क से आगे बाबू जी खामोश हो उठते।

जीजी ने तो अब उसे 'अपने मन की हो गई' मानकर टोकना-टाकना ही छोड़ दिया। जब पसन्द आए, एकाध रिश्ते की खातिर वे इस बात के लिए राजी थीं कि दीपू के भरण-पोषण की जिम्मेदारी वे अपने कन्धों पर ले लेंगी। कहावत भी तो है—"माँ मरे, मौसी जिए।" कहावत ने उसे आश्वस्त नहीं किया। जीजी उसकी 'ना' पर बुझ गईं। वैसे भी उसकी और राकेश की अलगा-अलगी के बाद से तो जीजी वह जीजी रहीं ही नहीं जो कभी अपनी सुन्दरता, दक्षता के बलबूते पर सारी दुनिया को ठेंगे पर रखे रहतीं। बड़ा अक्खड़ स्वभाव था उनका। मजाल

कि कोई दबा ले और वे दब जाएँ। अब कैसी निरीह हो गई हैं कि उसे देखते ही उनकी आँखें अनायास पनियाने लगतीं।

राकेश के साथ ब्याह के लिए सबसे अधिक जोर उन्होंने ही डाला था। अब पश्चाताप में डूबी हुई छटपटाती हैं कि 'वह कैप्टन क्या बुरा था। मति मारी गई थी मेरी।'

वह उनके मन का अवसाद महसूस करती है। कहती भी है—"तुम्हारा क्या दोष, जीजी? मेरी नियति कोई तुमने लिखी?" पर राकेश के घर से जब लौटी थी, सबसे ज्यादा रोष उसे अपनी जीजी पर ही था। लगा था कि राकेश के नाम के खन्दक में उसे ढकेलनेवाली सिर्फ जीजी ही हैं। वही तो हाथ धोकर इस रिश्ते के पीछे पड़ गई थीं जैसे यह रिश्ता छूटा नहीं कि वह आजीवन कुँवारी बैठी रह जाएगी। अब उनका ग्लानि में डूबा चेहरा उसे भावुक बना देता है। तरस गई है उन्हें उनकी पहले जैसी रंग-उमंग में देखने को। कैसी झूमकर फिरकनी जैसी नाची थीं उसके ब्याह पर। घंटों बीड़े-रचे होंठ, चम्पई माथे पर काँच की चम-चम टिकुली, कानों में झूम-झूम जाते लहराते बुंदे और पाँवों में घुँघरू और स्वर में किसी षोडषीय गले की कच्ची उठान!

गोरी चली नइहरवा बलम सिसकी दै-दै रोवै।
बागन में रोवै बगीचा में रोवै,
देहरी पे सिर दे मारे
बलम सिसकी दै दै रोवै...

पिछले साल उनकी अपनी बिटिया के ब्याह पर जब गवनई हुई तब सभी ने आग्रह किया—"नाचो न, जीजी" पर जीजी नहीं उठीं। अलबत्ता वह उठ दी। पर कहाँ जीजी की अलमस्त फिरकियाँ और कहाँ उसकी अनाड़ी भंगिमाएँ...

दीपू नींद में बर्रा रहा। ठुड्डी पकड़ के उसका चेहरा हिलाया, "दीपू, दीपू!" लेकिन झकझोरने के बावजूद वह ज्यों-का-त्यों चियाया पड़ा रहा। हो सकता है, उसने कोई डरावना सपना देखा हो।

प्यास-सी महसूस हुई। उठी और रसोई की ओर बढ़ दी। रोम-रोम में बेचैनी अँखुआ रही। क्या करे? उठकर बाहर बगीचे में थोड़ी देर टहल ले? समय कॉफी हो रहा। इस वक्त टहलना उचित नहीं। वापस बिस्तर पर आकर लेट गई।

राकेश कितने बदले-बदले-से मिले! एक अजनबी-से! ऐसा नहीं कि उनके मध्य कभी कोई आत्मीय क्षण ही न उपजा हो। तीन वर्षों तक वे एक-दूसरे के प्रति शायद कर्तव्य-बोध...या शारीरिक भूख...से जुड़े रहे। लेकिन उसके लिए यह जुड़ाव न कर्तव्य-बोध था, न मात्र दैहिक उत्तेजना। इन दोनों से परे वह राकेश को सचमुच प्यार करती थी। और उन प्रगाढ़ क्षणों में वे हमेशा ही उसे बड़े सच्चे लगे। हालाँकि कई दफे यह खयाल उद्विग्न करता कि बेला के साथ भी तो वे इतने ही अन्तरंग होते होंगे? अपनी बेचैनी को उसने अव्यक्त नहीं रहने दिया, बेझिझक कह डाला—"तुम ठीक ऐसे ही बेला को भी छूते हो?" उस क्षण पाया कि सहसा राकेश की बाँहों का कसाव शिथिल हो झूल गया। भन्ना उठे—"यही समय मिलता है तुम्हें फालतू की बकवास करने के लिए?"

अरसे बाद, आज का मिलना...ठीक दो पक्षों की तरह!

"मैं राकेश! मिलना चाहता हूँ, शाम क्या कर रही हैं आप?" फोन पर पूछा था राकेश ने और उसके मन में बिजली-सी कौंधी पुलकन, चम्पा की सुगन्ध की तरह फैलने लगी थी।

अपने इस भाव पर उसे विस्मय हुआ। स्वयं को दुरियाया उसने! यह स्त्री की वही पारम्परिक छवि नहीं? एकनिष्ठा की प्रतिमूर्ति। तो लगा कि इन सबके परे राकेश को उसने बहुत गहरे प्यार किया है—बेला के प्रति उनकी आसक्ति को जानते हुए भी। और शायद आज भी प्यार का कोई अंश उसमें जीवित है। वरना किसी भी पुरुष द्वारा उसके करीब आने की पहल उसके मन में इसलिए बेमायने हो उठती रही है क्योंकि राकेश के व्यक्तित्व के मुकाबले वे उसे सदैव मामूली लगे...अब, जबकि राकेश से उसके सारे ताल्लुकात अपना सन्दर्भ खो चुके हैं, तब भी।

हो सकता है, दीपू कहीं उसके अवचेतन में इसका कारण हो। पर कितनी विवश है वह! राकेश से सिर्फ घृणा करना चाहती है—चरम घृणा।

ब्याह के बाद सम्भवत: तीसरा दिन था या चौथा। ठीक से याद नहीं। राकेश के सहकारी मिस्टर मेहता के घर वे 'ड्रिंक' और 'डिनर' का आमंत्रण पूरा करके

लौट रहे थे। टैक्सी में सिर्फ वे दोनों थे। उनके बीच दुबकी चुप्पी और बाहर तेजी से पीछे को छूटते लैम्पपोस्टों की रोशनी में टुकड़ों-टुकड़ों में टूटता-दरकता मुँह छिपाता अँधेरा।

बहुत आहिस्ता से अपनी हथेलियों को उसने राकेश की हथेलियों की ऊष्मा में कैद पाया। उसे महसूस हुआ जैसे वे उससे कुछ कहने को आतुर हैं लेकिन संकोच में उलझे हुए निश्चय नहीं कर पा रहे कि बात कहाँ से शुरू करें, कैसे शुरू करें!

"कुछ कहना चाहते हो?" उसने उनका संकोच तोड़ने की कोशिश की।

"शायद!"

"कहो न!"

"सरला!" हथेलियों का दबाव अनायास कस गया, "तुम इतनी निश्छल हो, इतनी संवेदनशील कि मैं तुम्हें अँधेरे में नहीं रख सकता। तुमसे ब्याह मैंने माँ की जिद्द में आकर किया। अब महसूस हो रहा है कि कितना गलत किया मैंने... एक लड़की है बेला...मैं उसे प्यार करता हूँ, सरला...सिर्फ उसे...!"

हतप्रभ रह गई। अचानक एक फन्दा अपने गले में कसता हुआ महसूस हुआ और उसका दम घुटने लगा। कोशिश कर सँभली। परस्पर विश्वास की नींव डालती-सी, "जाने दीजिए, जो बीती बात है उसे..."

"यह बीती बात नहीं, सरला! मैं अब भी उसे प्यार करता हूँ। मैंने माँ से आग्रह भी किया था कि माना, लड़की तुमने पसन्द की है पर मुझे भी तो उसे देख लेने दो! मगर माँ मुझसे अधिक चालाक और सतर्क निकलीं। उन्होंने मेरा आग्रह नहीं रखा। अन्देशा जो था कि मैं जरूर अपने सम्बन्धों को जाहिर कर तुम्हें हुसका दूँगा। ऐसा मैं कई तय रिश्तों के साथ कर चुका था।"

"ऐसी बात है तो आप दोनों के ब्याह में अड़चन किस बात की रही?" उसका स्वर अनजाने शुष्क हो आया।

"अड़चन है। बहुत बड़ी, वरना तो हम अपनी मर्जी से ब्याह कर लेते। बेला विवाहिता है और अपने प्रोफेसर पति के साथ रह रही है।"

लैम्पपोस्टों की रोशनी से दरकता अँधेरा किसी प्राणलेवा गैस की भाँति उसकी साँसों में घुसने लगा। क्या सुन रही है वह!

राकेश बोलते जा रहे थे, "हम बरसों पहले 'इंडिया ट्यूब' में एक ही विभाग में थे। उस वक्त वह अपने पति की ज्यादतियों से त्रस्त इस कदर टूटी हुई थी कि उन दमघोंटू परिस्थितियों में अगर मैं उसे कन्धा न देता तो शायद आज वह आत्महत्या कर चुकी होती।"

"बच्चे हैं उनके?" अपना सवाल स्वयं को ही विचित्र लगा।

"हाँ, एक लड़की थी।"

"थी?"

"डेढ़ वर्ष की होकर नहीं रही।" सहसा वे अस्थिर, उत्तेजित हो उठे, "तुम कल्पना भी नहीं कर सकतीं, सरला। दरअसल, वह नरक में रहती है, नरक में। बड़ी कोशिश की उस कमीने से तलाक दिलवाने की पर वह खुर्राट, तलाक के लिए राजी ही नहीं होता। कितनी बार बेला उसे छोड़-छाड़कर मायके चली गई; पर हर बार वह उसके घरवालों को समझा-बुझाकर लौटा लाया। उसने बेला के खिलाफ प्रचार कर रखा है कि वह बदचलन है और उसके कइयों के साथ अवैध सम्बन्ध हैं...जबकि इस तसवीर में मैं बहुत बाद में आया। अब वह मुझसे परिचित है। हमारे प्रगाढ़ सम्बन्धों के विषय में भी। बेला ने ही आए दिन की चिक-चिक से ऊबकर कबूल कर लिया। बेला उससे निस्तार पा सकती थी, अगर इस मामले में उसके घरवाले उसे संरक्षण देने को तैयार हो जाते किन्तु घरवाले दकियानूसी विचारों के हैं। मैंने तो बेला से हजार बार कहा कि तुम साहस कर निकल आओ। हम साथ रहने लगेंगे। हमारे सम्बन्ध ब्याह की मुहर के मोहताज नहीं..."

"फिर?" वह सारा प्रलाप साँस रोके सुन रही थी।

"उसने ही पाँव पीछे खींच लिए।" संजीदगी में डूबा एक लम्बा निःश्वास छोड़ा राकेश ने, "और इसीलिए मैं नहीं चाहता था कि जब मैं भावनात्मक रूप से किसी और के साथ जुड़ा हुआ हूँ तो ब्याह किसी दूसरी लड़की से कर उसकी जिन्दगी बरबाद करूँ। लेकिन माँ ने एक नहीं सुनी। मैंने तुम्हारे घर एक गुमनाम खत भी लिखा, साथ बेला और अपना एक सम्मिलित चित्र भी भेजा ताकि सम्बन्ध से इनकार हो जाए। पर तुम्हारे घरवाले भी पूरे घाघ निकले। चिट्ठी हजम कर गए। अब, अब मैं एक ऐसे दुश्चक्र में फँस गया हूँ कि कुछ सुझाई नहीं दे

रहा। बेला मेरे दिल-दिमाग से जुदा नहीं हो पा रही, केवल तुम्हीं उबार सकती हो मुझे इस भँवर से। जानता हूँ, यह सब सुनकर तुम मुझसे जरूर नफरत करने लगोगी, स्वाभाविक भी है...लेकिन मुझे सँभाल लो ताकि मैं जबरन थोप दिए गए दायित्व के प्रति ईमानदार हो सकूँ।"

धैर्यशील हो कहना चाहती थी—'सब ठीक हो जाएगा। मैं जो आ गई हूँ।' मगर अचानक निर्धन हो जाने के एहसास ने उसकी सारी ताकत निचोड़ ली। खुद को सँभालेगी या राकेश को? कैसी मात है जो जिन्दगी की शुरुआत में ही उसकी झोली में शिकस्त डाल गई।

"जरा टैक्सी तो रुकवाओ, सरला...जी उमथा रहा है मेरा, जल्दी!" राकेश ने अटके-अटके शब्दों में कहा। और टैक्सी से उतरते-न-उतरते जो भभुआ-भभुआकर उलटियाँ कीं कि उसका कलेजा मुँह को आने लगा। घबराहट से पूरी देह थर्राने लगी। यों कहो कि ड्राइवर भला आदमी था। आगे बढ़कर उसने राकेश को सँभाल लिया, "आप गाड़ी में बैठो, बहन जी।"

उलटियाँ थमीं तो उसने अपने थर्मस से पानी निकालकर उनका चेहरा धोया। कुल्ला करवाया। फिर सहारा देकर, आहिस्ता से सीट पर लिटाकर उनका सिर उसने अपनी गोद में रख लेने के लिए कहा।

"पीने के बाद जास्ती बोलना नईं मँगता पर पीने का बादच आदमी जास्ती बोलता है।" ड्राइवर ने गाड़ी स्टार्ट करते हुए टिप्पणी की।

इतना न पीते तो शायद अन्तर्द्वन्द्व को अभिव्यक्त कर पाने का साहस न जुटा पाते!

उठते-बैठते चिट्ठीवाला प्रसंग जी को मथता रहा। चिट्ठी तो मिली थी एक। घर पर हंगामा भी खूब मचा था; पर तसवीर का तो जिक्र नहीं उठा। क्या जीजी ने तसवीर गायब कर दी थी? निश्चित ही जीजी ने छिपाई होगी। राकेश झूठ क्यों बोलेंगे? उन्होंने बाबू जी को बस गुमनाम चिट्ठी-भर दिखाई थी वरना बाबू जी तसवीर के प्रमाण को हरगिज उपेक्षित न कर पाते।

यूँ तो जब से उसका तिलक हुआ था, राकेश के विषय में किसिम-किसिम की अफवाहें उन तक पहुँचती रही थीं। पर उन अफवाहों को बाबू जी ने गम्भीरता से नहीं लिया। हाँ, चिट्ठी ने उन्हें जरूर विचलित कर दिया। वे सम्बन्ध लौटा लेने

के बारे में सोचने लगे थे। पर जीजी ने उनकी दुश्चिन्ता को उनका दिमागी फितूर कहकर हँसी में उड़ा डाला और गुमनाम चिट्ठी के प्रेषक को उसके उद्देश्य सहित ढूँढ़ निकाला।

"और किसी की नहीं, यह सरासर ताऊ जी की शरारत है...पूछो क्यों?"

बाबू जी अविश्वास से ताकते रह गए थे जीजी को।

"गए थे भदोहीवाले मौसी के रिश्ते से राकेश के घर अपनी बुढ़ा रही फूला (बिटिया) का सम्बन्ध करने। उनसे लड़की की जन्मपत्री माँगी गई। उन्होंने मुझसे पता लगवा लिया था कि लड़की उम्र में बड़ी ही नहीं, टपंखी भी है। ताऊ जी पोल खुलने के डर से आनाकानी करने लगे कि इसकी तो जन्मपत्री ही हमने नहीं बनवाई। उन्होंने सम्बन्ध से इनकार कर दिया। उसी की खुन्नस है। अपनी के लिए गए तो लड़का चरित्रवान था, सरला की बात पक्की हुई नहीं कि दुश्चरित्र हो गया! याद करो, परसों आए थे ताऊ जी तो कैसा सगापन उमड़ा चला आ रहा था? नहीं कह रहे थे कि हरिकृष्ण, समय है, सोच-विचार लो ठीक से... तुम कहो तो अभी कच्चा-चिट्ठा खोल दूँ, न दीदों में तेल डालनेवाली नौबत आ जाए तो कहना।"

चट् से उठकर, वे बाबू जी की अलमारी खोलकर ताऊ जी के बर्मा से लिखे गए खत निकाल लाईं जो अपनी नौकरी के दौरान उन्होंने बाबू जी को लिखे थे, "लो कर लो मिलान। देखो 'रे' लिखने का तरीका! है न हू-ब-हू वही?"

"मगर उन्हें क्यों बुरा लगेगा?" तब से खामोश सुन रहे बाबू जी ने प्रतिवाद किया।

"इतने बड़े घर में सरला का रिश्ता हो रहा है, उन्हें पेचिश नहीं होगी। आप सठिया रहे हैं। फिजूल की दुविधा पाल रहे हैं। शादी-ब्याह में तो ऐसी अड़ंगेबाजियाँ खुल्लम-खुल्ला चलती हैं। पर कोई कान नहीं देता...अरे, मैं कहती हूँ कि भरोसा नहीं ताऊ जी का। हो सकता है, अब तक तो उन्होंने सरला की बदचलनी का भी कच्चा-चिट्ठा बना-बनू राकेश के घर पो दिया हो!"

"बस कर लल्ली, तू तो न जाने कहाँ की खोदकर ले आती है।" बाबू जी उलझे-से, परास्त भाव ओढ़े उठ दिए।

जीजी ने यही सोचा होगा—कुछ होगा भी तो शादी के बाद सब ठीक-ठाक

हो जाएगा। शायद बाबू जी ने भी, शायद माँ जी ने भी (राकेश की माँ), शायद सभी ने...और वह लड़की न होकर प्रयोग हो गई।

राकेश ने अपनी और बेला की अन्तरंगता को नई सीमा दी, परिभाषा दी। दोस्ती। उसे आश्वस्त किया, "मैं एक दोस्त होने की हद तक ही उसकी मानसिक पीड़ा का भागीदार बनूँगा। मगर उस हद के भीतर तुम्हारा किसी भी प्रकार का हस्तक्षेप सह्य नहीं होगा।"

"वे हदें क्या होंगी?"

उनका प्रत्युत्तर था, "तुम्हारे अधिकार को ठेस न पहुँचे, वहाँ तक..."

उन दोनों के मध्य यह भी तय हुआ कि एक-दूसरे से कुछ छिपाएँगे नहीं। कोई अमान्य घटा तो आमने-सामने बैठकर सुलझा लेंगे। पर जब-जब वह उनके और बेला के विषय में अनर्गल सुनती, पूछे बिना नहीं रह पाती। राकेश का निरन्तर एक ही जवाब होता, "औरों की बातें सुन-सुनकर कब तक मुझे कठघरे में खड़ा करती रहोगी? आखिर शक-शुबहे की कोई सिर-पूँछ तो हो। मुझे तो लगता है, सरला, औरों के बहाने कहीं तुम खुद ही अपने मन में बैठे हुए संशय की पुष्टि करवाना चाहती हो।"

"तो क्या संशय कपोल-कल्पित है?"

"कपोल-कल्पित ही है।"

"झूठ! तुम मद्रासवाले दौरे पर बेला को साथ नहीं ले गए?"

"एकदम झूठ।" राकेश हठात तिलमिला उठे।

"तो ठीक उसी रोज बेला को अपनी बुआ के यहाँ जाने की क्या आ पड़ी?"

"मैं उसका सेक्रेटरी नहीं कि उसकी हर गतिविधि का हिसाब-किताब रखूँ। हाँ, आज शाम को मैं उससे जरूर मिल रहा हूँ, सुन लो।"

"वह तो मैं सुन रही हूँ; पर यह भी तो जान लूँ कि बेला तुम्हारे साथ नहीं गई तो वह 'डबल बेडवाला सूट' किसके लिए बुक हुआ था तुम्हारे नाम से?"

"कम्पनी पैसे भरती है। मैं चाहूँ तो 'महाराजा सूट' बुक कराके रहूँ। तुम्हें मतलब?"

"मतलब है, तुम झूठ बोल रहे हो।"

"तुमने सही बात न सुनने की कसम खा रखी है तो मैं क्या कर सकता हूँ? और अगर तुम मेरी बात समझना ही नहीं चाहतीं तो मैं तुम्हें समझाने से रहा।"

"मान लो, यह सारा फितूर महज मेरा वहम है। पर तुम क्यों सुनकर आपे से बाहर हो उठे?"

"इसलिए कि घर में घुसते ही तुम मुझे जिस सन्देह-भरी दृष्टि से घूरना शुरू कर देती हो, बरदाश्त नहीं हो पाती। एकदम चिड़चिड़ी और शक्की होती जा रही हो। ईर्ष्या, द्वेष, लांछन के सिवाय तुम्हारे पास है ही क्या!"

उसने बात पूरी नहीं होने दी, "तो हम दोनों के बीच इस तनातनी का कारण महज मेरा शक्की स्वभाव है? कोई सच्चाई नहीं?"

"सच्चाई है, पर इतनी ही कि हम मिलते जरूर हैं लेकिन..."

"वह सब भी करते हैं जो करते थे। सँभलने और सँभालने का बहाना तो मुझे भावनात्मक रूप से बेवकूफ बनाने के लिए किया गया है; ताकि जिसे घर में लाकर पटक दिया है वह मुँह सिये बैठी रहे। तुम बेला के साथ मौज मारते रहो। उसके दु:ख बाँटते रहो कि कहीं वह विक्षिप्त न हो जाए। जिन्दगी से न टूट जाए...भले ही मैं उस स्थिति में पहुँच जाऊँ...पहुँच ही रही हूँ। पर तुम्हें क्या परवाह? भला तुममें और बेला के उस खूसट पति में क्या अन्तर है?"

तड़ाक! तड़ाक! राकेश का हाथ उठ गया था। उसकी कनपटियों से जैसे चिनगारी की फुहारें छूटीं। आगे याद नहीं कि कैसे वह फर्श पर मुँह के बल गिरी। माथा फट गया। डॉक्टर आया। घाव पर चार टाँके आए। होश आया तो अपमान और अकेलेपन की कसक से क्षत-विक्षत वह रात-भर बिस्तर पर पड़ी बिलखती, छटपटाती रही।

रोज-रोज की कलह...क्या वही जिम्मेदार है? राकेश का कतई दोष नहीं? फिर आज यह अमानुषिकता? हो सकता है कल बेला के प्यार में अन्धे राकेश उसकी गरदन ही दबा दें? कितना नाटक सहे? कब तक अपने दिल-दिमाग को झूठी तसल्लियों का पुरजा थमाती रहे? राकेश सरासर झूठ बोल रहे हैं। भेदिये उसे

खबर दे जाते हैं कि पानी सिर से ऊपर हो रहा है। मान लो, अब उसे यह पुरुष छिनरापन बरदाश्त नहीं हो पा रहा, तब? तब, सिवाय अलग हो जाने के दूसरा क्या समाधान है—अपने-आपको जिन्दा बनाए रखने का भी...राकेश नहीं बदल सकते। उन्होंने हमेशा ही एक बात पत्थर की लकीर-सी दोहराई है—"बेला अपनी जगह है, तुम अपनी।" वह लाख कोशिश करके भी इस व्यवस्था का हिस्सा नहीं बन पा रही। हो भी नहीं सकती। बेला विश्वास और सामर्थ्य पा रही है। वह इसी विश्वास और सामर्थ्य के भरोसे अपने पति से लड़ रही है। उसके हाथ खाली हैं। कोई भी तो सम्बल नहीं जिसके सहारे वह अपनी लड़ाई जारी रखे।

सब कुछ जान-समझकर, उदारमना हो, कोशिश की तो थी कि बेला को वह राकेश की जिन्दगी में एक खूबसूरत अतीत ही बना रहने दे, लेकिन...

इतना सोचेगी तो निश्चय ही दिमाग फट जाएगा।

एक उपाय दिमाग में कौंधा—बेला के पति से भेंट करे। उनके सामने गिड़गिड़ाए, झोली फैलाए कि वे क्यों अपनी पत्नी को इतनी छूट दे रहे। उसकी जिन्दगी उजड़ रही है। आखिर उनका पुरुषार्थ क्या घास खाकर बैठा हुआ है? पर जानती कहाँ है उन्हें...कैसे मिले उन्हें? क्या कर सकेंगे वे? अपना घर नहीं सहेज पाए तो उसकी क्या सहायता कर सकेंगे...

नींद खुली तो पाया, राकेश चाय का मग लिए कमरे में उद्विग्न-से चहलकदमी कर रहे थे। तकिये के सहारे उठकर बैठ गई। लगा कि उसे देखेंगे तो फौरन पास आकर चोट का हाल पूछेंगे। अपनी नीच हरकत पर माफी माँगेंगे। वे शर्मिन्दगी महसूस करेंगे तो वह भी सहज हो लेगी। माफी भी माँगेगी कि आइन्दा से वह उन्हें इस कदर जलील नहीं करेगी। ऊल-जुलूल नहीं बकेगी, भले ही सूचनाओं में सच्चाई क्यों न हो। इस तरह तो बात बिगड़ेगी-ही-बिगड़ेगी।

ठीक इसके विपरीत, राकेश ने उसे देखा, चाय का मग लिए पलांश उसके सिरहाने खड़े रहे, पर बोले नहीं उससे। चेहरे पर पश्चाताप की लेशमात्र छाया नहीं देखी। न अपनी बर्बरता का क्षोभ। हो सकता है वे सामना न कर पा रहे हों! अन्तस ने तर्क दिया। ठीक है। वही बुला लेती है। किन्तु उसके पहल करने से पूर्व ही वे 'शेव' करने और नहाने-धोने के बहाने नहानघर में घुस गए। आहत हुई। आँखों से विवशता बहने लगी।

"यह क्या, बहू? सुबह-सुबह यह रोना-पीटना? उठो, चाय पियो...ऐसे घर में सुख-शान्ति आने से रही। चलो उठो।"

अनमनी-सी उठी। वॉशबेसिन पर जाकर मुँह धोया। माथे की पट्टी बचाकर। आँसू रुकते ही नहीं थे। कई पल गुजर गए वॉशबेसिन पर झुके हुए। बहलाहट-भरे निश्चय के साथ अपने को संयत किया। आँसू रुके। एक गीली कड़ुवाहट आँखों में फिर भी करकती रही।

आकर चाय का प्याला उठाया ही था कि पाया, राकेश दफ्तर जाने के लिए एकदम तैयार खड़े हैं। ब्रीफकेस लेने के लिए झुके तो उसने सदैव की भाँति ब्रीफकेस उठाकर उसे आगे बढ़ा दिया। वे दरवाजे की ओर बढ़े तो वह भी शेष रोष थूक साथ हो ली, 'कब तक लौटोगे?' रोज सुबह का बँधा हुआ सवाल पूछने से स्वयं को रोक नहीं पाई।

"कह नहीं सकता!" सूखा संक्षिप्त प्रत्युत्तर मिला।

"दफ्तर नहीं जा रहे हो क्या?"

"नहीं, बेला और उसके बड़े भाई को लेकर वकील के घर जाना है।"

वह चौंकी, "कोई खास बात?"

"बेला ने घर छोड़ दिया है...उसके पति उसे तलाक देने के लिए राजी हो गए हैं। सम्भवत: आज तलाक के कागजों पर दस्तखत हो जाएँ, कानूनी कार्यवाही के अनुसार..."

एकाएक लगा, माथे के टाँके फट गए हैं। फर्श घूम रहा है...घूम रहा है... सूखते गले से बस इतना ही निकला, "रह कहाँ रही है?"

"रिश्ते की अपनी एक मौसी के पास।" राहदरी पार कर वे लिफ्ट के पास पहुँच गए। बटन पर अँगूठा दबा दिया। बुदबुदाते हुए-से बोले, "तीन दिन से नानावटी में पड़ी हुई थी। प्रोफेसर ने तू-तू, मैं-मैं में उसे इतना जबरदस्त धक्का दिया कि वह ड्रेसिंग टेबल की मेज से टकरा गई। कूल्हे की हड्डी उतर गई... पढ़े-लिखे लोगों में ऐसी पाशविकता..."

उन्होंने प्रोफेसर को हिकारत से धिक्कारा— "जानवर कहीं का..."

उसके चेहरे पर एक विद्रूप फैल गया। लिफ्ट का दरवाजा खोलते हुए हौले-से बोली, "एक मेरे घर में भी तो है, मेकेनिकल इंजीनियर..."

कोई प्रतिक्रिया नहीं मिली। बस धड़ाम से लिफ्ट का दरवाजा बन्द हुआ। लिफ्ट नीचे सरकने लगी।

वह बुत-सी खड़ी रही। लगा कि उसकी सम्पूर्ण चेतना सुन्न हो उसे प्रतिहिंसी बना रही है।

अम्मा ने क्या नहीं किया। गंडे, ताबीज, भभूत, व्रत, जाप, मनौतियाँ...लेकिन कोई असर नहीं हुआ। इनसे होना भी क्या था! जानती थी। पर चारों तरफ से टूटी-थकी-हारी जैसे किसी चमत्कार की प्रतीक्षा में आस लगाए, इशारे पर नाचने को तैयार थी। कितनी भभूतों को राकेश हजम कर गए...कितनी 'मठें' बेला पर बेअसर रहीं।

बाबू जी ने लिखा—"चली आओ। आखिर पढ़ाया-लिखाया किस दिन के लिए है?" पर अम्मा और जीजी इस पक्ष में नहीं थीं—"क्यों वह अपना बसा-बसाया घर सौंप दे हरजाई को? बनी रहे रखैल। जिस दिन चूँ-चपड़ की, खड़ा कर देंगे 'कोर्ट' में...पीसे सात साल चक्की।"

लेकिन कैसा घर? 'बसा-बसाया' होने मात्र से क्या वह यूँ पड़ी, दोजख की आग में भुनती रहे?

जब से बेला को तलाक मिला, राकेश हफ्ते में चार दिन उसकी मौसी के घर पर बिताते हैं। दीपू से उन्हें विशेष लगाव नहीं नजर आया कि उसके ममत्व में बँधे भागे-भागे आएँ। फिर, जितनी देर पास रहते, एकदम दूर-दूर बने रहते। वह पीठ पर हाथ रखती तो 'सोने दो' कहकर उसे झटक देते। झटकना उसे दुत्कारना ही लगता।

एक दिन उसने निर्णय ले डाला। वह बाबू जी के पास रहकर अपने ही कॉलेज में अध्यापन के लिए आवेदन करेगी। शादी से पहले, प्रिसिंपल मिसेज अग्रवाल का उसे 'स्टैंडिंग ऑफर' था—"जब नौकरी की सोचो सरला, अपने कॉलेज में आ जाओ।"

राकेश ने कहा, "तुम अपनी मरजी से जा रही हो..."

उसने कहा, "किसी के पीछे खूँखार कुत्ते छोड़ दो, वह भागे तो पूछो कि वह क्यों भागा? क्यों? यही सच नहीं?"

एक जिद्द थी उसकी, जिद्द क्या शर्त थी। वह बेटे दीपेश को अपने साथ नहीं रखेगी। बस, हंगामा खड़ा हो गया। सहानुभूति के चोंचले ने गोता खाया। यह माँ है? ऐसा सख्त कलेजा? अरे, बच्चे का मुँह जोह औरत बीहड़-से-बीहड़ दु:ख-दुत्कार काट लेती है!

वह टस-से-मस नहीं हुई। वे दोनों स्वच्छन्दता से मौज-मस्ती मारें और वह बच्चा पालती, बिसूरती रहे? फिर नौकरी कहीं दूसरी जगह लगी तो बच्चे को कौन सँभालेगा? सँभाले न बेला। बच्चा तो राकेश का ही है। एक तलाकशुदा औरत का निभाव समाज में सहज है? फिर उसकी गोद में बच्चा टँगा हो उसकी जिन्दगी में तो यूँ ही सैकड़ों पूर्णविराम लग जाते हैं...उसके जीने के सारे हक खत्म हो जाते हैं। चारों तरफ होती है सन्दिग्ध, लांछित करती निगाहें, सैकड़ों प्रश्नचिह्न...

राकेश भी जिद्द पर उतर आए। मामला अदालत तक पहुँचा। लेकिन निर्णय राकेश के हक में हुआ। बच्चा सात साल का होने तक माँ के संरक्षण में रहेगा। खर्च राकेश देते रहेंगे।

उस रात तो वह जैसे पगला उठी थी अपनी विवशता पर। उसने रोते हुए दीपू की गरदन दबोच ली थी। पर तभी बच्चे की घिघियाने की आवाज सुनकर बगलवाले सहन में जाग रहे बाबू जी दौड़ पड़े। उनके हाथों का करारा थप्पड़ खाकर ही उसे होश आया कि वह किस अनर्थ की भूमिका गूँथ रही थी। अजीब-सी विक्षिप्तावस्था हो गई थी उसकी। सभी सहम गए। उस रोज के बाद अम्मा ने दीपू को कभी उसके पास नहीं सुलाया—"मतिमारी, गरदन दबानी ही है तो उसकी दबाती! इस निर्दोष के पीछे क्यों हाथ धोकर पड़ी है?" अम्मा ने उसे लताड़ा था।

उसे याद है। कुछ दिनों तक तो ऐसी सावधानी बरती गई कि किसी क्षण दीपू उसके साथ अकेला न हो जाए। दूध भी ऊपर का ही पिलाने लगी अम्मा। दीपू का पेट भरे, उतना होता भी नहीं था...

आज...आज वह दीपू के बगैर एक पल भी नहीं रह पाती। कॉलेज में होती तो रामसेवक काका को फोन कर उसका हाल जानती रहती। हिदायतें देती। दीपू फोन पर आता तो उसके गिले-शिकवे सुनते-सुनते फोन से अलग होने का

दिल ही न करता। कैसी भोली बातें करता कि सब कुछ भूल जाती। दीपू उसकी जिन्दगी की पूर्णता और प्रवाह का पर्याय बन गया है।

पर आज फिर से बरसों पुराने सवाल ने सिर उठाया। प्रेम का उद्दाम जहाँ एक के प्रति समर्पण की अति को छूता है, वहीं दूसरे के प्रति कितना निर्मम, उपेक्षापूर्ण और असंवेदनशील हो उठता है। यही अनुभव तो दिया है जिन्दगी ने उसे। वरना बेला की भावनाओं को पूरी संवेदना से समझने और प्यार करनेवाले राकेश उसके प्रति इतने निष्ठुर कैसे हो पाते?

उस दुःस्वप्न के अनुभव का हिस्सेदार वह दीपू को नहीं बनाना चाहती। राकेश के प्रति अपनी कड़ुवाहटों के बावजूद उसने दीपू के मन में बैठी 'डैडी' की तसवीर को कभी गँदला नहीं किया, चाहे उसे 'बर्थडे' के लिए राकेश के नाम से स्वयं कार्ड डालने पड़े हों या परीक्षा के नतीजे पर 'शाबाशी' के पत्र लिखने पड़े हों। सारे दायित्व निभा रही है वह। उसकी शान्त-सुचारु जिन्दगी में एक ढेला फेंक गए हैं राकेश।

अच्छी तरह जानती है—राकेश दीपू को क्यों लेने आए हैं। जब वह बच्चा नहीं रखना चाहती थी, वे दीपू को रखने को कतई तैयार नहीं हुए। अब संरक्षण अवधि से पूर्व ही बच्चा लेने आए हैं। क्यों? इसलिए नहीं कि सहसा उनके हृदय में पितृत्व का स्रोत फूट पड़ा या बेला ममतामयी हो उठी बल्कि इसलिए लेने आए हैं कि अब उनके समृद्ध दाम्पत्य में एक ऐसा शून्य पैदा हो गया है जिसे वे किसी उपाय से नहीं भर सकते—दीपू ही उसका एकमात्र विकल्प है।

साल-भर पहले जीजी ने लिखा था कि एक स्कूटर दुर्घटना में राकेश और बेला बुरी तरह से जख्मी हो गए। बेला मरणासन्न पड़ी है। उसका पाँच महीने का गर्भस्थ शिशु भी नहीं बचा। और तो और...सुना है कि उसे बच्चादानी भी निकलवानी पड़ी, वरना उसका बचना मुश्किल हो जाता...अब बेला कभी माँ नहीं बन सकेगी।

एक विद्रूप-भरी मुस्कान उसके होंठों पर खिल आई। आज बेला उसके सामने हाथ पसारे खड़ी है। आज उसके पास कुछ है जिसके लिए बेला पूरी जिन्दगी तरसती रहेगी, तड़पती रहेगी। आज लड़ाई उसके और राकेश के बीच नहीं, उसके और बेला के मध्य है। और वह बेला से लगातार मात की बिसात नहीं जी सकती...

बरसों से एक शून्य उसकी जिन्दगी का हमसफर रहा। अब बेला को भी उसी अँधेरी, घुटन-भरी खोह से गुजरना होगा। दीपू को नहीं पा सकती वह। हरगिज नहीं। राकेश और बेला से अब वह कोर्ट में ही मिलेगी और देखेगी कि दुनिया का कौन-सा कानून, कौन-सी ताकत उससे उसका बच्चा छीनकर बेला की गोद भर सकती है...चाहे उसे सुप्रीम कोर्ट तक क्यों न लड़ना पड़े।

(1981)

मोरचे पर

खेलकर आया राजू उसके उठंग घुटनों की सन्धि में चेहरा गड़ा, घुटनों से टिककर बैठ गया। वह उसकी गरम साँसों की 'फुर्र-फुर्र' से उचाट हो आई। राजू की देखादेखी बिट्टी ने भी आहिस्ता से उसके बाएँ बाजू का टेका ले लिया और उसकी गोद में खुले पड़े 'धर्मयुग' के पृष्ठों को इतनी तन्मयता से देखने लगी जैसे पढ़ने की चेष्टा कर रही हो। उसे अचम्भा हुआ। अब तक बिट्टी ने मुँह नहीं खोला वरना, 'इस फोटो के नीचे क्या लिखा है, ममा, और इसके? और यहाँ पढ़कर सुनाओ?' जैसे खीज की हद तक ऊबाते प्रश्न पूछ चुकी होती।

किसी जटिल प्रश्न-सी अनुत्तरित हो रही मन:स्थिति! तल्लीनता का नकाब ओढ़े मस्तिष्क सतर्क हो रहा कि पहले उन दोनों में से कोई कुछ बोले तो वह पत्रिका से स्वयं को अलग कर उनसे मुखातिब हो। हो सकता है, वे दोनों भी इसी प्रतीक्षा में हों कि पहले वह उनकी ओर आकृष्ट हो, उनसे कुछ पूछे तब वे उससे कुछ कहें। वास्तविकता यही लगी, दोनों उसकी गम्भीरता के आतंक में जकड़े खामोश बैठे हैं। वह कुरेदे तो वे बोलें। किन्तु भीतर कुतरती ऊहापोह के बावजूद इस आशंका ने भयभीत किया कि अपनी अबोध चंचलता से विरक्त आखिर वे इतने चुप क्यों हैं और कौन-सी ऐसी बात उससे पूछना चाहते हैं?

कँटीली विवशता उसके चेहरे पर कानों के छत्ते-सी उग आई और समूची चेतना चौकन्ने पहरियों-सी उसके कर्णपटों पर संगीनें ताने खड़ी हो गई।

हो सकता है, उसका संशय निर्मूल हो। दोनों उससे किसी फिल्म की फरमाइश करना चाहते हों या कहीं घुमाने-फिराने का आग्रह करने आए हों।

मगर यह भी सच है कि बिट्टी स्वभाव से निहायत बेसब्र और वाचाल है। जो भी कहना होता है, उसकी न कोई भूमिका बाँधती है, न संकोच करती है। और फिर इन तक वह सूचना पहुँच ही कैसे सकती है? सरकारी तौर पर उस सूचना की न घोषणा हुई है, न अखबारों में उस सूची का प्रकाशन कि उन्हें अड़ोस-पड़ोस से उस खबर की भनक हो जाती? सूचना केवल एक ही व्यक्ति को है, मेजर अवस्थी को।

थलसेना के मुख्यालय में सूचना आ गई है...सुदीप अब जिन्दा नहीं... कराँची के बन्दीगृह में महीनों पूर्व उसकी मृत्यु हो गई थी। कल जो भारतीय बन्दियों की नई सूची आई है उसमें उसका भी नाम है...

लड़ाई खत्म हुए आठ-दस महीने से ऊपर हो गए। हफ्ते-भर पहले तक उसके पास सुदीप के लापता होने-भर की खबर थी जो लड़ाई खत्म होने के तत्काल बाद उसे मुख्यालय से भेजे गए तार में दी गई थी। जब-जब दोनों देशों के मध्य बन्दियों का आदान-प्रदान होता, लापता सैनिकों की सूची आती...उनमें सुदीप का नाम न होता तो वह खुद को आनेवाली अगली सूचना की बिना पर सहेजने, उम्मीद से विरक्त न होने की कोशिश करती कि पाकिस्तान से आनेवाले बन्दियों की अगली खेप में ऊपर-नीचे कहीं-न-कहीं मौजूद सुदीप होंगे जरूर।

"एकाध रोज में तुम्हारे पास पुष्टि का तार आ जाएगा।" उन्होंने कहा, "मैं नहीं चाहता, मुख्यालय से एकाएक तार पाकर तुम आकस्मिक आघात का शिकार बनो। तुम्हें भयंकर साहसी बनना है, समय रहते अपने-आपको व्यवस्थित कर लो, तुम्हें ही बच्चों को भी खबर देनी है। बच्चे सुदीप से कितने गहरे जुड़े हुए हैं...उनके कोमल हृदय के लिए यह खबर सदमा होगी...तुम्हें धैर्य और साहसपूर्वक उन्हें सँभालना होगा, अपने आघात को भूलकर उन्हें मानसिक तौर पर दृढ़ बनाना होगा...यह सिर्फ तुम कर सकती हो...तुम।"

काश! अवस्थी भैया उसे यह सूचना न देते! सुदीप को लेकर वह लम्बे अरसे से सन्दिग्धता के अधर में झूल रही थी, उन्हें नहीं पता। सन्दिग्धता ही तो उसका मनोबल बनी उसे जिन्दगी से जोड़े रही...शायद सन्दिग्धता के सहारे ही वह किसी पुख्ता जिल्द में सुरक्षित दीमक-चटे पृष्ठों-सी अपने को सहेजे रहती। मगर अब! 'अब' उसके लिए एक ऐसा प्रश्नचिह्न बन गया है जिसका कोई जवाब उसके पास नहीं। वह सोच रही है, लगातार सोच के अन्धकूप में डूबी हुई।

"दोहरी जिम्मेदारी निभानी है तुम्हें, तराजू के पलड़ों-सा सन्तुलन बनाए रखकर!" अवस्थी भैया जैसे उसे मंत्र देते रहे थे। भीतर सौ किलोमीटर प्रति घंटे की रफ्तार से चल रहे अन्धड़ में तने-दर-तने उखड़ती वह इसी मंत्र को मुट्ठी में कसे, किसी सख्त धरती के टुकड़े को टोहती, अपने को रोपने को व्याकुल छटपटा उठी।

"मजबूती कहाँ है? किसी के पास से हासिल होगी तुम्हें? कहीं नहीं! अपने भीतर ही होती है वह। ढूँढ़ो, तुम पा लोगी तो इन्हें भी दे पाओगी।" उन्होंने उसके कन्धे थपकाये।

चेहरा पृष्ठों से अलग कर बिट्टी की ओर देखा—"छोटा बाबा चुप क्यों है?"

उनके चेहरों से सहमापन छिटक गया, "तुमने कहा नहीं था, तुम हमें आज शाम बाजार ले चलोगी!"

"कहा था!" उदासी उसके नियन्त्रण में नहीं आ रही थी।

बिट्टी उतावली-सी बोले जा रही है, "बाजार ले जाकर राजू भैया को स्टील हैंडिलवाला रैकेट दिलाओगी और मुझे स्केचपेन। बोलो, कहा नहीं था कि शनिवार को तुम्हारे स्कूल की छुट्टी होगी, शनिवार को ले चलूँगी? आज शनिवार है, चलो न! एंड लिसन, ममा! आज हम तुमसे कोई बहाना नहीं सुनेंगे, चलना ही पड़ेगा। चाहे तुमको माइग्रेन हो रहा हो या मूड ठीक न हो। मत कहना कि आज रुक जाओ, राजे...टी.वी. पर 'फादर डियर फादर' आ रहा है, वह देखते हैं, कल चलेंगे...' बिट्टी ने आनाकानी की कोई गुंजाइश नहीं छोड़ी!

इन छौनों को समझा सकती है? किन शब्दों में और कैसे? अपनी टूटन की त्रासदी से गुजरना जितना मर्मान्तक है, उससे कई गुना अधिक पीड़ादायक है इन मासूमों को उस स्थिति में ढकेलना।

"यूँऊँऊँ क्या सोच रही हो, ममा!" ठुनक में चेतावनी खनकी।

"वादा किया है तो पूरा करेंगे! चलो उठो, तैयार हो जाओ।" उसने कम्पित स्वर में दृढ़ता पिरोकर जवाब दिया और पलंग से उतरकर खड़ी हो गई। कंठ में घुमड़ते हुए बादल आँखों में नम होकर चूने लगें—इससे पहले।

ऊँचे स्वर में कमली को पुकारा। दोनों बच्चों को तैयार कर देने की हिदायत दी। यह भी बता दिया कि वह उन लोगों का खाना न बनाए। वे बाहर ही खाकर आएँगे।

दोनों ने बाहर खाने की बात सुनी तो खुशी से कूदमकूद मचाते हुए उसे घेरकर गोल-गोल नाचने लगे—"बड़ा मजा आएगा, सबको जलाएगा।"

बड़ी मुश्किल से कमली ने दोनों को पकड़-धकड़ काबू में किया और धमकाती हुई कमरे से बाहर ले गई। कमली की बड़बड़ाहट उसे सुनाई देती रही—"तुम लोग फटाफट तैयार नहीं होएगा तो ममा तुमको इदरीच छोड़ जाएगी, समझा!"

कहीं घूमने जाना हो, मेस की पार्टी हो, नए वर्ष की पूर्व-सन्ध्या हो, खाने की मेज बुक करवाई हो...अपनी जन्मदिन हो या उसका, निरन्तर एक ही आग्रह! आग्रह नहीं, आदेश—'आरगंडी की सफेद साड़ी पहनो। तुम नहीं जानतीं कि तुम सफेद साड़ी में कितनी भव्य, आकर्षक, स्निग्ध लगती हो! चुम्बक पैदा हो जाते हैं तुममें, चुम्बक! खैर मनाओ कि हमारे पास एक अदद जिरह-बख्तर जीप है अपनी। तुम्हें टैक्सी या बस से ले जाता तो पीछे एम्बुलेंस दौड़ानी पड़ती—परी का पीछा करो। सैकड़ों घायल सड़क पर पड़े छटपटा रहे होंगे..."

हँसते-हँसते हाल-बेहाल हो उठती—"मैं उन घायलों में से सिर्फ एक से मिलना चाहती हूँ, बस से ले चलो न!"

"नो, नो, नो...दिमाग खराब हुआ है मेरा, बैठे-बिठाए सिर ओखली में दूँ?"

"छोड़ो..." वह सुदीप की फिरकी लेती, "तुम्हारी चालाकी खूब समझती हूँ। कोई फूटी आँख न देखे इसीलिए जनाब मीराबाई बना के ले चलते हैं। हाथ में तम्बूरा और थमा दो..."

सुदीप पर उसके ताने का कोई असर न होता—'ह्वाट मीराबाई, नो! यू लुक लाइक हंसिनी! समझीं मदाम!"

और इस तानाशाही से छूट मिलती तो बस एक दिन—ब्याह की सालगिरह के अवसर पर।

"देखो, आज तुम लाल, नीली, पीली, काली कुछ भी हो सकती हो..."

अलमारी खोलते ही हाथ आरगंडी की सफेद साड़ी पर चला गया। सफेद ऊँचे गले का ब्लाउज। कान के मोतियों के आभूषण और दो लम्बी लड़ोंवाली नाभि को छूती मोतियों की माला नागालैंड में नागा युवतियों से खरीदी थी! बस, माँग और माथे को नहीं छुआ। आईने के सामने खड़ी हुई तो पाया कि सुदीप का वही चिरपरिचित 'डैम स्वीट हंसिनी' रूप आईने को घेरे खड़ा हुआ है, उस पर मनहूस अट्टहास करता हुआ।

अपना अचानक अचेत होना उसे याद है...

चेत आया तो उसने पाया, बच्चे घबराए शावकों-से उसे घेरे बैठे बेसब्र हो रहे हैं। अर्दली रामसिंह अपनी सख्त खुरदरी हथेलियों से उसके सर्द तलुवों को रगड़-रगड़कर गरमाने का प्रयास कर रहा है! कमली हाथों में गर्म कॉफी का प्याला लिए उससे थोड़ी-सी कॉफी लेने का आग्रह कर रही है।

"मेम सा'ब...कइसा है अबी?"

सबको दुश्चिन्ता में डाल दिया है उसने। एकाएक उठने की कोशिश की। दोनों बच्चों ने तत्परता से आगे बढ़कर उसे सहारा दे उठने में मदद की—"ममा, क्या हुआ?" राजू ने भर्राए स्वर में उसकी अस्वस्थता पर जिज्ञासा की।

"कुछ तो नहीं, बेटे! बस जरा चक्कर-सा महसूस हुआ।" अचानक रामसिंह पर नजर गई। संकोच से लज्जित होते हुए उसने अपने पाँव सिकोड़ लिए। बाप की उम्र का है रामसिंह।

"बीबी जी! आप संकोच नईं करो। थोड़े तलुवे मलूँगा ना तो आराम लगेगा आपको।" रामसिंह ने उसका संकोच भाँप लिया।

"नहीं, नहीं...अब ठीक हूँ, रामसिंह।" कमली के हाथों की कॉफी का प्याला लेकर मुस्कराने की कोशिश की ताकि रामसिंह की चिन्ता दूर हो जाए।

रामसिंह की चिन्ता दूर नहीं हुई—"मेजर सा'ब को फून कर दूँ कि वो डॉक्टर को ले आएँ?'

"अवस्थी भैया को हैरान करने की जरूरत नहीं, मामूली-सा चक्कर आ गया। तुम जाकर अपना काम करो।" उसने रामसिंह को आश्वस्त करना चाहा।

मजबूरी में कमरे से बाहर निकल आया रामसिंह किन्तु बीबी जी के पीले पड़े चेहरे ने उसे आश्वस्त नहीं होने दिया। बीबी जी की जिद्द नहीं सुहाई... आखिर मेजर सा'ब को फून कर देने में हर्जा ही क्या! डॉक्टर को ले आते या स्वयं ही जाँच लेते। आगे भी तबीयत चंगी रहती। अचानक तबीयत बिगड़ी क्यूँ, पता चल जाता। एक बार मन में आया भी कि वह बगैर बीबी जी की भनक लगे मेजर सा'ब को फून कर दे। सा'ब अभी ड्यूटी पर ही होंगे। फौरन आ जायेंगे। फिर बीबी जी के बुरा मानने की बात सोचकर रह गया। उनके बर्फ-से हो गए तलुवे भूल नहीं पा रहा था।

अजीब-सी हो गई हैं आजकल! आना-जाना एकदम बन्द। चौबीसों घंटे अपने कमरे में पड़ी रहतीं। ज्यादा-से-ज्यादा निकलीं तो बच्चों के स्कूल जाने के समय उन्हें गेट तक छोड़ने आ जातीं। बच्चे बस में चढ़ गए तो फिर लौटकर उसी कमरे में! मेजर सा'ब अकसर आ जाते। वही समय होता जब वे कुछ देर बैठी उनसे बतियाती दिखाई पड़तीं। भूले-भटके हँसी भी कानों में पड़ जाती। जी भर आता है रामसिंह का। जिन्हें सुबह से शाम तक, शाम तक क्या, गई रात तक हँसी की खनक में डूबे देखा और पूरे घर को उसी खनक में डुबाये देखा, वही...अब सब कुछ मनहूसियत की काली चादर में कैसे बिला गया, क्या बताये! नन्हीं गौरैया-सी बिट्टी और राजू भी अब सहमे-सहमे रहने लगे। पता नहीं इन फूल-से बच्चों का क्या होगा! सोचता है तो मन बिरझाने लगता है। अभी तक तो सा'ब के बारे में कहीं कोई खबर नहीं है।

हिम्मत की कमी नहीं है बीबी जी में, यह भी गौर किया है उसने। जिम्मेदारियाँ चाहे घर की हों या बाहर की हों, बगैर चेहरे पर शिकन लाए निभा रही हैं। दूसरी औरत होती तो अब तक बिस्तर पकड़ लेती। उसे याद हो आया वह प्रसंग...सा'ब के लापता होने का तार आया था। उन्होंने घर के प्रत्येक सदस्य को सावधान कर दिया—"बच्चों को कुछ नहीं मालूम होना चाहिए। उन्हें जो पता है, वही मालूम रहने दो। बाहर से कुछ सुन-सुना आएँ तो उन्हें समझा देना, ज्यादा दिन नहीं लगेंगे उनके पापा को लौटने में..."

बस, एक क्षीण आशा की डोर से बँधी है उनकी जिन्दगी जो पाकिस्तानियों द्वारा भेजी जानेवाली 'लापता' की लिस्ट के अपने देश में पहुँचते ही दिप्प-से तेज हो उठती हैं। कैसी यातनामय होती है वह अनमनाहट? वे कई दफे मुख्यालय

फोन करतीं। बार-बार उसने उन्हें सूची में आए नामों के विषय में पूछताछ करते पाया है। तसल्ली फिर भी नहीं होती। अखबार में प्रकाशित हुई सूची को सैकड़ों बार पढ़तीं। उससे अन्य तमाम अखबार मँगवाती और उनमें प्रकाशित हुई नामावलियों को पढ़-पढ़कर आपस में मिलान करतीं। कहीं किसी सूची में कोई नाम छूटा हुआ पातीं तो मन में शक का कीड़ा कुलबुला उठता। हो सकता है, अखबार में सुदीप का नाम छपने से रह गया हो। अखबारों में एकदम सही छपता कब है? बड़ी-बड़ी परीक्षाओं के नतीजे तक वे गड़बड़ कर देते हैं। बेचैन होकर फोन करतीं। मेजर सा'ब को बुलवातीं—"भैया, जरा सेना मुख्यालय से एक बार फिर से तो वेरीफाई करो, कहीं उन्हीं से तो नहीं छूट गया उनका नाम... लापरवाही कहीं भी सम्भव है।"

मेजर सा'ब उनकी तसल्ली के लिए फोन-दर-फोन घुमाने लगते।

रामसिंह को फख्र होता। मेजर सा'ब मतलबी स्वभाव के नहीं। जैसे सा'ब के सामने आते-जाते थे, वैसे ही आना-जाना अब भी बनाए रखा है उन्होंने। दोनों दोस्तों में छनती भी गाढ़ी थी। मेजर सा'ब अश्विनी अस्पताल में सर्जन हैं और उसके सा'ब इनफेंटरी में मेजर। कभी-कभी तो दोनों रात के तीन-तीन बजे तक गप्पें मारते, ठहाके भरते, बैठे पीते रहते। बीबी जी भी साथ जागती बैठी होतीं।

सब टूट-बिखर गया। रौनकें बुझ गईं। घर के रीति-रिवाज ही बदल गए... बस, एक सा'ब के न होने से।

रात में जब कभी झपकी टूटती (नींद को आए हुए बरसों हो गए), बीबी जी को कमरे में अन्यमनस्क टहलते हुए पाता या पिछवाड़ेवाले किचेन गार्डन में पड़ी बेतोंवाली कुर्सियों में से किसी एक पर आँखें मूँदे लेटी। जाकर टोकता, चिरौरी-भरे स्वर में अनुनय करता—'अन्दर सो जाओ जाकर, बीबी जी, आप... सर्दी खा लेंगी।' पर वे फीकी हँसी हँस देतीं—'नींद आए तब न सो रहूँ जाकर... करवटें पीठ में चुभने लगी हैं।"

मुँह सिल जाता उसका। अँधेरे की आड़ में अपनी नम हो आईं बूढ़ी आँखें पोंछने लगता।

बैठतीं भी ठीक उसी जगह। तिल-भर इधर-उधर नहीं। पिछले साल ही तो माली से विशेष रूप से किचेन गार्डन से लगे लम्बोतरे चौरस जमीन के टुकड़े पर मखमली घास लगवाई थीं! सुरू और रबड़ के दरख्त रोपवाये थे।

बँगले के सामनेवाले लॉन में बैठना सा'ब को कभी पसन्द नहीं आता। सड़क पर चलता व्यक्ति उन्हें अपने को घूरता लगता। जोड़ी बैठी होती, राजू और बिट्टी वहीं दौड़ा-दौड़ी करते रहते। पकड़ा-पकड़ी खेलते। छलाँगें भरते हुए अकसर वे क्यारियों में कूद जाते। बीबी जी उनकी इन हरकतों पर झुंझला उठतीं। सा'ब हँसकर उड़ा देते—"तुम्हारे ये भिंडी और बैंगन मेरे बच्चों की अलमस्तियों से ज्यादा जायकेदार नहीं!"

वे चिढ़ जातीं—"ठीक है रोलर और चलवा दो, तुम्हें क्या पता कहाँ-कहाँ से बीज मँगवा के डलवाती हूँ लक्ष्मण से।"

क्या करे? बड़ी देर तक अन्यमनस्क बैठा बीड़ी के सुट्टे मारता रहा। फिर तय किया कि गैरज खोलकर 'जोंगा' धो डालेगा। महीने-भर से जोंगा धुली नहीं। बन्द पड़ी गाड़ी धूल से नहा उठती। सा'ब थे तो तकरीबन रोज ही गाड़ी धुलती थी। चलाएँ या न चलाएँ। बीबी जी को वे कभी सरकारी जीप में नहीं ले जाते। जोंगा खरीदी ही उनके लिए थी।

पोंछा मार ही रहा था कि बरामदे में आ खड़ी हुई बीबी जी को अपने को पुकारता पाकर गरदन उठाई। हड़बड़ाया-सा पास पहुँचा।

"टैक्सी ले आओ, रामसिंह!"

"सा'ब, बाहर जाएँगी?"

वह उसकी दुश्चिन्ता भाँप गई। आहिस्ता से मुस्कराहट लपेटी चेहरे पर, "एकदम ठीक हूँ। बेचारे बच्चों को तैयार करवाकर बैठा दिया है, नहीं जाऊँगी तो मन छोटा कर लेंगे।"

तर्क जमा नहीं उसे लेकिन यह भी जानता है—लाख मना करने के बावजूद, जाना तय कर लिया है तो जाएँगी जरूर। बहस-मुबाहसे में पड़ना व्यर्थ है। ताकत की भी सोचे तो क्या सोचे? ताकत ही तो है जो इस औरत को अविचल चट्टान-सा ताने हुए है। कई दफे उसने सलाह दी, मेजर सा'ब ने भी समझाया, "किसी को बुला लीजिए, चाहे अपने घर से, चाहे सा'ब के घर से..."

"मेरी प्रतीक्षा कोई बाँट सकता है, रामसिंह?"

वह निरुत्तर हो जाता।

टैक्सी दादर की ओर दौड़ी जा रही।

खिड़की की चौखट से चेहरा टिकाए वह बाहर देख रही। बाल बेतरतीबी से उड़ रहे। कभी नाक, कभी कान, कभी होंठों की सन्धि, कभी गरदन की परिधि में गुलगुली करते-से।

"शीशा चढ़ा लो!"

सुदीप अकसर उसके बालों की सँवराहट बिगड़ जाने के खयाल से हाथ बढ़ाकर उसकी बगलवाली खिड़की का काँच चढ़ा देते।

"धन्यवाद!"

"कोरा?...जरा हमारा खयाल रखा करो...अपने-आप करीब आकर और प्यार करके।" आहिस्ता से एक हथेली रेंगती उसे कमर से घेर लेती! करीब सटाकर तेजी से गरदन घुमाती और उसके खुले कन्धे पर होंठ टिका देती। वह मादक तन्द्रा में सिहरती झपकने लगती। अचानक सड़क पर होने का खयाल उसमें चेतना की पिनें चुभो देता।

"हम सड़क पर हैं।" वह सुदीप का चेहरा जबरन मोड़कर सामने की ओर कर देती। कमर से चिपकी हथेली हटा स्टेयरिंग पर।

"सामने देखो।"

"मैं तुम्हारे कन्धे पर होंठ रखे मर जाना पसन्द करूँगा!"

"मत कहो।"

"सच..."

कोई कैसे मरना चाहता है और कैसी मौत मर जाता है!

आँखें उमड़ने लगीं। कनखियों से उसने फिर गरदन जोड़े बैठे हुलसते बच्चों की ओर देखा। फिर खिड़की से बाहर देखने लगी! कोरों को उँगलियों से ही पोंछती।

फरफराती हुई हवा के झोंकों ने स्नेह से थपथपाया। ढाँढ़स बँधा। कहीं और अपने को केन्द्रित कर लेना चाहती है ताकि बच्चों के समक्ष कमजोर न हो।

सुदीप से हुई पहली मुलाकात का वाकया स्मरण हो आया...

मौसी जी के घर पर मिली थी उससे—बड़े भैया बिन्नी के अरसे बाद मिले दोस्त के रूप में। साधारण कद-काठी और सेनावाली चुस्ती-दुरुस्ती।

मौसी ने माँ को बताया—'उसे सब कुछ बिन्नी ने बता दिया है, फिर भी वह रिन्नी से ब्याह करने को राजी है। इस विषय में उसने अपनी माँ से बातचीत कर ली है। उनकी खुशी में माँ खुश हैं। वे लोग बस इतना चाहते हैं, इधर से हाँ हो जाए तो एक ही मंडप में बेटे और बेटी, दोनों का शुभ कार्य निपटा लें। जल्दी उन्हें इसलिए है कि उनका होनेवाला जमाई जर्मनी से सिर्फ पन्द्रह-बीस रोज के लिए ही भारत आ रहा है।'

माँ ने कहा, "जीजी, तनिक रिन्नी से भी पूछ लो!"

"पूछना क्या? देख लिया है उसने। बिन्नी कह रहा था कि कुछ बातें भी हुईं आपस में।"

"फिर भी बिन्नी के भरोसे मत रहो। उसका मन कितना उमड़ा हुआ है।

तुम तो वाकिफ हो, जीजी...सीधे पूछ लेना बेहतर है। जो वह कहेगी, वही होगा।" माँ ने एक लम्बी नि:श्वास भर अपनी हाँ-ना का दारोमदार रिन्नी पर छोड़ दिया।

मौसी से उसने कहा—"बताऊँगी।"

"बताऊँगी नहीं, ठीक से सोचकर तुरन्त बता।" ऐसा कहकर मौसी ने जैसे अप्रत्यक्ष रूप से उसे धमकी ही दे डाली कि ऐसा लायक, सयाना वर वह भी तेरे बारे में सब जान-समझ लेने के बाद मिलने से रहा।

उलझन में फँसी सोचती रही। क्या जवाब दे मौसी को? निरुपाय उसने तय किया कि वह सुदीप से फोन पर बातचीत करेगी। अपनी तरफ से अपनी स्थिति स्पष्ट करने के लिए। हो सकता है, जिसने उनसे उसके बारे में बताया हो, अन्यथा प्रतीत होनेवाली बातें बचा-बुचूकर ही बताया हो ताकि उन दोनों का मामला किसी प्रकार फिट बैठ जाए। सामान्यत: लोग यही सोचते हैं और मानते हैं कि एक बार ब्याह हो जाए, शेष आपत्तियाँ दरकिनार हो जाती हैं।

सुदीप दूसरी बार फोन पर मिले। उससे फोन पर पाकर उनका चौंकना स्वाभाविक था। मगर इतने सहज और बेतकल्लुफ लगे कि उसके भीतर के सारे संकोच टूट गए।

कॉलेज में हुई मुहब्बत...कपूर से सगाई...डेढ़ साल तक कपूर के साथ घूमना-फिरना...ऐन शादी से महीने-भर पहले कपूर का शादी से मुकर जाना...

"तुम्हारे बताने की वैसे भी जरूरत नहीं थी, बिन्नी ने सब बता दिया...मेरा निर्णय वही है जो मैंने तुम्हें पहली बार देखते ही ले लिया..." तनिक ठहरकर उन्होंने ठहाका भरा—"इतने गए-गुजरे हम भी नहीं थे, रिन्नी जी! हमने भी एक लड़की से मुहब्बत की थी। चिलचिलाती दोपहरी में उसके लौटने की प्रतीक्षा में घंटों बस स्टॉप पर खड़े रहते थे। आजकल वह अपनी ससुराल भटिंडा में है और तीन प्यारे नन्हें-मुन्नों की मुटल्ली माँ! अब वह एक गुजरी दास्ताँ हो गई। सही तो यह है रिन्नी, हफ्ते-भर पहले तुम्हें देखकर यह एहसास शिद्दत से हुआ कि मैं अब भी मुहब्बत कर सकता हूँ..."

उसने अनुभव किया। पद और उम्र की जो गम्भीरता सुदीप में होनी चाहिए थी, वह थी किन्तु स्वभाव में किसी पहाड़ी झरने का-सा अलमस्त उद्दाम शोर भी था।

"ममा! हम 'फ्लोरा' ही चल रहे हैं न!" बिट्टी ने अधीर हो उसे अपनी ओर आकृष्ट किया।

"हाँ, हाँ, राजे...'फ्लोरा' ही चल रहे हैं। वहीं जाना चाहते हो न तुम दोनों?"

बिट्टी ने बड़े उत्साह से पूछा था, ममा की अप्रत्याशित खिन्नता ने उसे उदास कर दिया। ऐसा क्या पूछा उसने जो वे असहज हो उठीं! समझ में नहीं आता। न समझ ही पा रही हैं कि आखिर एकाएक उन्हें क्या हो जाता है? क्यों वे अपने में नहीं रहतीं? हालत यह हो गई है कि उनसे कुछ कहना होता है तो मन-ही-मन भयभीत हो उठती हैं कि कहे तो कैसे कहे। सुनकर क्या प्रतिक्रिया होगी उनकी? पहले वे हरगिज ऐसी नहीं थीं। न बात-बात में उखड़तीं, न आपा खोतीं, न अचानक गुमसुम हो सिंड्रेला की तरह किसी और दुनिया में खो जातीं।

उसे कुछ हुआ? राजू भैया भी वैसा ही है! पापा लड़ाई पर गए हुए हैं। जिद्दें वह पहले भी किया करती थी। पापा के सामने भी! पक्की बात है, जिद्द न करो तो मम्मा के कान पर जूँ नहीं रेंगती। 'हो जाएगा', 'ले देंगे', 'अभी ही

क्या आफत मची है' जैसे जुमले सुना बहलाती-फुसलाती रहेंगी। झाँसे में वह क्यों आने की? पापा भी कहते, तुम्हारी मम्मा झाँसे देने में बहुत तेज हैं। तुम दोनों उनके झाँसे में मत आना, डटे रहना अपनी बात पर! मैं तुम्हारे साथ हूँ। उनके सामने तुम्हें ऐसा नहीं लगूँगा मगर दिल से मैं तुम्हारे साथ होऊँगा। वह अड़ी रहती तो वे अड़ी रहतीं। चेतावनी देतीं, धमकातीं, बाथरूम में बन्द कर देतीं। कभी उसे लगता कि वह गलत है तो उनसे 'सॉरी' कह देती। अब जिद्दें खाली चली जाती हैं। प्रतिक्रिया में न चेतावनी मिलती है, न धमकी! बस होती है एक लम्बी गुमसुम। पुकारते ही विचित्र नजरों से देखतीं। कभी-कभी लगता, उसे देख रही हैं पर जैसे पहचान नहीं पा रहीं!

राजू भैया भी उसके विचारों से सहमत हैं। गड़बड़ कुछ जरूर है। कहाँ है—वह भी नहीं समझ पा रहा। रामसिंह से भी उसकी बातचीत हुई। रामसिंह का कहना है कि चूँकि सा'ब बहुत दिनों से सीमा पर हैं और लड़ाई में अब क्या हो, इसी आशंका ने बीबी जी की दिमागी हालत बिगाड़ रखी है।

उसने ममा से कहा था, "ब्लैक आउट अब नहीं होता। इसका मतलब है लड़ाई खत्म हो गई?"

ममा ने उदासीन भाव में जवाब दिया था। बिट्टी को अच्छी तरह याद है, "हाँ, खत्म हो गई।"

"इसका मतलब है, पापा जल्दी घर आ जायेंगे?"

"हाँ राजे..."

इतना संक्षिप्त उत्तर उसे बुरा लगा। पापा के सन्दर्भ में इतना हतोत्साहित रवैया और भी बुरा लगा। भले ही प्रकट में उसने कहा कुछ नहीं। तय कर लिया कि पापा से चुगली अवश्य खाएगी।

रामसिंह ने एक और बात बताई, जिसकी पुष्टि कमली ने भी की—ममा उन लोगों पर प्रकट नहीं करतीं पर अन्दर-ही-अन्दर उनकी तबीयत बहुत खराब है। उनमें आए बदलाव की यही वजह उसे ज्यादा सही लग रही। आज इस बात का प्रमाण भी मिल गया—कैसे वे चक्कर खाकर गिर पड़ीं!

लेकिन उसे याद हो आया परसोंवाला प्रसंग। और दिमाग फिर से उलझ गया।

अवस्थी मामा की बैठक में कदम रखते ही उसने हमेशा की तरह उन्हें 'स्टेच्यू!' कहकर जड़ कर देना चाहा। पर तीन बार अपनी कनिष्ठा हिलाकर उसका आदेश अस्वीकार कर दिया, "आज नहीं..."

तुनककर उसने अपने होंठ सिकोड़कर आँखें तरेरीं, "ठीक है, जीप में बिठाकर, घुमाकर लाइये।"

"आज नहीं, डार्लिंग। तबीयत गड़बड़ है कुछ...कल जरूर घुमाऊँगा।"

"पिछली बार भी आपने यही वादा किया था और अब तक घुमाने नहीं ले गए? हम आपकी एक नहीं सुनेंगे।" उसने जैसे अन्तिमेथम दे डाला।

"आज नहीं...आज नहीं...'झूठ अंकल'! हम आपका नाम रख देंगे 'टालू अंकल'!"

मेजर सा'ब ने घुटने टेके। उसकी निश्छलता पर वे मुस्कराये बिना नहीं रह सके—"अच्छा ऐसा करो, सोहन सिंह बैठा हुआ है जीप में, उससे कहो जाकर कि मैंने कहा है, वह तुम दोनों को कुछ दूर घुमा लाए! ठीक?"

"छि:! कितनी बड़ी-बड़ी मूँछें हैं उसकी? डाकू लगता है डाकू, आप ही चलिए!" वह सोहन सिंह के नाम से बिचकी। सोहन सिंह के साथ जाने में क्या मजा? वह आइसक्रीम थोड़े ही दिलवाएगा।

"बिट्टी!" ममा के चेतावनी-भरे स्वर ने उसे सहमा दिया।

अब तक के मान-मनौव्वल और उसकी जिद्द को वे बरदाश्त करती चुप थीं, आखिरकार उसकी उद्दंडता सहन नहीं कर पाईं। वह बिना किसी हील-हुज्जत के बैठक से बाहर हो गई। राजू ने उसका अनुसरण किया। ममा के डाँटने पर अंकल ने कोई प्रतिक्रिया व्यक्त नहीं की, यह बात अखरी।

घूमकर लौटे तो बैठक में कदम रखते ही दोनों भीतर का नजारा देखकर भौचक्के रह गए।

कैसी दिल दहलाकर रख देनेवाली खिंची-खिंची हिचकियाँ थीं जिन्हें भरसक गले की कैद से बाहर न होने देने की चेष्टा में ममा की पूरी देह बुरी तरह काँप रही थी।

उनके सहमे कंठ भरने लगे। ममा के रुदन का कारण वे नहीं जानते थे पर उनके लिए इतना ही पर्याप्त था कि ममा रो रही हैं। ममा रो रही हैं तो वे चुप कैसे रह सकते हैं! अंकल ने उनकी ओर करुणा से देखा। संकेत से उन्हें निकट बुलाया और उन्हें बाजुओं में भरकर चूम लिया—"अरे पागलो! तुम्हें क्या हो गया, तुम क्यों अपना मन छोटा करते हो? देखो, ममा की तबीयत जरा गड़बड़ है। तुम्हें चाहिए, तुम हँस-बोलकर उनका खयाल रखो, हाँ!"

उसने रोते हुए कहा था, "तबीयत ठीक नहीं है तो आप ममा को दवा दे दीजिए।"

राजू सवाल नहीं करता। बस उसकी आँखें बोलती हैं।

स्नेह से उन्होंने उसके गाल थपथपा दिए, "घबराओ नहीं, दवा दे दी है। कुछ देर में ममा ठीक हो जाएँगी। जाओ, जाकर अपने कमरे में खेलो।"

उसने स्पष्ट लक्ष्य किया था—ममा ने न गरदन उठाई थी और न उनकी ओर देखा था। आँसुओं से लबालब अपना चेहरा दोनों हथेलियों में ढाँपे, सिसकियाँ भरती रही थीं। उसके मन में आया था कि वह ममा का चेहरा अपने नन्हें सीने से टिकाकर उन्हें प्यार कर ले। मगर उनके करीब जाने की हिम्मत न उसकी हुई और न राजू की। वे परेशान-से अपने कमरे की ओर बढ़ गए थे।

पापा होते तो ममा को इतना कभी न रोने देते। रोना उन्हें कतई बरदाश्त न होता, विशेषकर उन लोगों का। जब कभी ममा किसी बात पर उन्हें झिड़क देतीं या हाथ उठा बैठतीं, 'भों-भों' करके रोने लगते। पापा की सहनशक्ति जवाब दे जाती। वे घंटों ममा से न बोलते। बोलते भी तो चेतावनी देते हुए-से, "आइन्दा तुम मेरे बच्चों पर न हाथ उठाओगी, न उन्हें बेवजह रुलाओगी। ठीक है, वे कोई गलती कर बैठते हैं तो धैर्य से काम लो! पढ़ी-लिखी होकर, उजड्डों जैसा व्यवहार मत किया करो।"

जिस तरह अंकल के सामने ममा ने उसे डाँटा था, पापा के सामने क्या मजाल जो डाँट लेतीं।

"ड्राइवर! वरली ले लेना। फ्लोरा चलना है।" ममा के आदेशात्मक स्वर ने उसके नन्हे मन के उद्वेलन को सहमा शान्त कर दिया। 'फ्लोरा' के नाम से उसके चेहरे पर रौनक छलछला आई। भूल गई कुछ क्षणों पहले का आक्रोश, परसों रातवाला दु:खद प्रसंग! ममा की कुछ देर पहले एकाएक बिगड़ गई तबीयत।

उमगती-सी उछलकर वह राजू से चिपट गई, "ई ईऽऽ...मैं चिल्ली चिकन खाऊँगी, तूऽऽ?"

कितने दिन हो गए? दिन कहाँ, महीनों हो गए। पापा के बॉर्डर पर जाने से पहले आए थे वे फ्लोरा।

बिल पे करके फ्लोरा के बाहर आए। दोनों बच्चों के चेहरे पर बिछी उत्सुकता ने उसे मीठी सन्तुष्टि से सराबोर कर दिया।

राजू ने ठीक पापावाले अन्दाज में सबसे पहले दो चिकन सूप का ऑर्डर दिया। पापावाले अन्दाज में उसे टोकता भी रहा, "ममा, जितना खाया जा सके, उतना ही खाओ। अभी और भी तो बहुत-सी चीजें खानी हैं।"

खाना गले तक आ रहा हो फिर भी वह चीजें छोड़ने के पक्ष में हरगिज न होती। उसका नजरिया हमेशा यही होता कि अगर पैसे खर्च हुए हैं तो चीजें नुकसान नहीं की जानी चाहिए। सुदीप अकसर उसके इस रवैये से चिढ़ उठते। 'घर से बाहर निकलते ही, चीजें खाया करो, चीजें। घूमने-फिरने के मजे लो।' सुदीप का नए-नए पकवान चखने का खूब शौक था। स्वाद न भाए तो वे खुद भी छोड़ देते और उससे भी छोड़ देने की जिद्द करते। वह उनकी इस आदत से खीझ उठती।

राजू ने खाने की ढेर सारी चीजें चुनीं और मँगवाईं ठीक बाप की तरह। आज उससे जो नहीं खाया गया, छोड़ दिया। दरअसल खाया कुछ भी नहीं जा रहा था। बच्चों का मन रखने के लिए टूँगती-टाँगती रही।

सुदीप बच्चों से पूछते थे—'कहाँ चला जाए?'

बिट्टी अपनी पसन्द की जगह का नाम लेती, राजू अपनी पसन्द की जगह का। सुदीप दोनों का ही मन रखते। जुहू पर दो-ढाई घंटे बिताकर गाड़ी बैंड स्टैंड की ओर मोड़ देते।

"कहाँ चला जाए?"

"लिंकिंग रोड।"

"नहीं, दादर।"

"पहले दादर चलते हैं। रास्ते में ही पड़ता है।" उसने तर्क दिया।

"इसे रैकेट ही तो लेना है। वहाँ नहीं मिल सकता क्या?" बिट्टी को राजू की बात को प्रमुखता देना नागवार गुजरा। दादर पहले पड़ता है, उससे कोई मतलब नहीं था।

"लिंकिंग रोड पर चॉइस है?" राजू को उसकी फिजूल की जिद्द पर गुस्सा आ गया—"सिर्फ एक दुकान है गेम्स की चीजों की! दादर में कम-से-कम पाँच-छः दुकानें हैं। मेरे दोस्तों ने बताया था कि दाम भी ठीक हैं। विदेशी रैकेट्स भी उनके पास मिल जायेंगे।"

"हँए...तेरे दोस्तों को बहुत मालूम है।" परास्त भाव से खिसियाकर बिट्टी ने उसे बिराया, "मालूम-वालूम कुछ है नहीं, ममा को झूठ-मूठ पट्टी पढ़ाने की कोशिश कर रहा है।"

"येऽऽ...मत चिढ़ा।" राजू आवेश में आ गया। लगा कि अब अगर बिट्टी ने उसे दोबारा भी छेड़ा तो वह हुमककर उसे मार बैठेगा। उसका ध्यान सड़क पर था। एक खाली टैक्सी दूर से आती दिखी। उसने हाथ हिलाकर टैक्सी रुकने का संकेत किया। उसकी "तू-तू मैं-मैं" पर बिना झल्लाये हुए शान्त भाव से बोली, "लड़ने की क्या बात है? दोनों जगह चल रहे हैं, दोनों जगह रैकेट्स देख लेंगे।"

टैक्सी पास आकर रुकी तो राजू आगे का दरवाजा खोलकर ड्राइवर की बगल में बैठ गया। बैठते-बैठते बिट्टी भुन्नाई, "मैं भी आगे बैठूँगी।" राजू जो कुछ करता है वह अनुसरण करने में पीछे नहीं रहती।

"लड़कियाँ टैक्सी में आगे नहीं बैठतीं, है न, ममा?" राजू ने सीट पर से तिरछे होते हुए उससे समर्थन चाहा।

उसने कुछ नहीं कहा। बिट्टी के लिए स्थिति असहनीय हो उठी। अपमान का घूँट वह लगातार घुटक रही थी। पापा होते तो उसके साथ कदापि ज्यादती न होती। पापा हमेशा उसकी बात पहले मानते—"भई, वही होगा जो हमारी नन्हीं प्रिंसेस कह रही है..."

आँखें लबालब भरी आ रही थीं। प्रयत्न करके भी वह सिसकी नहीं रोक पाई।

उसका ध्यान गया तो बिट्टी की नन्हीं देह को खींचकर बाजुओं में समेट लिया, "पगली, रोते हैं इतनी छोटी-छोटी-सी बातों पर?" उसके आँसुओं से तर चेहरे को उसने हौले-हौले चूमा। दुलराया। भीतर-ही-भीतर काँप उठी। इतने संवेदनशील हैं ये बच्चे, छोटी-छोटी बातों से मर्माहत होनेवाले! कैसे कह सकेगी सत्य? कैसे समझा सकेगी? सुदीप ने हमेशा उनके आग्रहों को पूरा करना अपना फर्ज नहीं, जीना समझा, खुशी समझी है। उनकी हरकतों पर कभी उन्हें खीझते नहीं देखा, न तनावपूर्ण होते। रूठी हुई बिट्टी या तुनके हुए राजू को घंटों बिना सब्र खोये मनाते-बहलाते रहते जबकि उसे आपा खोते देर न लगती।

क्या दे सकते हैं इन्हें हम?

वे उसके सारे तर्क-वितर्क पर प्रश्नचिह्न लगा देते।

सुदीप, सुदीप, सुदीप...

तेज रफ्तार से दौड़ रही टैक्सी के ठीक विपरीत उसका मन कोसों पीछे... बहुत पीछे भागने लगा। जहाँ से खींचकर इन्हें लाना चाहती है वहाँ स्वयं भी बार-बार पहुँच जाती है। अपनी भावनाओं, स्मृतियों पर उसका अख्तियार नहीं। उन्हें किस तरह और कैसे तसल्ली के जुमलों, आचार-व्यवहार से नई माटी दे पाएगी?

उसने एकाकीपन से उपजी सघन हताशा की कुतरती-चबाती अनुभूति को अपने ऊपर हावी न होने देने की गरज से बिट्टी को अंक में भरकर भींच लिया। बिट्टी के गदबदे बदन के गुनगुने स्पर्श से सहसा उसे चुनौती से भर, आसमान छूते यूक्लिप्टस में परिवर्तित कर दिया।

क्षण-भर पहले बिट्टी के अबोध मन की मथती खिन्नता अनायास बौछार खाए वृक्षों-सी तरल चमक से भर गई। ममा का प्यार से सीने में भर लेना उसे पुलका गया। ममा ठीक पहले की तरह मीठी-मीठी छुअन हो गईं जो पापा अकसर होते...ममा कभी-कभी हो आतीं...फिर हो गईं।

स्केचपेनों का पैकेट पाकर बिट्टी उछल रही थी। अधीर होकर उसने पैकेट दुकान पर ही खोल डाला। हर पेन का ढक्कन खोलकर अपनी गदेली पर रंग का टीपा लगा, रंग की प्रखरता और पेन की दुरुस्ती का मुआयना किया उसने। उसकी इस

हरकत पर राजू को जमकर कोफ्त हुई। एकाध पीस बदल देने की बात पर वह और चिढ़ गया। दुकानदार के सामने ही बोल पड़ा, "शऊर नहीं इसे।"

"गुस्सा मत होओ।" उसने राजू को डपटा।

"उसे जैसा चाहिए, बदल लेने दो। अच्छा किया देख लिया, दोबारा इतनी दूर घर से आना सम्भव न होता!"

डाँट पाकर राजू का चेहरा उतर गया। रैकेट का पैकेट सँभाले वह उनसे दूर हटकर शोकेस से करीने में सजी चीजों को देखने लगा।

उसने उसे अनमना पाकर पुकारा, "राजू!"

"जी!" राजू पलटकर अनिच्छा से उनके निकट आ खड़ा हुआ।

"फटाफट बोलो, और क्या-क्या लेना है? फिर शिकायत नहीं करना कि आपने 'यह' नहीं दिलाया, 'वह' नहीं दिलाया...आप मक्खीचूस हैं...' अतिरिक्त उत्साह प्रदर्शित करते हुए उसने उनके संकोच को तोड़ने की कोशिश की। जानती है, वे उससे काफी खुले हुए हैं, फिर भी सुदीप से वे जितने बेतकल्लुफ होते हैं, उससे नहीं हो पाते; कहीं-न-कहीं हिचक आड़े आ ही जाती है कि गैरजरूरी चीजों के लिए ममा मना कर देंगी।

"ममा बहुत खुश हैं आज!" बिट्टी ने उसकी अतिरिक्त उदारता पर टिप्पणी की।

"बोलो, राजू!"

राजू ने दुविधाग्रस्त होकर भी इनकार में सिर हिला दिया।

बिट्टी की आँखों में चमक कौंधी, "मैं बोलूँ?"

"हाँ, हाँ, बोलो।"

"ऑटोग्राफ बुक दिलवा दीजिए न!"

उसने दुकानदार से बिट्टी को ऑटोग्राफ बुक्स दिखलाने का आग्रह किया। बिट्टी ऑटोग्राफ बुक पसन्द करने में व्यस्त हो गई। धाँय एक उठाती, धाँय दूसरी! बीच में बस उसने इतना ही पूछा, "कौन-सी भी ले लूँ?" उसका तात्पर्य महँगे-सस्ते से था।

"ले लो।" उसने सहमति देकर उसे पूर्ण आश्वस्त किया कि वह अपनी पसन्द की चीज ले सकती है।

राजू ने अपनी इच्छा को भरपूर जब्त करने की कोशिश की किन्तु ऑटोग्राफ बुक के प्रलोभन से वह स्वयं को नहीं बचा पाया। उसने भी एक खूबसूरत-सी ऑटोग्राफ बुक अपने लिए चुन ली।

"मैं इस पर सबसे पहले पापा के ऑटोग्राफ लूँगा।" उसे ऑटोग्राफ बुक दिखाते हुए राजू ने उत्साहित हो घोषणा की।

छन्न से वह किरच-किरच हो छितर गई मगर दूसरे ही पल सँभलकर उसने अपने को सहेजने में आंशिक सफलता हासिल कर ली।

"मेरे ब्रुश एकदम खराब हो गए।" राजू ने एक और फरमाइश की।

"ले लो।"

"कुछ ड्राइंग पेपर्स भी।"

"वे भी ले लो।"

साधे रखने की चेष्टा निरन्तर जारी थी।

काउंटर की ओर बढ़ने से पूर्व उसने एक बार फिर पूछ लिया, "कुछ और याद आ रहा हो तो सोच के बताओ!"

"नो ममा! थैंक्यू सो मच।" बिट्टी ने उसे अँग्रेजी में धन्यवाद किया।

राजू ने, 'सो नाइस ऑफ यू' कहकर अपनी सन्तुष्टि का इजहार किया। वे खुश हुए, सन्तुष्ट हुए। यही चाहती है कि कोई कमी न रह जाए। जुहू से लौटते समय बन्दर के बच्चों की भाँति सुदीप के कन्धों पर चढ़े दोनों कितने देहाती, फूहड़ लगते उसे। 'उतरो, क्या बदतमीजी है!' डपटती। डपटने का न सुदीप पर असर होता, न किलकते दोनों ढीठों पर।

दुकान से बाहर आते ही उसकी दृष्टि बगल में लगे आइसक्रीम स्टैंड पर अटकी। सुदीप बगैर आइसक्रीम खिलाए उन्हें कभी घर नहीं ले जाते...

"आइसक्रीम खानी है?"

उसके पूछते ही उनमें खुशी का ज्वालामुखी फट पड़ा—"ओ ममा, यू आर रियली ग्रेट!" बिट्टी ने गदगद हो, आँखें सिकोड़-चमका, उसको बड़प्पन की महमहाती मालाओं से ढक दिया। अपने-अपने पैकेट सहेजे दोनों स्टैंड की ओर लपके। उनका साथ बनाए रखने के लिए उसे तकरीबन दौड़ना पड़ा।

राजू ने वनीला ली। बिट्टी ने अब की बार पसन्द बदली, चाकोबार का ऑर्डर दिया। दोनों ने अपनी-अपनी आइसक्रीम में से उसे थोड़ा-थोड़ा चख लेने का अनुनय किया। उसे मानना ही पड़ा। सुदीप संग होते तो एक कप, लाख नाजुक गले की दुहाई देने के बावजूद, उसे खाने पर मजबूर कर ही देते। अवज्ञा की गुंजाइश ही नहीं रहती।

अच्छा हुआ बच्चों ने उससे खाने की जिद्द नहीं की। उसके लिए ले लेते तो उनकी बात टालनी मुश्किल हो जाती और खा किसी हालत में न पाती। उनका बना-बनाया मूड उखड़ जाता।

"ममा!" बिट्टी ने स्टिक चाटते हुए अतृप्त भाव से उसकी ओर देखा। वह समझ गई कि बिट्टी और आइसक्रीम खाना चाहती है।

"और ले लो, डंडी मत चाटो इस तरह।"

"कौन-सी ले लें?" राजू ने झिझकते हुए पूछा।

"जो जी में आए।"

वह सन्तुलन खोना नहीं चाहती। किन्तु दिमागी घोड़े थे कि पूरी शक्ति से उसे रौंद डालने को व्याकुल हो रहे। उसने खाते हुए बच्चों पर से दृष्टि फेर ली। खाते हुए नहीं टोकना चाहती, भले ही उनकी माँग उचित हो या अनुचित। इस समय बस एक ही खयाल चौकन्ने प्रहरी-सा सतर्क किए हुए है कि कोई कमी, कोई उपेक्षा, कोई अभाव उन्हें राई-रत्ती अनुभव न हो। वह हर तरह से उन्हें तृप्त और सन्तुष्ट करना चाहती है ताकि भविष्य में जो प्रहार उन्हें अकस्मात झेलना है वह उन्हें आहत अवश्य करे किन्तु वह ऐसा वज्रपात न हो कि वे सँभल न पायें!

चलने को तत्पर हुए तभी सहसा बिट्टी की दृष्टि आइसक्रीम स्टैंड से लगे जूस स्टैंड पर गई। फौरन ठुनकी, "ममा, जूस पिलवा दो न।"

"कोन के ऊपर जूस?"

"तो क्या हो गया?" बिट्टी ने निर्भीक स्वर में तर्क दिया।

वे बच्चे हैं। ऊँच-नीच समझना, उसमें अन्तर करना उसकी जिम्मेदारी है। संयमित नहीं रख पाई स्वयं को—"दिमाग ठिकाने है तुम्हारा? आइसक्रीम के ऊपर कोई जूस पीता है? फौरन गला नहीं पकड़ जाएगा! टांसिल वैसे ही तंग किए रहते हैं। बाजार से चीजें भागी जा रही हैं कहीं? आखिर इतनी भुखमरी क्यों

समाई रहती है तुम पर? जो माँगते हो, चाहते हो, मिलता नहीं?" बोलते हुए काँपने लगी।

बिट्टी की घिग्घी बँध गई उसके अप्रत्याशित रौद्र रूप से। राजू भी सहम उठा, "प्लीज ममा, माफ कर दो इसे! शी इज रियली ग्रीडी पापा..." वह तकरीबन गिड़गिड़ाया। एकाएक डबडबाई आँखों से अपनी ओर ताकती बिट्टी की ओर उन्मुख होकर बिफरा, "इडियट! अकल है? जब देखो तब ज़िद्द करने लगती है...डू यू थिंक, पापा इज विद अस? जो कहेगी, सब मिलता जाएगा?"

कगार पर से जैसे किसी ने उसे तीव्र प्रवाह में ढकेल दिया...छपाक्!!

(1982)

पेशा

कई पलों की खामोशी के पश्चात नरेन्द्र एकाएक क्षोभ और तिक्तता से फूट पड़ा था।

उस रात कक्कू ने उसे बुलवाया था कि वे उससे कुछ जरूरी बातें करना चाहते हैं। निहायत सतर्क-सधे लहजे में उन्होंने बोलना शुरू किया था कि उसके ससुराल से गौने की चिट्ठी आई है और अगली पन्द्रह को विदा-विदाई की तिथि निकली है। लेकिन विदा-विदाई से पहले वे चाहते हैं—कुछ जरूरी बातें हैं, वायदे हैं जिन पर साफ-साफ बातचीत हो जानी चाहिए। बाद में किसी बात को लेकर कोई बखेड़ा खड़ा हो, यह उचित नहीं होगा।

और वे असली मुद्दे पर आए थे।

ब्याह में समधी ने कबूला था कि गौने पर वे लड़के को जावा देंगे। और अगर उसे जावा की इच्छा न रही तो निस्संकोच नकदी गिन देंगे। चिट्ठी में इस वायदे का कहीं उल्लेख नहीं है जो उनके मन में सन्देह पैदा कर रहा है। जबान तो जबान होती है। उनकी कैसे कट गिर गई...खैर...हम यह चाहते हैं कि तुम अपने ससुर को वापसी डाक से एक चिट्ठी लिखो जिसमें यह स्पष्ट कर दो कि तुम्हें न फटफटी चाहिए, न नकदी। इस वक्त तुम्हें जरूरत है एक अदद फ्लैट की। वे हफ्ते-भर पहले आकर यहाँ तुम्हारे नाम एक फ्लैट बुक करा दें। आखिर कमी किस बात की है उन्हें जो यह माँग अखरे! भाई थानेदार है और नम्बर दो की कमाई उलीची चली आ रही है। दउवा ने खबर दी है कि गनपतवा डाकूवाले मामले में ही डेढ़-दो लाख का लम्बा हाथ मारा है उन्होंने। साफ लिख दो कि

तब तक गौना नहीं होगा, जब तक...आखिर दुलहिन को लाकर रखूँ कहाँ? एक तो दूसरे का फ्लैट है यह, तिस पर आठ प्राणी...मेरी गुजर-बसर नहीं होनेवाली, मैं स्वयं अलगा-अलगी के पक्ष में हूँ।

मगर नरेन्द्र ने उनसे सहमत होने से स्पष्ट इनकार कर दिया—वह ऐसी टुच्ची हरकत पर नहीं उतर सकता। बस, उसके इसी आचरण को उन्होंने अपनी खिलाफत समझा और उसे चेतावनी दे डाली कि अगर वह उनके कहे अनुसार नहीं चल सकता तो अभी, इसी वक्त घर से रफा-दफा हो जाए और अपना मुँह काला कर ले।

प्रतिवाद में वह तनकर खड़ा हो गया था और शायद पहली बार उसने उन्हें जवाब ही नहीं दिया था बल्कि उनकी भर्त्सना भी की थी कि वे निहायत कपटी हैं और सम्बन्धों की आड़ में किसी का घर लूटना चाहते हैं! मगर वह इस डाकेजनी में कतई शरीक नहीं हो सकता...

कक्कू यह उद्दंडता बरदाश्त नहीं कर पाए थे। दाँत किटकिटाकर उसे मारने दौड़े थे कि इसी दिन की खातिर खिला-खिलाकर गामा बनाया था कि मादर...उन्हीं पर एक रोज गुर्राए! आँखें दिखाए! ऊँच-नीच समझाए! उसने फुर्ती से उनके प्रहार करने को तत्पर हाथ की दाईं कलाई धर ली थी। बौखलाकर उन्होंने अचानक शो-केस के ऊपर रखा फूलदान उठा लिया था...

डेढ़ घंटे बाद जब उसे होश आया था, उसने अपने-आपको डॉ. मजूमदार की डिस्पेंसरी में पड़े पाया था। ढाँढ़स बँधाते हुए डॉक्टर साहब उससे जानना चाह रहे थे कि सड़क के किनारे लगे मलबे के निकट उसे किस प्रकार का चक्कर आया था...क्या वहाँ टूटी बोतलें आदि भी पड़ी हुई थीं क्योंकि घाव में काँच की किरच चिपकी हुई मिली है...

यानी कि उन लोगों ने डॉक्टर से असली घटना छिपाई थी और उन्हें एक झूठा वाकया गढ़कर सुना दिया था।

चिलकती पीड़ा और असहायता के उन क्षणों में भी वह एक झटके से उठ जाना चाहता था और चाहता था कि घर पहुँचकर अपनों का मुखौटा धारण किए उन लोभियों, कपटियों का मुँह नोच ले जो उसकी जिन्दगी को अपनी उँगलियों के इशारे पर कठपुतली बना डालना चाहते हैं। यह तो कहो कि चोट ने बड़ी उदारता

बरती जो माथे पर मात्र चार टाँके पाकर ही सन्तुष्ट हो गई वरना उस निर्दयी ने तो मार डालने में कोई कोर-कसर नहीं छोड़ी थी।

उलटे अम्मा ने भी कक्कू के आपा खो देने के लिए उसे ही दोषी ठहराया। वे उसके रवैये से क्षुब्ध थीं। कि...आखिर, ततैया-सा वह तनतना क्यों गया था? क्यों वह अपनी मर्यादा भूल उनके मुँह लगा? क्या वह नहीं जानता कि वे किनकी खातिर और काय वास्ते जोड़-तोड़ में लगे हुए हैं—"खोपड़ी पर ढोकर ले जायेंगे अपने? जे तुझ पर कौन-सा जन्तर फूँका है उन लोगों ने कि तू अपनी ससुरालवालों का भला-बुरा ही सोचे है? अगर वे उनसे कुछ चाहते हैं तो क्या सेत में? अरे, लाख-डेढ़ लाख के तो गहने-गुरिया गढ़ाए हैं बिनकी धिरिया को! फिर जे मुँह खुलवा ही रहा है तो सुन...अगुन-सगुन के छोड़ अब तक बिनने तुझे दिया ही क्या है? बिया-शादी के लेन-देन क्या आज नए हैं? जरा दीदा खोल करके तू अपने कक्कू की मजबूरी भी देख-समझ...जे अलगा-अलगी की बात तो महज बहाना है...पिलाट खरीदकर दे देंगे तो वे कौन तुझे वहाँ ढकेले दे रहे हैं। वे तो किराये पर उठाने की सोचे बैठे थे...वाई से टुन्नी और बिन्नो की भाँवरें पड़ जातीं। जोड़ी-गाँठी जितनी जमापूँजी थी, वो तो तुझ पर स्वाहा कर दी और सुन, तुजे जी के जंजालों की भनक भी नहीं लगने देते; पर मैं बता दे रही हूँ... तबेले का धन्धा चौपट ही समझो—तीन गाभिन भैंसें हाल-की-हाल बीमार हो चल बसीं...वो तो तू भी जानता ही है! किस्मत की मार की किनपे रोयें...जो तगड़ा दूध देती थीं वे भी सुखा रही हैं। एक आफत और आ टूटी है, जो मुनसीपालिटीवालों ने आर्डर भिजवाया है कि महीने-भर के भीतर-ही-भीतर वहाँ से तबेला हट जाना चाहिए वरना वे रोलर चलवा देंगे..."

"सारे लफड़े की जड़ तो तू ही है।" सारा प्रकरण सुनकर प्रणव बजाय सहानुभूतिपूर्ण होने के उस पर झल्ला आया। कितना समझाया था कि फिलहाल शादी से एकदम मना कर दे और स्पष्ट कह दे कि इस मामले में वे लोग उससे तब तक बात न करें जब तक वह स्वयं अपने पैरों पर न खड़ा हो जाए। फिर, अभी तो उसकी पढ़ाई भी अधूरी है। मगर वह उससे पूर्णत: सहमत होते हुए भी सलाह पर अमल करने की हिम्मत नहीं दिखा पाया था। आकर अम्मा का रोना रोने लगा था कि अम्मा ने उसे ऐसे अकाट्य तर्कों से परास्त कर दिया है कि वह उनके सामने पूरी दृढ़ता से टिका नहीं रह पा रहा। वे तर्क थे—"बियाव

बाबा ने तय किया है, जे बिन की जबान मिथ्या करने का मतलब है बिरादरी में थुक्का-फजीहत...अलाय-बलाय निन्दा कि पता नहीं क्यों जबान तोड़ी! मोड़ा जे तो वश में नहीं है या दाल में कुछ काला है...आखिर जिस बिरादरी के हम हैं और जिनमें रहकर हमें नियम-कारज पूरे करे हैं, बाके रीत-रिवाज की परवाह जे हम नहीं करेंगे तो बिरादरी का सामना कैसे करेंगे? उस बेचारी मोड़ी की जिनगी का ऊँच-नीच भी तो सोच। कऊन देहरी पटकेंगे वे उसे? जे साफ बता, किसने तुझे यह पट्टी पढ़ा दी कि बिया के बाद तू पढ़-लिख नहीं सकता? तेरे चच्चू ने नहीं पढ़ी डाकदरी बिया के बाद? कान खोलकर मेरा भी प्रन सुन ले, जे तूने आनाकानी की, मैं कुएँ में छलाँग लगा दूँगी।"

सुनकर प्रणव अपनी हँसी नहीं दबा पाया था—"गुलाम मानसिकता में कब तक जीएगा? ये सारे दन्द-फन्द तेरा भावनात्मक शोषण करने के लिए हैं। कोई मरता-वरता नहीं...एक तू ही नहीं है उनके लिए।"

"ऐसा कर न, तू कक्कू से बात करके देख, हो सकता है..."

प्रणव के कटाक्ष ने उसकी हिम्मत को तनिक उकसाया, "बुरा तो नहीं मानेंगे कि मैं उनके घरेलू मामले में टाँग क्यों अड़ा रहा हूँ?"

"मान भी सकते हैं।"

"खैर, उसकी मुझे परवाह नहीं।"

लेकिन कक्कू पर उसकी पहल का असर विस्फोटक हुआ। चर्चा छेड़ने के साथ ही उन्होंने उसे आड़े हाथों लिया, "नौकरी-चाकरी के बाद शादी-ब्याह! हमारे कौन खाने-पीने की कमी है जो जवान लड़के को छुट्टा साँड़-सा घूमने-फिरने दें? ये तुम्हारे इधर के रिवाज हमारे उत्तर प्रदेश में नहीं चलते... लेकिन यह बताओ कि नरेन्द्र के ब्याह होने, न होने में तुम्हें इतनी दिलचस्पी क्यों है? भई, अपनी बहन के लिए फाँसने का चक्कर-वक्कर तो नहीं है कहीं? जाता-आता तो बहुत है तुम्हारे घर।"

वे इतनी नीचतापूर्ण बातें करेंगे, उसे सपने में भी अनुमान नहीं था। अभद्रता की भी सीमा होती है।

उसने उसी क्षण तय कर लिया था कि आज से वह नरेन्द्र के घर पर पाँव नहीं रखेगा।

यहाँ तक कि वह नरेन्द्र के ब्याह में भी सम्मिलित नहीं हुआ था। उसके ब्याह में शरीक न होने की बात पर दोस्तों को भारी विस्मय हुआ था। वे मन-ही-मन उन दोनों के मध्य घटी किसी अप्रिय घटना की अटकलें लगाते रहे। अपनी खिसियाहट मिटाने को उसने बहाना बनाया था कि क्या करें, ऐसी मजबूरी में फँस गया है कि उधर चचेरी बहन का ऑपरेशन है, इधर दोस्त का ब्याह। उसे ऑपरेशन में ही जाना होगा क्योंकि बहन के पति दुबई में हैं और उन्हें किसी तरह से भी छुट्टी नहीं मिल पा रही है; जबकि सच्चाई यह थी कि वह हफ्ता-भर माथेरान में बिताकर आया था...वह भी तीन-चार सौ रुपये पर पानी फेर...

नरेन्द्र के प्रति उसके मन में कोई मलाल नहीं था। माँ-बाप पर पूरी तरह से निर्भर लड़के का अपना कोई मोरचा हो ही कैसे सकता था...

ब्याह से लौटने के बाद उसने नरेन्द्र को काफी परिवर्तित पाया था—"सोचता हूँ, एम.ए. मैं नाइट क्लासेस से कर लूँ...तुम किसी से नौकरी का फर्जी प्रमाण-पत्र दिलवा दो ताकि मेरा दाखिला हो सके...और सच तो यह है, प्रणव!" वह एकाएक भावुक हो आया था, "यार, अपने पैरों पर खड़ा होना चाहता हूँ। कोई नौकरी मिल जाए तो सहर्ष करूँगा, चाहता हूँ कि आज, इसी क्षण से मैं अपनी तथा अपनी पत्नी की जिम्मेदारी स्वयं वहन करूँ।"

प्रणव को सुनकर खुशी हुई थी कि वह अब अपनी जिम्मेदारियों के प्रति सचेत है। दूसरे ही रोज से उसने अखबार में 'आवश्यकता है' स्तम्भ को खँगालना शुरू कर दिया था और नरेन्द्र को भी हिदायत कर दी कि वह अधिकांश अखबारों के 'आवश्यकता है' को नियमित पढ़ा करे। रोजगार दफ्तर में भी जाकर अपना नाम लिखा आए। कहीं कुछ अनुकूल लगता है तो फौरन आवेदन-पत्र भेज दे। एक ही कमी नरेन्द्र में उसे महसूस हुई थी—अँग्रेजी न तो वह बोल पाता था, न ठीक से लिख-पढ़ ही। बी.ए. चूँकि उसने हिन्दी लेकर किया था अत: यह भी कई जगह उसके साक्षात्कार में पिछड़ापन साबित हुई। हालाँकि उसने उसे टाइपिंग और शॉर्टहैंड सीख लेने का भी परामर्श दिया था मगर गति में निपुणता प्राप्त करने के लिए लम्बे अभ्यास की आवश्यकता थी। निष्कर्ष यह निकला कि फिलहाल तो नरेन्द्र दो ट्यूशन पकड़ ले जिसे हफ्ते में मात्र तीन दिन पढ़ाना होगा। बाकी समय में वह अपने लिखने के शौक को परिमार्जित करे। इस मामले में वह उसकी भरपूर मदद कर सकता है। विशेषकर फिल्म पत्रकारिता में जो वह

स्वयं कर रहा है और उसने मदद की भी। नरेन्द्र की कई पत्रिकाओं के सम्पादकों से भेंट करवाई, अनुबन्ध दिलवाए, उसके लिखे हुए लेखों को ठीक किया और बारीकी से समझाया कि रिपोर्टिंग या साक्षात्कार में सर्वप्रथम विवादास्पद बातों को प्रमुखता देनी चाहिए और उन्हें कैसे महत्त्वपूर्ण बनाना चाहिए।

जहाँ तक नरेन्द्र के 'सितारों' से मिलने की समस्या थी, उसका भी हल उसने खोज लिया था। वह जिस गुजराती दैनिक में प्रशिक्षु पत्रकार था वहाँ उसे फोन की खुल्लमखुल्ला सुविधा प्राप्त थी और दिन में डेढ़ बजे के बाद वह दफ्तर से छुट्टी भी पा लेता था। ऐसे में जब भी वह अपने लिए किसी सितारे से वक्त तय करता, नरेन्द्र को भी साथ ले जाता—'मैं अपने सवाल जैसे ही ख़त्म करूँ, तू लगे हाथ 'सरगम' के लिए बातचीत कर लेना।"

पत्रकारिता के तेवर पकड़ने में नरेन्द्र को ज्यादा समय नहीं लगा। दो-ढाई महीने की भागा-दौड़ी ने उसे काफी तराश दिया। मगर इसी बीच अचानक एक अप्रिय घटना घट गई।

वे दोनों सान्ताक्रूज स्टेशन के सामनेवाले उडपी में आ बैठे थे। उनके सामने चाय के खाली प्याले पड़े हुए थे जिन्हें अपनी-अपनी उधेड़बुन में डूबे हुए उन्होंने अभी-अभी खाली किया था।

"तो वहाँ क्यूँ टिका हुआ है? उठा अपनी कॉपी-किताबें और सीधा मेरे घर आ जा।" प्रणव ने बड़े आत्मीय स्वर में अपना आग्रह प्रस्तावित किया, "मुझे तो खुशी इस बात की है कि देर से ही सही, तुझमें प्रतिवाद की हिम्मत तो पैदा हुई। यह जुदा बात है कि हुई तब, जब पानी सिर के ऊपर से गुजर चुका है।" लेकिन अपनी बात पर उसे प्रतिक्रियाहीन पा वह उसकी खामोशी पर कुढ़ उठा, "थोबड़ा लटकाए क्यों बैठा है? थोड़ी-सी चोट ही लगी है न, जो लगनी जरूरी भी थी वरना तेरी अक्ल के कल-पुरजे कैसे खुलते?"

"ठीक कहता है तू।" नरेन्द्र के विषाद-भरे चेहरे पर विद्रूप-भरा स्मित खिंच आया—"फिलहाल तो बेशर्मी से वहीं डटा हूँ। सवाल महीने-डेढ़ महीने का नहीं है, समस्या का कोई स्थायी हल खोजना होगा। निकलना तो है ही वहाँ से। एक काम कर। जितनी जल्दी हो सके, किसी गेस्ट हाउस में रहने-खाने का इन्तजाम करवा दे। कुछ दिनों बाद किसी चाल-वाल में एक खोली लेने का चक्कर करूँगा, सवाल पैसों का भी तो है...इस बीच जो भी कमाया, जेब-खर्च निकाल

सब अम्मा के हाथ में धरता चला गया। अब तो अम्मा ने भी आँखें पलट ली हैं।" कहकर नरेन्द्र ने लम्बा नि:श्वास भरा।

"पैसे-वैसे थोड़े-बहुत मेरे पास भी हैं। उसकी फिक्र मत कर।" प्रणव ने उसका साहस बढ़ाया, "बस तू अपनी दुविधा से उबर। इन सारी मुसीबतों को चुनौती बना...सँभलते देर नहीं लगेगी।"

"चलें?"

"चलो।"

उठते-उठते प्रणव को सहसा कुछ याद हो आया।

"तेरे पास दिल्ली से बतरा साहब का खत आया है?"

"बतरा!"

"अरे, वही 'नवरंग' के सम्पादक बतरा।"

"ओह! नहीं तो...हो सकता है, आया भी हो। भरोसा नहीं घरवालों का। आजकल मेरी डाक पर नजर रखी जाती है।"

"क्या बेहूदगी है! खैर, छोड़ अपने पास खबर आई है। जनाब परसों शाम की उड़ान से मुम्बई आ रहे हैं और सीजर्स पैलेस में कमरा नम्बर 201 में ठहरेंगे। उसी शाम को उन्होंने भेंट के लिए बुलाया है। कुछ बेहद जरूरी विचार-विमर्श करना चाहते हैं। कैसे चलेंगे? मेरा मतलब है कि कहाँ मिलें ताकि साथ-साथ पहुँच सकें?"

"स्टेशन पर मिल लें?"

"स्टेशन से वापस लौटना पड़ेगा।"

"ठीक है, मैं सीधा 'पृथ्वी' पर ही आ जाता हूँ।" नरेन्द्र ने सुझाव दिया।

"यह ठीक रहेगा। पाँच बजे तक पहुँच जाना।"

सम्पादक ने भौंहें कपाल पर चढ़ाकर सधे लहजे में कहा, "पहली चीज तो यह है कि हम पत्रिका को साप्ताहिक बनाने जा रहे हैं। अत: हमें ज्यादा-से-ज्यादा सामग्री की जरूरत पड़ेगी और आप दोनों को अपेक्षाकृत अधिक सामग्री की पूर्ति करनी होगी। हाँ, एक बात मैं आप दोनों से स्पष्ट कर दूँ कि लेख हमें नहीं चाहिए। कृपया लेख हमें न भेजें। मैंने पिछले दिनों इसीलिए आप लोगों के लेख

लौटाए भी हैं...क्योंकि यह टेबल वर्क तो हम दिल्ली में बैठे-बैठे भी करवा सकते हैं। दिक्कत होती है तो केवल साक्षात्कारों की क्योंकि सारे-के-सारे सितारे मुम्बई में ही उपलब्ध हैं...जहाँ तक साक्षात्कारों का सम्बन्ध है, जितने चाहें, उतने भेजिए; पर एक बात का ध्यान अवश्य रखें—जो भी विवादास्पद है, उसे तुरन्त करें..."

सिगरेट का कश भरने के बहाने वे तनिक खामोश हो उनके चेहरों पर अपनी बात की प्रतिक्रिया भाँपते, उन्हें तोलने की कोशिश करते रहे। उनकी तरफ से कोई सवाल न उठता देख वे मौके का लाभ उठाते हुए, स्वर में लताड़ का भाव घोलते हुए बोले, "आप लोग सुस्ती बहुत कर जाते हैं। कई सनसनीखेज विवादों पर अन्य पत्रिकाओं में सामग्री छप चुकी होती है तब हमारे यहाँ आती है। बस, हिन्दी पत्रकारिता यहीं तो मार खाती है। खैर, आगे की बात यह है कि पारिश्रमिक को लेकर आप लोगों की शिकायत पर हमने पिछले दिनों संशोधन किया है। अब आपको पचहत्तर की जगह सौ रुपये प्रति साक्षात्कार मिला करेंगे। इससे ज्यादा हम नहीं बढ़ा सकते, कई दिक्कतें हैं। हमारी पूरी कोशिश के बावजूद पत्रिका के वितरण में कोई उल्लेखनीय वृद्धि नहीं हुई है कि वह 'एबीसी' की सूची में आ जाए और हमें धड़ाधड़ विज्ञापन मिलें, हमारी विज्ञापन-दरें बढ़ें। सच तो यह है कि अभी हम प्रति कॉपी डेढ़ रुपये नुकसान उठा रहे हैं मगर प्रतिष्ठा और प्रतिद्वन्द्विता का सवाल है और हम हतोत्साहित भी नहीं हैं।"

उन्होंने उँगलियों में फँसे सिगरेट के टोटे को ऐश ट्रे में रगड़कर दोबारा नई सिगरेट सुलगा ली। अचानक उन्हें भान हुआ कि वे अकेले ही सिगरेट पिये जा रहे हैं। यह सरासर अशालीनता है। मँजे हुए अभिनेता की तरह चेहरे पर खेद-भाव पोतते हुए उन्होंने डिब्बी उनके सामने बढ़ाई, "आप लोग..."

"थैंक्यू।" नरेन्द्र उनकी इस अदा पर विनम्र हो आया। अलबत्ता प्रणव ने डिब्बी से बेझिझक सिगरेट खींच ली और सुलगाते हुए सोचने लगा कि बतरा साहब से उसे कितनी बातें कहनी थीं, जैसे—शूटिंग्स रिपोर्ट अगर हम आपको चित्र-सहित भेजते हैं तो उसका पारिश्रमिक मात्र बीस रुपये क्यों? माना कि यह काम वे 'एक पन्थ दो काज' की तरह निबटाते हैं कि जिस 'सेट' पर वे कलाकार से मिलने गए हुए हैं, लगे हाथ उसकी शूटिंग रिपोर्ट भी तैयार कर लेते हैं। दृश्य-चित्र उन्हें फिल्म के पी.आर.ओ. से आसानी से प्राप्त हो जाते हैं लेकिन...और

यह भी कि उन्हें उनकी पत्रिका की कॉपी मुफ्त मिलनी चाहिए। वे भला उस पत्रिका को खरीदकर क्यों पढ़ें जिसके लिए वे इतनी दौड़-धूप करते हैं! बाकी सारे संस्थान अपने नियमित लेखकों को पत्रिका मुफ्त भेजते हैं। कम-से-कम वह अंक तो निश्चित ही जिसमें उनका योगदान होता है।

पर बतरा साहब हैं कि जैसे तय करके ही आए हैं कि उनका सिर्फ बोलने का काम है, सुनने का नहीं। उल्लू का पट्ठा मौका ही हाथ लगने नहीं दे... ऊपर से अहसान थोप रहा है कि अब उनके पारिश्रमिक में पच्चीस रुपये की बढ़ोत्तरी हो गई है। जानता नहीं कि एक-एक साक्षात्कार के पीछे कैसे-कैसे पापड़ बेलने पड़ते हैं! जानता सब है, खुद भी पत्रकारिता कर चुका है और स्टूडियो-दर-स्टूडियो धक्के खा चुका है...पर बोल जैसे होंठों तक आकर नाक से धुआँ बनकर उड़ रहे हैं। क्या ऐंठ दिखाए...दूसरे ही पल वे टका-सा जवाब पकड़ा सकते हैं कि क्या लिखनेवालों की कमी है, प्रणव जी! जिसका स्पष्ट तात्पर्य होगा—आपको परता पड़े तो ठीक वरना अपना रास्ता नापो। और रास्ता नापने का जोखिम उठाए भी तो पत्रिकाएँ हैं कहाँ? उसकी मातृभाषा गुजराती में तो पत्रिकाओं का अकाल ही है और जो हैं भी, पारिश्रमिक के नाम पर इल्ले-इल्ले हैं। हिन्दी में उसने लिखना इसीलिए शुरू किया कि वहाँ पत्रिकाएँ भी हैं और अच्छा पारिश्रमिक भी। पर प्रतिद्वन्द्विता इतनी जबरदस्त है कि...

"दूसरी बात यह है..." बतरा साहब ने ठहरकर ऐश ट्रे में सिगरेट की राख झाड़ते हुए जिस धूर्त दृष्टि से उनकी ओर देखा, लगा, जैसे वे सिगरेट की राख नहीं, उन्हें झाड़कर ऐश ट्रे में डाल चुके हैं।

अगले वाक्य की प्रतीक्षा करते हुए प्रणव ने सोचा—धुत साला, यही तो लटके होते हैं सामनेवालों का हौसला पस्त करने के।

"हम पत्रिका में सवाल-जवाब का एक नया स्तम्भ शुरू करने जा रहे हैं और 15 अगस्त के अंक में उसकी घोषणा कर देना चाहते हैं। आप दोनों इस स्तम्भ के लिए किसी बड़े सितारे का नाम सुझाइए। और हाँ, बाकी बातें भी स्पष्ट कर दूँ कि स्तम्भ के लिए आपकी भूमिका क्या होगी! होगा यूँ कि हम पाठकों से अनुरोध करेंगे कि अपने प्रश्न सम्बन्धित कलाकार को पत्रिका का हवाला देते हुए प्रेषित करें। आप हफ्ते में एक बार जाकर वह डाक देख लेंगे और आए हुए प्रश्नों में से बीसेक प्रश्न छाँट लेंगे। कलाकार से उन प्रश्नों का जवाब चाहें तो

लिख लें या टेप रिकॉर्डर की सुविधा हो तो टेप कर लें।" अपनी बात पूरी कर उन्होंने सप्रश्न उनकी ओर दृष्टि गड़ा दी—"अब बोलिये!"

काम बहुत मुश्किल नहीं है, फिर भी मुश्किल है। दोनों विचारमग्न हो गए। प्रस्ताव इस मायने में भी आकर्षक था कि 'स्तम्भ' जो भी करेगा, वह निश्चित ही एक नियमित आय का भागीदार होगा। जहाँ तक सितारों का सवाल है, उनसे अनुमति प्राप्त करना वाकई टेढ़ी खीर है। मान लो, वे कोई ऐसा नाम ले दें जिससे उन्हें अच्छा परिचय होने का भ्रम हो और वह प्रस्ताव रखते ही भिनक जाए तो सम्पादक के सामने उनकी क्या इज्जत रह जाएगी! नाम तो वही देना होगा जिसके बारे में वे पूर्णतः आश्वस्त हों कि वह कलाकार उनके आग्रह को रख लेगा।

"बोलिए, प्रणव जी! आप तो अरसे से इंडस्ट्री में काम कर रहे हैं।" बतरा साहब ने प्रणव को मौन पा कुरेदा। फिर यथासम्भव स्वर को मुलायम बना प्रलोभन का जाल फेंका, "पारिश्रमिक हम दो सौ रुपये पर कॉलम देंगे।"

"बात यह नहीं है, बतरा साहब...हम जो भी नाम आपके सामने रखें, उसके प्रति हमारा आश्वस्त होना तो निहायत जरूरी है।" प्रणव ने तर्क दिया।

"वेरी राइट, टेक योर ओन टाइम।" कन्धे उचकाते हुए बतरा साहब ने उदारता बरसाई।

"दरअसल दो सितारे मेरे जहन में हैं।" हिचकते हुए प्रणव ने कहा।

बतरा साहब की पैनी दृष्टि में प्रश्नचिह्न लपलपाया।

"मैं सुमिता पाठक और सरस सम्पत को तत्काल स्तम्भ के लिए राजी कर सकता हूँ...निश्चित।"

बतरा साहब नाम सुनकर सहसा किसी गहरे सोच में निमग्न हो गए। प्रणव को स्थिति आशास्पद प्रतीत हुई। बतरा साहब शायद नाम चुनने की दुविधा में फँस गए हैं कि किसे खारिज करें या किसे स्वीकृत। बहरहाल, उनकी गम्भीरता का जो भी कारण रहा हो, वे शर्तिया इन नामों के फन्दे से निकल नहीं सकते, इतना तो तय था। अचानक उसे अपने दौड़ते दिमागी रथ की लगाम खींचनी पड़ी। बतरा साहब बोलने को उद्यत हुए।

"ये लड़कियाँ! भई, अभी तो ये भूमिकाओं के लिए ही चक्कर मार रही हैं। कोई इमेज या क्रेज फिलहाल तो इनकी बनी नहीं। किसी फर्स्ट ग्रेड या फर्स्ट न

सही, सेकंड ग्रेड लोकप्रिय सितारे का नाम सुझाइये जिसका कि दर्शकों में क्रेज हो वरना सोचिये, पाठक-दर्शकों को उसमें क्या दिलचस्पी होगी और क्यों!"

प्रणव उनकी इस अप्रत्याशित टिप्पणी पर बुझ-सा गया। अजीब बदतमीज आदमी है। खुद को तीसमारखाँ समझता है कि जैसे सारी अक्ल इसी की झोली में आ गिरी है। क्रेज कैसे नहीं है इन लड़कियों का? अपनी पहली ही फिल्म से दोनों ने दर्शकों और समीक्षकों के मध्य भूरि-भूरि सराहना पाई है। उसे तो यही लगता है कि नई लड़कियों में हर किसी की दिलचस्पी होती है। नया होता ही है आकर्षक और रोमांचकारी—फिर भला दर्शक अपवाद कैसे हो सकते हैं!

बतरा ने उससे दूसरा सवाल नहीं किया। आहिस्ता से अब तक मूक दर्शक बने बैठे नरेन्द्र की ओर मुखातिब हुए, "आप जनाब? आपने भी तो कोई नाम सोचा होगा।"

नरेन्द्र का चेहरा सम्बोधित हो क्षणांश संकुचित हो उठा। किन्तु दूसरे ही पल वह निर्भीक स्वर में बोला, "अन्यथा न लें, बतरा साहब तो मैं कुछ अर्ज करना चाहूँगा। उसी सन्दर्भ में जो आपने प्रणव से अभी..."

"कहिए, कहिए।" बतरा साहब का सुर प्रत्युत्तर में बहुत उत्साहवर्द्धक नहीं था।

पर नरेन्द्र ने सुर पर विशेष ध्यान न देते हुए अपनी बात कह डाली, "यह सही है कि स्तम्भ के लिए किसी बड़े सितारे की स्वीकृति पत्रिका के लिए बहुत मायने रखती है मगर असलियत यह है कि अभी तक हमारी पत्रिका न तो विशेष स्तर निर्मित कर पाई है, न सितारों के दरमियान अपना महत्त्व बना पाई है। महत्त्व की बात तो दरकिनार रही, अधिकांश सितारे 'नवरंग' के नाम से भी परिचित नहीं हैं। ऐसे में किसी बड़े सितारे के लिए भी तो यह प्रतिष्ठा का प्रश्न होता है कि वह किस पत्रिका से सम्बन्धित हो, किससे नहीं।"

जाहिर था, बतरा साहब को नरेन्द्र का यह सवाल औकात इंगित करने जैसी अभद्रता महसूस हुआ; लेकिन प्रत्यक्ष में वे असंयमित नहीं हुए।

"ठीक कह रहे हैं, नरेन्द्र जी। स्तर की बात हर किसी के लिए महत्त्वपूर्ण है मगर मुझे समझाइये कि स्तर को कैसे सुधारा जा सकता है? हम शीतल

या अरुणा ईरानी को छाप-छापकर पत्रिका का स्तर तो नहीं उठा सकते (इन दोनों पर नरेन्द्र ने अकसर लिखा था)। आप लोग हमारे नियमित लेखक हैं, इस दिशा में जरा परिश्रम कीजिए। बड़े सितारों से मिलिए। उन्हें पत्रिका के तेवर से परिचित कराइए। आश्वस्त कीजिए कि हमारी पत्रिका न अफवाहों की पत्रिका है, न चौंकानेवाले चटपटे, छिछले लेखन को महत्त्व देती है। हम तो वही छापेंगे जो आप कहेंगे, तो पत्रिका की छवि तो आपकी प्रतिभा, सहिष्णुता, कनवेंसिंग पावर पर निर्भर करती है। चुनौती स्वीकारिए! खैर, आप नाम सुझाइए।"

उन्होंने अपने-आपको सहसा ब्रेक दिया जैसे खयाल आ गया हो कि इस विषय को लम्बा खींचना महज एक निरर्थक बहस होगी जो इस वक्त प्रासंगिक नहीं है।

"मैं प्रियेश्वरी या सन्दीप मेहरा से स्तम्भ के लिए सहमति प्राप्त कर सकता हूँ...आप सोच लें।" नरेन्द्र ने ससंकोच नाम प्रस्तावित किए।

"हूँ!" बतरा साहब पुन: विचारमग्न हो उठे। उनकी गम्भीरता देख प्रणव के दिमाग में यही विचार आया कि इस सम्पादक की मंशा नेक नहीं है। इसकी अपेक्षा अमिताभ बच्चन या राजेश खन्ना से कतई नीचे नहीं है जो इन दोनों की हैसियत के बाहर के अभेद्य किले हैं।

"आप सन्दीप मेहरा से अनुमति-पत्र प्राप्त कर लीजिए। मैं अनुमति-पत्र पाते ही घोषणा भिजवा देता हूँ।" उन्होंने अपना निर्णय सुनाया।

नरेन्द्र के चेहरे पर अप्रत्याशित उल्लास फूट पड़ा, "थैंक्यू सर, थैंक्यू सो मच! मैं शीघ्र ही अनुमति-पत्र भिजवाता हूँ। सन्दीप मेहरा ने मुझे सदैव सहयोग दिया है।"

उत्तेजित नरेन्द्र ने बतरा साहब की उपस्थिति की परवाह किए बगैर अपना हाथ बढ़ाकर प्रणव की हथेली अपनी मुट्ठी में कस ली। लगा, जैसे इसी क्षण उसकी सारी समस्याओं, उलझनों, संघर्षों और कष्टों का अन्त हो गया है।

प्रत्युत्तर में प्रणव ने भरसक अपनी खिन्नता छिपाई। पता नहीं क्यों, उसे नरेन्द्र के स्तम्भ पा जाने पर जो खुशी होनी चाहिए, नहीं हुई। हालाँकि इस वक्त वह किसी सिद्धहस्त अभिनेता की तरह प्रसन्नता का अभिनय कर रहा है और

होटल से बाहर आते ही बाकायदा उसके गले लिपटकर उसने उसे हार्दिक बधाई भी दी।

तीन दिन हो गए...नहीं, आज सम्भवत: चौथा दिन है—चौथी शाम! नरेन्द्र नदारद है। पृथ्वी कैंटीन में दाखिल होनेवाले हर आगन्तुक की ओर अनायास उसकी दृष्टि उठ जाती है; मगर किसी धड़ पर नरेन्द्र का चेहरा टिका नजर नहीं आता।

परसों वह बड़ी उलझन में था और उसे महसूस हुआ था कि अगर किसी प्रकार उसकी नरेन्द्र से भेंट हो जाती, उससे बातें हो जातीं तो शायद वह मानसिक रूप से थोड़ा सुलझ पाता। शायद व्यवस्थित हो पाता क्योंकि उसे यह भी लगता रहा है कि कई दफे मन की तमाम रस्साकशी, विषाद, द्वेष, कलुष, उलझनें व्यक्ति के सामने होने पर उसकी आत्मीयता और विश्वास से टकराकर बौनी हो उठती हैं...उसने नरेन्द्र के घर फोन भी किया था; मगर उसका नाम सुनकर एक तो घर में से कोई उसे सुनने नहीं आया, दूसरे मिसेज बन्दूकवाला आंटी ने बताया कि नरेन्द्र घर पर नहीं है।

"पिच्छु कुछ मैसेज देना होएगा तो बोलो।"

उसने अति कृतज्ञ-भाव से उन्हें धन्यवाद दिया और कहा था कि वह उससे स्वयं मिलना चाहता है और उससे सीधे बात करना चाहता है।

उसे अनुमान हो गया कि नरेन्द्र सन्दीप मेहरा के चक्कर में दौड़-भाग कर रहा होगा। इतना तो उसे भी पता है कि हफ्ते-भर बाद सन्दीप मेहरा 'आग' की शूटिंग के सिलसिले में सिंगापुर जा रहा है और शूटिंग कार्यक्रम लगभग दस दिन का है। अभी मिल नहीं पाया और उससे बातचीत नहीं हो पाई तो निश्चित ही अनुमति-पत्र भेजने में विलम्ब हो जाएगा; जबकि बतरा साहब 15 अगस्त के अंक में स्तम्भ की घोषणा करना चाहते हैं।

यह पहला मौका है, जब नरेन्द्र ने कोई अनुबन्ध प्राप्त करके न उससे उसके विषय में कोई परामर्श किया, न किसी प्रकार के सहयोग का आग्रह, न अपनी परेशानी जाहिर करके उसके महत्त्व के दर्प को सन्तुष्ट किया कि 'क्या होगा' और 'कैसे होगा।' कहाँ तो होता यह था कि जब भी उसे कोई अनुबन्ध

प्राप्त होता, वह फौरन भागा-भागा उसके पास आता और नाक में दम कर देता कि 'यार, जीनत का सेक्रेटरी घास नहीं डाल रहा...पट्ठा हफ्ते-भर से टरका रहा है। मेरी पचासों अठन्नियाँ पब्लिक बूथ की आँतें निगल गईं, कुछ कर! तू इतना-भर पता कर ले कि आखिर मदाम शूटिंग किस जगह कर रही हैं और कौन-सी पाली में हैं।'

अब...अब...शायद वह महत्त्वपूर्ण नहीं रहा। नरेन्द्र भी तो अब वह आत्म-विश्वासहीन नरेन्द्र नहीं रहा जिसे हर कदम पर दोस्त की उँगली की दरकार थी। यूँ भी स्तम्भ हाथ आना किसी किले को फतह करने से कम है क्या? पूरे आठ सौ महीने...कौन-से पत्थर तोड़ने होंगे? हफ्ते में बमुश्किल दो-ढाई घंटे की दौड़-धूप होगी। रगड़पट्टी तो वास्तव में अब उसकी है और बनी रहेगी। एक-एक साक्षात्कार के पीछे पचासों तो फोन खटखटाओ, सेक्रेटरी को अक्षत-चन्दन चढ़ाओ या पब्लिसिटी की चिरौरियाँ करो, तिस पर भी उनके नाज-नखरे सहो—'सो रहे हैं...आधे घंटे बाद फोन कर लो...' 'बस अभी-अभी निकल गए।' और अगर कहीं बिल्ली के भाग्य से छींका टूट भी जाए तो साहब चरका देते कहेंगे, "यार, मिलते हैं...आज बहुत टाइट हूँ। कल सुबह फोन कर लोगे?"

प्रशिक्षु-काल में भला उसे मिलता ही क्या है? अपना ही जेबखर्च पूरा नहीं हो पाता। घर पर कुछ बँधा-बँधाया दे सके, इसी के पीछे तो इतनी हुज्जत उठाता है। बचत के नाम पर तो एकदम इल्ले है। वह जो 'नियति' में 'रंगमंच की समीक्षा' स्तम्भ लिखता है, समझ लो, वही महीने-भर की बचत है। उसी का चेक घरवालों की नजर बचाकर अपने खाते में डाल देता है। लेकिन वह होता ही कितना है...सिर्फ पचास रुपये हफ्ता! खैर, यह नाममात्र का पारिश्रमिक उसे अपनी मेहनत की एवज में अखरता इसलिए नहीं है कि एक तो इसी बहाने वह नाटक मुफ्त देख लेता है, साथ ही एकाध दोस्तों को दिखाकर उन पर धौंस जमाए रखता है। सन्तुष्टि की बात यह भी है कि इस स्तम्भ ने उसे पहचान ही नहीं दी, प्रतिष्ठा भी दिलाई है। लोग उसे स्वयं आमंत्रित करते हैं, उसकी टिप्पणियों को महत्त्वपूर्ण मानते हैं, उन पर चर्चा करते हैं, उन्हें रेखांकित करते हैं। आखिर हर काम को तराजू-बाट से तो नहीं नापा-तौला जा सकता!

सम्पादक की क्या कहें? गिरगिट है गिरगिट, हरामजादा! सन्दीप मेहरा पर ही सूई अटक गई कमबख्त की। लेकिन उसका भी दोष नहीं है। सूई अटकनी ही

थी। दोनों में से किसी ने भी तो कोई धाँसू नाम नहीं सुझाया? उसे तो स्तम्भ शुरू ही करना है, किसी-न-किसी नाम को स्वीकृत करना ही था। मगर उसकी स्पष्ट मंशा यही थी कि वे स्तम्भ के लिए किसी 'ए' ग्रेड सितारे का नाम सुझाते, ताकि स्तम्भ में पाठकों की रुचि पैदा होती जो पत्रिका की लोकप्रियता में निस्सन्देह बढ़ोत्तरी करती। मतलब? मतलब साफ है कि अभी भी गुंजाइश है अगर वह किसी 'ए' ग्रेड हीरो को स्तम्भ के लिए फटाफट पटा ले तो...

वह एकाएक टेबिल से उठ गया और दोस्तों से छुट्टी लेकर कैंटीन से बाहर आ गया। उधेड़बुन चकरघिन्नी-सी घेरे चल रही है। इधर मस्तिष्क तमाम परिचय और प्रगाढ़ता को सिलसिलेवार टटोल रहा है कि कौन उसकी गोटी फिट कर सकता है या करवा सकता है।

सहसा एक नाम जेहन में कौंधता है—रंगकर्मी सतीश कानेटकर का। सतीश के बहुचर्चित नाटक 'सवाल अपने-अपने' पर उसने चार कॉलम की लम्बी समीक्षा लिखी थी, साथ ही तीन दृश्य-चित्र भी दिए थे। सतीश ने उसका बहुत आभार माना था और भाव-विह्वल होकर टिप्पणी की थी कि वह एकमात्र निष्पक्ष समीक्षक है जिसने बड़ी सूक्ष्मता से निर्देशक की गहरी सूझ-बूझ, सामर्थ्य एवं लीक से हटकर किए गए प्रयास के मर्म को पहचाना है। उसे रेखांकित किया है। उसकी अपनी भाषावालों ने तो उसकी उपेक्षा ही नहीं की है बल्कि उस पर ऊल-जलूल आरोप भी लगाए हैं कि वह प्रयोग के नाम पर अपनी यौन-कुंठाओं को ही अभिव्यक्ति दे रहा है।

उसे याद है 'सवाल अपने-अपने' का सौवाँ मंचन होनेवाला था। सतीश ने मुख्य अतिथि के रूप में सुप्रसिद्ध अभिनेता शिशिर कपूर को आमंत्रित किया था। नाटक के अन्त में तालियों की तुमुल गड़गड़ाहट के मध्य शिशिर कपूर ने अपने अतिथि-भाषण में इस नाटक की प्रस्तुति को भारतीय रंगमंच की उपलब्धि करार दिया था और 'सवाल अपने-अपने' के निर्देशक, नायक सतीश कानेटकर की भूरि-भूरि प्रशंसा की थी। मेकअप रूम में बधाई देनेवालों की भीड़ में वह भी सम्मिलित था और उसने सतीश के गले लगकर उसे दाद दी थी—"भई, मान गए आपका लोहा। शिशिर जी ने तो आपको उठाकर हिमालय पर बैठा दिया। किसी जमाने में वे स्वयं नाटककार रहे हैं। रंगमंच में अब भी उनकी गहरी निष्ठा और रुचि है। तो साहब, उनकी बात मायने रखती है, बधाई!"

सतीश ने विनम्रता से दुहरे होते हुए कहा था, "अपना तो यार है, स्टार होगा तो औरों के लिए। अपने तो अगले प्रोडक्शन को फाइनेंस भी वही कर रहा है। हम ब्रेख्त का 'चौक-सर्किल' करने जा रहे हैं।"

सतीश कहाँ होगा? आज अठारह है। निश्चित ही वह छबीलदास में 'चौक सर्किल' का रिहर्सल कर रहा होगा। कल उससे मिल लेगा। लेकिन कल क्यों, अभी जा सकता है! ज्यादा वक्त तो हुआ नहीं है। रिहर्सल तो रात ग्यारह बजे तक चलती रहती है। इसी बहाने उसकी न मिलने की शिकायत भी दूर कर देगा।

उसने फौरन एक खाली थ्री व्हीलर को हाथ दिखाकर रोका और बैठते हुए उसे स्टेशन चलने का आदेश दिया।

मान लो, काम बन गया और शिशिर ने स्तम्भ के लिए 'हाँ' कर दी तो... नरेन्द्र पर क्या प्रतिक्रिया होगी? कितना निर्भर कर रहा है वह इन पैसों पर! यह भी सच है कि परिस्थितियों की मार से वह जिस तंगहाली, दुश्चिन्ताओं और अनिश्चितताओं से घिर गया है, ऐसे में निस्सन्देह उसे काम की ज्यादा जरूरत है। होटल के नीचे का वह क्षण जेहन में सहसा कुलबुलाया जब नरेन्द्र उसके बाहुपाश से अलग होते हुए विह्वल हो आया था—"यार, कल ही तेरी भाभी को खत लिखता हूँ कि अब सारी चिन्ताओं को ताक पर रख दे, दो-तीन महीनों में स्थिति इस लायक अवश्य हो जाएगी कि मैं अपने कन्धों पर अपनी गृहस्थी का भार उठा सकूँ।"

मगर उसकी स्थिति भी तो बहुत बेहतर नहीं है। प्रशिक्षु-काल चल रहा है। क्या पता, आगे उसे रखा जाता है या नहीं? और आदमी के 'निज' का भी तो जीवन में महत्त्व होता है। 'निज' को जीवित बनाए रखने के लिए समय रहते अगर साधन न भुनाए गए तो प्रगति का 'ग्राफ' कहीं छीजने लगता है। मित्रता अपनी जगह है, पेशा अपनी जगह। मित्रता के कुछ उसूल हैं तो पेशे के भी कुछ उसूल हैं। उचित तो यह है कि दोनों की फाइलें अलग रखी जाएँ...क्या उसने नरेन्द्र की मदद नहीं की? उसकी हर जरूरत पर वह बिना आगा-पीछा सोचे हाजिर रहा है। मगर अब? अब स्थिति अलग है। नरेन्द्र पेशे में उसका प्रतिद्वन्द्वी बनकर खड़ा हुआ है। उसे चुनौती स्वीकारनी ही होगी। यह मसला सिर्फ पैसों का ही नहीं है, न मात्र ईर्ष्या-द्वेष का बल्कि उसकी क्षमता और सामर्थ्य पर लगा प्रश्नचिह्न है। सम्पादक ने तो सोच ही लिया होगा कि प्रणव कहलाने को भले

ही धुरन्धर पत्रकार कहलाता हो मगर उसकी पहुँच बस यहीं तक है...और इतनी ही। इससे आगे न वह हाथ-पाँव मार सकता है, न चुनौती स्वीकार कर सकता है। पत्रकारिता नाम है असम्भव को सम्भव बनाने का...

गेट पर ही कुछ परिचित चेहरों से उसकी भेंट हो गई। यह भी पता चल गया कि तीसरे माले पर सतीश की रिहर्सल चल रही है। वह जरा जल्दी में है, यह दर्शाता वह उनसे पिंड छुड़ा, तेजी से सीढ़ियाँ चढ़ने लगा।

वह अपनी मेज पर आकर बैठा ही था कि तुरन्त कोठारी ने उसे पुकारा, "प्रणव, तमारो फोन!"

उधर से आवाज नरेन्द्र की थी। हफ्ते-भर बाद वह उसकी आवाज सुन रहा था। क्रोध, अपमान, अविश्वास, विवशता और मात से तिलमिलाया हुआ स्वर कि आज सुबह ही उसे सम्पादक से लम्बा तार प्राप्त हुआ है कि अब वह सन्दीप मेहरा का अनुमति-पत्र कृपया उन्हें न भेजे। प्रणव ने उन्हें शिशिर कपूर का अनुमति-पत्र पिछली डाक से भिजवा दिया है और अगले अंक में उन्होंने उसकी घोषणा भी भिजवा दी है। निश्चित ही 'नवरंग' के पाठकों को सन्दीप मेहरा की बनिस्बत शिशिर कपूर में अधिक दिलचस्पी होगी और पत्रिका का हित उनके लिए सर्वोपरि है।

"प्रणव, क्या यह सच है...प्रणव...प्रणव...तू...बोलता क्यों नहीं, प्रणव!"

प्रणव ने खट से रिसीवर नीचे रख दिया।

(1982)

बन्द

चाय की तलब उनके गलों को खुश्क कर रही थी।

सुबह के ग्यारह बज रहे थे और वे तलब को बड़ी शिद्दत से महसूसते हुए अपनी असमर्थता को खीझ रहे थे। यह भी कैसा दिन था, जो शुरू हो चुका था मगर चाय के बगैर; जैसे बिना सूरज उगे ही दिन परवान चढ़ने लगा हो।

मगर आज मुम्बई पूर्णत: बन्द थी। जो लोकल ट्रेनों की रफ्तार और बसों की घरघराहटों से निरन्तर व्यस्त रहती है, खामोश थी। इक्का-दुक्का बसों की घरघराहट जो सुबह सुनाई दी थी, सन्नाटे में दुबक गई थी। हालाँकि उन्होंने देखा था कि बसों की खिड़कियों पर सुरक्षा की दृष्टि से लोहे की जालियाँ चढ़ा दी गई हैं; किन्तु जब बसें ही जलाई जाने लगीं तो वे सड़कों पर आवागमन का दुस्साहस कब तक दिखातीं? 'मूवी टाइम्स' वाले खन्ना साहब पाँचेक मिनट के लिए अपने दफ्तर आए थे। अपने शब्दों में—खासा खतरा उठाकर। कुछ जरूरी कागजात उन्हें तत्काल बाहर भिजवाने थे।

उन्होंने ही सबसे पहले शहर को दबोचे 'बन्द' के आतंक की भनक दी, "भायखला मार्केट के सामने 'भारत सेना' वालों ने एक डबल डेकर बस को घेरकर पहले तो पथराव किया, फिर पेट्रोल डालकर जला डाला। लोगों का कहना है कि ड्राइवर बाहर तो कूदा लेकिन तब तक तो आग उसकी वरदी को पकड़ चुकी थी। बेस्ट के चालकों ने शहर में बसें चलाने से इनकार कर दिया है..."

"पुलिस बन्दोबस्त?"

"पुलिस बन्दोबस्त तो जबरदस्त है पर उसकी तो पुरानी आदत है। वारदात हो जाने के बाद ही वह मुस्तैद होती है। और...

"और मैं अपनी 'रिवॉल्वर' साथ ले के निकलता हूँ।" खन्ना साहब ने फुसफुसाकर उन्हें अपनी मुस्तैदी की खबर दी। वे उनसे बतियाते हुए इतने चौकन्ने थे जैसे उन्हें अन्देशा हो कि वे उनके करीब भी तनिक जोर से बोलेंगे तो 'बन्द' वाले सुन लेंगे।

उनके जाते ही वे शहर के तनाव से कट-कटकर अपनी तलब से जुड़ गए, 'यानी बाहर निकलने का भी डौल नहीं।'

नवल के स्वर में खीझ और हताशा उभर आई, "साऽऽले सेठी ने आज कैंटीन भी इसी डर से नहीं खोली।"

"ओखली में सिर देता क्या!" रमेश ने सेठी के न आने की तरफदारी की। बात सही भी थी, मद्रासियों के प्रति 'बन्द' का आह्वान करनेवालों का खास रोष काम करते हैं, अपनी जात-बिरादरीवालों को भर लेते हैं। बेचारे महाराष्ट्रियों को नौकरियाँ नहीं मिलतीं। जबकि मुम्बई उनकी और उनकी 'अपनी ही मुम्बई' में उनका यह अनादर! उनकी माँग थी कि अस्सी प्रतिशत नौकरियाँ स्थानीय लोगों को प्राप्त होनी चाहिए। उनका नारा था—"बाहरवालों को भगाओ, अपनों को जगह दिलाओ।"

"यह किसके हक की लड़ाई लड़ी जा रही है? वे जो रोज-ब-रोज मजदूरी करके खाते हैं, काम बन्द, दुकानें बन्द, होटल बन्द। आज तो उन्हें उनका उसल-पाव भी नसीब नहीं होगा। हम भी तो उन्हीं लोगों में हैं। हमें बन्द से क्या फायदा? ये जो पथराव की ताकत रखते हैं, बसें जला डालने की हिम्मत दिखा रहे हैं, कितने भूखे हैं? हुँह!" नवल ने गरदंन झटककर नथूनों से रोष-भरा फुफकार छोड़ा, "साले क्या उखाड़ लेंगे इस तोड़-फोड़ से?"

नवल की झुँझलाहट में वे दोनों भी शामिल हो गए। उनकी खीझ बड़ी स्वाभाविक थी। सुबह से वे एक कप चाय की तलब होंठों-ही-होंठों में सुखा रहे हैं। 'कैंटीन' खुली होती तो चाय की समस्या ही नहीं, खाने-पीने का डौल भी पट जाता। हालाँकि हर चीज कूपन पर मिलती है और कूपन के लिए जेब में नकदी होना जरूरी है। मगर उनकी तो लॉटरी अतैया है। अतैया ऐसे मौकों पर उनसे

सिर्फ अपनी टिप लेता है। उतने पैसे भी न हुए तो 'कल दे देना, सा'ब! चलेगा, फिकिर नईं...' पर आज! जब न जेब में दमड़ी है, न अतैया का सहारा।

"ये रमेश भी समझे है, जानता था कि मेरे और हरीश के पास पैसे नहीं हैं; पर दन्न से पाँच का नोट निकाल के थमा दिया उस चोपड़ा को।" नवल को एकाएक कल शाम की घटना स्मरण हो आई और पूरे चेहरे पर कड़वाहट पसर गई।

"छोड़ो भी चोपड़ा-पुराण।" हरीश ने बात को टालना चाहा, "पैसे पास होते भी तो क्या होता? पनवाड़ी की दुकान तक तो बन्द है।"

"पैसे होते तो सब खुल जाता। यह तो और बात है। मगर आज मैं इससे सीधे-सीधे बात कर लेना चाहता हूँ कि आखिर यह उसे इतनी 'लिफ्ट' क्यों देता है? यह हमारे हिस्से में खाता रहे और उसे खैरात देता रहे, यह कहाँ की भलमनसाहत है? यह अच्छी तरह जानता है कि वह इससे भूख और कड़की का रंडी-रोना रोकर नोट झाड़ ले जाता है और रात 'सरवर' के 'अड्डे' पर चार बजे तक पड़ा रहता है। हम साअल्ले यहाँ आधा बंडल बीड़ी को भी तरसते हैं... कोई आदमी हैं!"

"अब छोड़ भी, यार!" रमेश ने एकाएक आत्म-समर्पणवाला रुख अख्तियार कर कहा, "गलती हो गई, मेरे बाप, अब आइन्दा..."

"छोड़ गलती-वलती का लटका। और सुनेगा उसके किस्से?"

"च, अब बस भी करो, नवल।" हरीश ने तनातनी टालने के खयाल से टोका।

"तू चुप कर, यार!" नवल ने हरीश को घुड़का।

हरीश का चेहरा एकाएक उतर गया। उसने आधे हो रहे बीड़ी के बंडल से एक बीड़ी खींची; पर नवल ने यहाँ भी उसे डपट दिया, "रात तक चलानी है।"

रमेश का टुर्री-टुर्री-सी बात पर भड़कनेवाला दिमाग आज नहीं भड़का, जानता है, जब भूखे रहना पड़ता था तब रह जाया जाता था। अब नवल से भूख और तलब बरदाश्त नहीं होती। सहसा उसे मल्होत्रा साहब पर कोफ्त हो आई—बन्द है तो क्या हुआ? गाड़ी है उनकी अपनी। 'मूवी टाइम्स' वाले खन्ना साहब कैसे आए? पर उन्हें क्या! बैठे-बैठे आराम से फोन घुमा दिया कि जी,

बड़ा दंगा हो रहा है, आ नहीं पाऊँगा मैं। भला वे कैसे गुजर करें? अपना मूत पी के? साआला...हम यहाँ भूखों मरें और हरामजादे को अपनी नई 'फियट' के घायल हो जाने की फिक्र घेरे है...

वे तीनों 'वातानुकूलित बाजार' की बहुमंजिली इमारत के सातवें माले पर स्थित अपने छह बाई छह के दरबेनुमा दफ्तर-कम-रैन-बसेरे में उकड़ूँ बैठे सोच में डूबे हुए थे।

यह जो दफ्तर था, 'साइक्लोस्टाइल' में निकलनेवाले फिल्मी अखबार 'मेनका' का दफ्तर था। मालिक थे अधेड़ उम्र मल्होत्रा साहब। मल्होत्रा साहब किसी जमाने में फिल्मों में नायक बनने आए थे। एकाध फिल्मों में खलनायकी का काम मिला भी पर सम्पादन में वह भी कट गया। नतीजतन कभी निर्माता बने तो कभी निर्देशक। मगर दुर्भाग्यवश कोई भी फिल्म पूरी नहीं हो पाई। अन्त में उन्होंने 'मेनका' निकालने का निश्चय किया और पिछले आठ-दस सालों से वे 'मेनका' निकाल रहे हैं। उन लोगों को वे बड़े शान से बताते हैं कि 'पेपर इंडस्ट्री' पर जब-जब कागज की दिक्कत का पहाड़ टूटा, उनकी 'मेनका' बदस्तूर छह पृष्ठों की निकलती रही, जबकि 'टाइम्स ऑफ इंडिया' तक चार पृष्ठों का होकर रह गया था।

नवल ने जब 'मेनका' की नौकरी एक सहायक निर्देशक की सिफारिश पर प्राप्त की थी तब मल्होत्रा साहब ने उसे काम समझाने के पश्चात सूचित किया था कि उसे तनख्वाह महीने-भर के बाद नहीं बल्कि रोज-दर-रोज मेहनताने की शक्ल में मिला करेगी, वह भी किस्तों में। क्या उसे उनके यहाँ नौकरी करना मंजूर है? वह स्वीकृति में जिबह हो रहे बकरे-सा मिमिया दिया था। मल्होत्रा साहब खुश हो उठे थे। उन्होंने फौरन उसे सूचित किया कि इसके अलावा उसे सुबह और दोपहर की चाय भी उनके खाते से मिला करेगी। रहने की व्यवस्था क्या है उसकी?

खामोशी पर वे खिलखिला पड़े थे—"ठीक है, ठीक है, प्रबन्ध हो जाएगा। बाकी का स्टाफ जहाँ रहता है, आप भी वहीं रह सकते हैं।" उन्होंने सगर्व बताया था कि हरीश और रमेश रात में इसी दफ्तर में सोते हैं। सुनकर वह कौतूहल से

भर उठा था। पर तुरन्त एक राहत खिंच आई थी। जिस गेस्ट हाउस में वह रह रहा था, किराया न दे पाने की वजह से लगभग सामान फेंकने को ही था।

मल्होत्रा साहब समय के पाबन्द थे। ठीक दस बजे वे दफ्तर में होते। उनके दफ्तर में पहुँचते ही छोटे-से कमरे में फिरकी लेते पंखे की हवा में कामकाजी टँग जाती। उन्हें अभिवादन करके वे मुस्तैद हो टेबल पर नजरें गड़ा लेते। मल्होत्रा साहब प्रसन्न होकर प्रत्युत्तर उछालते अपनी कुरसी की ओर बढ़ लेते—'ओ जी, लगे रहो, लगे रहो। काम पहली चीज है।' फिर किसी भी एक से कहते कि वह उनके लिए एक स्पेशल कॉफी और उन तीनों के तीन कप चालू चाय का आदेश कैंटीन में दे आए। नवल को यह बात अखर जाती।

एक रोज उसने आहिस्ता से प्रतिवाद किया—"सर, एक चपरासी की नियुक्ति बेहद जरूरी है। छोटी-मोटी भागा-दौड़ी में हमारा बहुत समय जाया होता है।" किन्तु मल्होत्रा साहब ने यह कहकर बात उड़ा दी थी कि चपरासी यहाँ करेगा भी क्या? और अन्य दफ्तरों में भी क्या करते हैं सिवाय स्टूल पर बैठकर ऊँघने के? और उनसे न काहिली बरदाश्त होती है, न काहिल किस्म के लोग।

अपनी कॉफी खत्म करके वे तीनों को पास बुलाते, उन्हें मेहनताने की पहली किस्त थमाते। तीन-तीन रुपये—"ओ जी, बीड़ी-सिगरेट की तलब महसूस कर रहे होंगे आप। वैसे तो आप लोग नौजवान हो, इन इल्लतों से बचना चाहिए; पर खैर, सेहत का खयाल रखिए, बस।"

नवल की त्यौरियाँ चढ़ जातीं। नथूने सख्त होकर बड़ी देर तक फूले रहते। हरामजादा! खुद तो 'फाइव-फाइव-फाइव' पीता है। और हमें सीख देता है कि सेहत का खयाल रखो! मन में आता कि लपककर बुड्ढे की गरदन दबोच ले। कहें कि बुड्ढे, जितने पैसे तू हमें देता है न, उसमें सिर्फ बीड़ी ही पी जा सकती है, दूध नहीं। पर मन मसोसकर सारा आक्रोश गुटक लेना पड़ता; क्योंकि दफ्तर में रोज-दर-रोज जितने लोग बुड्ढे से मिलने आते, उनमें से एक-चौथाई के बारे में वह यही दावा करता कि वे उनके पास नौकरी की सिफारिश लेकर आए हैं। स्नातक तो आजकल पाँच रुपये रोज पर भी काम करने को तैयार हैं। वे तो फिर भी छह रुपये प्रतिदिन देते हैं। तिस पर रहना मुफ्त है। कम है क्या? ठिकाना कहाँ मिलता है मुम्बई में!

यह सही था कि रहने की सुविधा ही उनके नौकरी पर बने रहने का सबसे बड़ा प्रलोभन था। पर जब-तब उनकी टोका-टाकी नवल को अखर जाती। भूले-भटके उनकी नजर में अगर कोई चीज पड़ जाती तो वे पूरा कमरा सिर पर उठा लेते—"ओ जी, नवल जी! यह कच्छा कैसा रैक पर पड़ा है? अजी, इन्हें समझाइए कि यह दफ्तर है या मुसाफिरखाना? मालूम तो है आप लोगों को, यह फिल्मी अखबार का दफ्तर है। इधर निर्माता आते हैं, निर्देशक आते हैं, अभिनेता आते हैं; पर आप लोग हैं कि मेरी उदारता का गलत फायदा उठाते हैं। उस दिन अचानक धर्म साहब आ गए थे और आप लोगों ने दफ्तर को गुसलखाना बना रखा था। क्या इज्जत रह गई हमारी! जी, आपने हमारी इज्जत से क्या कोई लेना-देना नईं?"

हरीश ने बड़े प्रयत्न से अपनी हँसी रोककर तत्काल उन्हें टोक दिया था—"जी, हमारे सामने तो धर्म साहब (धर्मेन्द्र) कभी दफ्तर तशरीफ लाए नहीं।"

वे ताव झटककर झेंप गए थे—"ओ जी, मैं तो भूल ही गया, तब आप लोग देखिए अपना।" वे खिसियाहट छिपा नहीं पाते और बेवजह पेपरवेट को उँगलियों से नचाने लगते।

काम! काम के नाम पर वे अपनी-अपनी मुसुक्की दबाए, उनकी नजरें बचाकर, एक-दूसरे को इशारेबाजी करके खूब हँसते।

नवल का परिचय वे अपने साप्ताहिक 'मेनका' के चीफ रिपोर्टर के रूप में करवाते। पर कभी नवल स्टूडियो 'राउंड अप' पर नहीं गया। नवल की टेबल पर ताजा 'स्क्रीन' होता, 'फिल्म इंडस्ट्री जनरल' होता, 'फिल्म फेयर' होता, 'स्टारडस्ट' होता...और रिपोर्टिंग पूरी हो जाती।

"इसमें मेरा क्या काम है, सर?" नवल एकाध दफे चिढ़कर बोल उठता उनसे—"आप मुझे लोकल का पास निकलवा दीजिए। मैं चप्पल फटकारता स्टूडियो की रिपोर्टिंग कर लूँगा। ओरिजिनल वर्क होगा तो 'मेनका' में पाठकों की दिलचस्पी बढ़ेगी। वितरण बढ़ेगा।"

'ओ जी, इतनी जहमत क्यों उठानी जी? जो और लिख रहे हैं वही तो आप भी देखेंगे और लिखेंगे।" फिर स्वर को भरसक विनम्र बनाकर नवल को शाबाशी

देते कि वह यूँ भी इतना दिलचस्प और चुटकीदार लिखता है कि अली पीटर जान या रेखा देशपांडे भी पटकनी खा जाते हैं—"जी, आप बस काम करते चलिए, अखबार चलाना मेरा काम है।"

वह पूरी पोलपट्टी जानता है कि वे अखबार कैसे चलाते हैं। नए कलाकारों के पी.आर.ओ. हर हफ्ते उनके चित्रों के साथ एक बन्द लिफाफा भी आहिस्ता से उनकी टेबल पर खिसका जाते हैं।

"कोई 'कर्फ्यू' थोड़े ही लगा है! यहाँ से पैदल मेहता के घर जाया जा सकता है।"

"दिमाग ठिकाने है?" नवल को हरीश के बेहूदा सुझाव पर गुस्सा आ गया। कोई और उपाय सोचने के अतिरिक्त वह मेहता के घर का समाधान सोच रहा है। यह जानते हुए भी कि एक तो उसका घर 'लाल बाग' में है, जो हड़तालियों का मुख्य प्रभाव-क्षेत्र है और दूसरे, यहाँ से कोसों दूर। हिम्मत जुटाई भी जाए तो वे शाम की चाय जरूर उसके साथ पी सकते हैं।

इस दयनीय स्थिति के लिए एक बार फिर उसे रमेश के पाँच के नोट का खयाल हो आया। उस चोपड़ा के बच्चे पर अगर उसने दया न दिखाई होती तो उनकी हालत इतनी बदतर न होती। वह तो साला 'बन्द' मना रहा होगा और हम यहाँ बीड़ी के टोंटे भी सहेज रहे हैं।

शाम उसने मल्होत्रा साहब को भी टोका था कि सर, 'बन्द' में आप दफ्तर आ 'पाएँगे? वे उसका अभिप्राय समझ गए थे और उन्होंने तसल्ली दी थी कि 'क्या वह समझता है कि कल का 'मुम्बई बन्द' सफल हो पायेगा? बन्दोबस्त बहुत जबरदस्त है। ऐसे झटके मुम्बई में बहुत देखें हैं हमने। हिन्दुस्तान का यही एक तो अकेला शहर है जी, जो राजनीतिक खिलवाड़ों और उनके खिलाड़ियों को अपने जिस्म पर हाथ नहीं रखने देता।'

"ऐसा न करें..."

"क्या?" रमेश और हरीश के चेहरे उसकी ओर मुड़े।

"रैक्स में अखबारों के ठुसे हुए बंडल देख रहे हो?"

"तो?"

"तो क्या! एक रोज बुड्ढा कह नहीं रहा था कि जी, आप लोग कभी फुरसत में हों तो जरा दफ्तर की झाड़-पोंछ कर लें! बड़ा बेतरतीब हो रहा है मामला। क्यों न हम इन बंडलों में से आधी-पौनी रद्दी बेच लें?"

"मल्होत्रा जिन्दा छोड़ेगा?" हरीश ने आपत्ति उठाई।

"क्या उखाड़ लेगा?" नवल ने तमतमाकर निहायत अभद्र तरीके से उसकी खिल्ली उड़ाई।

"अरे, बोल भी यार, करना क्या है?" रमेश ने बीड़ी का एक लम्बा दम भर के लापरवाही के भाव से कहा।

"करना यह है कि हम लोग हर अंक की चार-चार प्रतियाँ 'रिकॉर्ड' के लिए सुरक्षित रखकर बाकी रद्दी छाँट लें। रद्दीवाला तो सामनेवाली बिल्डिंग में ही रहता है। दुकान भले ही उसकी बन्द है पर घर थोड़े ही बन्द होगा! घर तो उसका दुकान से लगा हुआ ही है।"

बात जम गई। रैक्स पर से बंडल धड़ाधड़ नीचे गिराए जाने लगे।

नवल बेफिक्र था। कल की कल देखी जाएगी, पहले पेटपूजा का जुगाड़ हो जाए। इतने डर से भी काम कैसे चलेगा! ये तो वे हैं—पढ़े-लिखे बेकार, मुसीबत के मारे। वरना छह रुपये रोज तो ईंट-गारा ढोनेवाले मजदूर भी कमा लेते हैं।

ढाई-तीन घंटे की कमरतोड़ मेहनत के बाद कहीं जाकर रद्दी छँटी। तीनों पसीने से नहा रहे थे। पंखा चालू करने का डौल अखबार छाँटते वक्त तो था नहीं, बंडल बँधे तो फुल स्पीड पर पंखा चलाकर उन्होंने कमरे की फर्श पर जो अपने-अपने बदन ढीले छोड़े तो लगा कि वे आठ-दस सालों से किसी बन्द तहखाने की फर्श पर लिटा दिए गए हैं जहाँ धूल की तह है और सीलन की दमघोंट बदबू।

नवल की हथेलियों में ठंडा पसीना था और देह भूख से थर्रा रही थी। उसे लगा कि अब अगर एकाध मिनट भी वह इस कमरे के फर्श पर पड़ा रहा तो निश्चित ही अखबारों के कब्रगाह की सड़ान्ध उसे मूर्च्छित कर देगी।

"चलें?" वह एकाएक उठ बैठा।

"चलो।"

गट्ठर कमरे से बाहर घसीटे गए, लिफ्ट तक लाए गए, लिफ्ट में रखे गए। लिफ्ट नीचे सरकने लगी। नवल लिफ्ट में लगे पंखे के नीचे आँखें मूँदकर खड़ा हो गया सीने में गुबक रही मतली को दोनों हाथों से सहलाते हुए।

तय यह हुआ कि गट्ठर प्रवेश-द्वार के पास रखें। नवल जाकर रद्दीवाले से पता लगा करके आएगा। एक गट्ठर वह अपने साथ ले जाएगा ताकि रद्दीवाले को किसी प्रकार का सन्देह न हो। वैसे तो रद्दीवाले ने उन्हें आते-जाते देखा भी है। भले आपस में किसी तरह की बोलचाल नहीं रही फिर भी सावधानी बरतना ठीक रहेगा। ऐसे मौकों पर पुरानी देखा-दाखी अकसर अपरिचित हो जाती है।

दुकान का शटर गिरा हुआ था। वह निश्चय नहीं कर पाया कि पहले शटर पर दस्तक देकर देख ले या सीधा घर पर पहुँचकर घंटी बजाए। सीधा घर पर पहुँचने की बात पर संकोच ने दबोच लिया। उसने गट्ठर बरामदे में टिकाकर शटर भड़भड़ाया। उसे आश्चर्य हुआ। पहली ही भड़भड़ाहट में भीतर से एक घबराया हुआ पुरुष-स्वर बाहर आया—

"दुकान बन्द हय।"

"रद्दी देनी है, भाई।" नवल ने स्वर को यथासम्भव संशयरहित बनाया।

"कल लेगा।"

"अरे, आज ही ले लो, हम सामनेवाली बिल्डिंग से आए हैं, भाई।"

दुकान का शटर दो फीट ऊँचा उठा। भीम जी भाई ने गरदन बाहर निकालकर झाँका—"आप!"

तुरन्त उसकी निगाह रद्दी की ओर घूम गई। उसकी आँखों में कौंधी चमक ने नवल को आश्वस्त किया। उसे महसूस हुआ कि भूख से थर्राते उसके शरीर के भीतर स्फूर्ति का विस्फोट फैल गया।

"पिच्छू से आओ।" शटर बन्द करते भीम जी भाई ने मुस्कराकर इशारा किया।

शटर बन्द होते ही उसने इमारत के प्रवेश-द्वार पर खड़े रमेश और हरीश को गट्ठर उठा लाने का संकेत किया।

जितनी देर रद्दीवाला नाप-जोख करता रहा, वे टकटकी बाँधे तराजू का काँटा घूरते रहे। एक तो रद्दीवाले ने निश्चित ही रद्दी का भाव कम बताया था, विश्वास था नवल को, तिस पर यह भी सुन रखा था कि डाँड़ी मारने में ये कम

उस्ताद नहीं होते। वह तौलते-तौलते बन्द के आह्वान पर तीव्र प्रतिक्रिया प्रकट कर रहा था—

"मुम्बई आमची! मुम्बई क्या ये घाटी लोगों ने बनाया? अब्बी बोलता कि दूसरा जातवालों को बाहर हकालो? पन वाजिब है क्या ये? हाँ, सा'ब...? हिन्दू-मुसलमान का फसाद होता तो लोग बोलते कि ये दो मजब (मजहब) का टक्कर है। अब्बी ये कैसा झगड़ा है कि हिन्दू कोच हिन्दू हकालने को माँगता?"

हरीश बोला, "ये तो सरकार की खिलाफत में हड़ताल की गई है।"

"पन सा'ब! सरकार कौन हय? अपना सरखा मानुसच तो दूसरा भाई-बेन का क्या होवेगा? फिर अपना देश में अपनाच आदमी देश का किसी भी जागा में जा के कमाने-खाने को नईं सकता?"

उन्होंने कोई प्रतिक्रिया नहीं दी।

"सा'ब, इक्कीस रुपया साठ पैसा हुआ।" रद्दीवाले ने पैसे गिनकर उनकी ओर बढ़ाये।

"आसपास कोई उडपी या रेस्तरा खुला है क्या?"

"उडपी का तो आज खुलने का सवालीच नईं, बाजूवाला ईरानी पिच्छू से खुला हय।"

राहत सनसनाती दौड़ गई। दिन एकाएक सामान्य हो उठा।

ईरानी रेस्तराँ रद्दीवाले के मुताबिक रसोईघर के रास्ते खुला हुआ था। हल्की दस्तक के साथ ही दरवाजा खुल गया। नौकर ने उन्हें क्षणांश ठिठककर परखा और हड़तालियों की जमात से अलग कर, भीतर आने का संकेत किया। नवल को उसकी संशयी हरकत पर हँसी आई। इस एरिया में तो उसे हड़ताल की कोई उत्तेजक स्थिति नजर नहीं आ रही सिवाय इसके कि लोगों के दिलों में एक आतंक घर किए हुए है।

हॉल में बस इक्के-दुक्के लोग बैठे हुए थे। उन्हें अन्दाजा हो गया, ये भी उनकी बिरादरी के ही लोग हैं वरना आज के दिन कौन मूँड़ मुँड़ाने घर से बाहर कदम रखेगा।

"यार, पहले एक-एक प्याली चाय हो जाए।" हरीश ने कहा।

"क्या बात है!" रमेश जोश से उमगा, "मेरे मुँह की बात छीन ली...साथ ही सिगरेट का पैकेट भी हो जाए।"

"होगा?"

"रखते तो हैं।"

"तो मँगवाय लेते हैं।"

"पर खाना?"

"खाना बाद में। बगैर चाय के सिर भारी हो रहा है।"

नवल ने आदेश लेनेवाले छोकरे को इशारे से बुलाया।

"पहले तीन गरम चाय। साथ एक तीन प्लेट खारी...और विल्स का पैकेट और माचिस मिलेगी?"

"मिलेगा न, सा'ब।"

"तो ले आओ। पर जरा किसी से यह टेबल तो पोंछवा दो। इतनी चीकट हो रही है कि कुहनियाँ नहीं टिकाई जा रहीं।"

"भेजता न, सा'ब।" कहकर उसने वहीं से खड़े-खड़े दूसरे छोकरे को पुकार लगाई, "जरा इदर फटका मारना।"

छोकरे के टेबल पोंछने के लिए तत्पर होते ही तीनों ने अपनी-अपनी कुहनियाँ हटा लीं। नवल को एकाएक अतैया का खयाल हो आया।

"तुम काम पर कैसे पहुँच पाए?"

छोकरा उसका मतलब समझ गया।

"मैं अउर उमेश रात को इदरीच सोते!"

उमेश जरूर ऑडर लेनेवाला लड़का होगा, नवल ने अनुमान लगाया। सेठी अतैया को अगर कैंटीन में ही सुलाता होता तो आज मजा आ जाता। निश्चित ही वे रद्दी छाँटने की जहमत से बच जाते। वह उनकी अव्यवस्थित जिन्दगी का एक ऐसा सार्थक सूत्र है जो उनको पेट की जलन से निश्चिन्त रखता है। कई दफे तो अतैया कहता भी है—'सा'ब, ये सेठी सा'ब हैं न, बोत चालू हैं। मेरी माँ को मुलुक में फकत बीस रुपया मेना भेजना हय। मन कू आता है कि दूसरा होटल पकड़ लूँ। जास्ती पगार मिलेगा। पिच्छू आप लोगों का खयाल आता है तो सोड़ने का दिल नईं करता। आप लोग नौकरी सोड़ के दुसरा जागा जाएगा तो मैं पन इदर का नौकरी सोड़ देगा।'

"क्या लीडर है, मानना पड़ेगा..." उनके बगल में बहस चल पड़ी थी। "बोला, मुम्बई बन्द, तो अक्खा मुम्बई बन्द। किसी को पन ऐसी आशा नईं थी।

किदर लोग समझते होते कि मुम्बई सबसे सान्त अऊर सुरक्षित सहर है। अब देखो, दंगा-फसाद इधर भी सुरू।"

"दादर में 'विसावा' होटल जला डाला, भायखला में एक डबल डेकर कू घासलेट डालकर फूँक दिया। लाल बाग और परेल में तो अपुन सुना कि मिलिटरी लगाया गोरमेंट ने।"

"क्या होएगा, किसको पत्ता उसको मुम्बई सोड़ना पड़ेगा। अभी ये तो बोत गड़बड़ माँग है कि इदर का लोगों का वास्ते गोरमेंट को अस्सी प्रतिशत जागा सुरक्षित करना माँगता। ऐसा दूसरा राज्य पन करेगा तो कोई किदर रहने को नईं सकेगा।"

सब तरफ बस यह चर्चा। नवल ने छोकरे को इशारे से पास बुलाया और 'बिल' लेने के लिए पाँच का नोट थमा दिया।

लड़का फुरती से वापस पलटा। वे उठने लगे तो खयाल हो आया कि लगे हाथों खाने के बारे में भी पूछते चलें।

"दोपहर में खाने को कुछ मिलेगा?"

"दोपहर तो है, सा'ब!" लड़के ने साश्चर्य कहा।

"मेरा मतलब है, घंटे-डेढ़ घंटे के बाद।" नवल ने खिसियाकर सफाई दी।

"मिलेगा। मटन बिरियानी है।"

"ठीक, आते हैं।" कहकर वे पुन: किचेन के रास्ते बाहर हो लिए। तीनों ने तय किया कि कमरा व्यवस्थित करके वे तीसरे माले पर स्थित रिकॉर्डिंग हॉल में लगे बाथरूम में जाकर जमकर नहाएँगे। रोज ही वे वहीं नहाते-धोते हैं। साबुन उन्हें वहाँ मुफ्त मिल जाता है। साथ रोज-ब-रोज बदला जानेवाला धुला तौलिया भी। वॉशबेसिन पर लगी तरल साबुन की बोतल उनके कपड़े धोने के काम आती है। मजबूरी है। करें भी क्या? उनके फ्लोर पर लैट्रिन्स तो हैं पर बाथरूम नहीं है। उनके छोटे कमरे में तो कपड़े टाँगने तक की सुविधा नहीं है। पूरा कमरा मेज-कुर्सियों और रैक्स से अटा पड़ा है। बस एक नन्हीं-सी बालकनी है जो उनकी जरूरी चीजों को पनाह दिये हुए है। पहले सिर्फ हरीश और रमेश थे तो दोनों कमरे के अन्दर ही सोते थे; पर एक नग बढ़ जाने से व्यवस्था बदलनी पड़ी। अब हरीश अकेला कमरे में सोता है। नवल और रमेश अपनी-अपनी चादरें लम्बी तानकर

कॉरीडोर में सो रहे हैं। कोई दिक्कत महसूस नहीं होती। रात को सारे दफ्तर बन्द हो जाते हैं। आज दिन में भी यह सुविधा उन्हें उपलब्ध थी।

मल्होत्रा साहब ने दफ्तर में घुसते ही उनसे पछतावे-भरे सुर में बोलना शुरू कर दिया, "ओ जी, मुझे तो अन्देशा ही नहीं था कि इतना जबरदस्त मुम्बई बन्द होगा। बड़ी तोड़-फोड़ हुई। बँटवारे की याद आ गई। क्या हो रहा है हिन्दुस्तान को!" फिर एकाएक अफसोस प्रकट करते हुए बोले, "जी, बड़ा बेचैन रहा। आप लोग तो कल सिगरेट-पानी को भी तरस गए होंगे, हाँ?"

उन्हें तसल्ली हुई कि भले बूढ़ा आ नहीं पाया, यह जुदा बात है मगर उसे उनकी चिन्ता थी। वे फिजूल ही खौफ खा रहे थे। अब खतरा नहीं है। कल की विकट परिस्थिति का अन्दाजा है उसे। पैसे न देकर जाने की ग्लानि भी। हालाँकि नवल को कुरकुरी हो रही थी कि अभी तक बूढ़े की गिद्ध दृष्टि खाली हो आए रैक्स पर कैसे नहीं पड़ी और उसने उनसे जवाब तलब क्यों नहीं किया? पर तभी यह खयाल भी आया कि हो सकता है, वह उनसे कुछ भी न कहना चाह रहा हो। साफ-सफाई ने उसे उदार बना दिया हो।

हमेशा की तरह उसने अपने लिए स्पशेल कॉफी और उनके लिए चाय का ऑर्डर दिया।

कॉफी आई, चाय आई। वह कॉफी सिप करने लगा और वे चाय। नवल ने नया 'स्टारडस्ट' उलटना-पलटना शुरू कर दिया कि कोई सनसनी मिले और वह तुरत-फुरत चटपटी खबर बना डाले। पर तभी मल्होत्रा साहब की आवाज ने उन्हें चौंका दिया।

"ओ जी, रैक्स में अखबार बड़े कम नजर आ रहे हैं?"

क्षणांश के लिए कमरे में सन्नाटा व्याप गया। हरीश की टाइपराइटर पर दौड़ती उँगलियाँ ठिठक गईं। रमेश ने चौंककर जो खाली रैक्स की ओर दृष्टि घुमाई तो फिर नजर वहीं टिकी रही। जवाब नवल को ही देना था। उन दोनों की बोलती तो वैसे भी बुड्ढे के सामने हलक में फँस जाती है।

"जी, दरअसल कल हम लोग फुरसत में थे न। सोचा, रैक्स की सफाई

ही कर डालें। खाने ठुसे पड़े हुए थे। रिकॉर्ड्स की चार-चार प्रतियाँ रखकर हमने सालाना फाइल बना डाली है। आप कह भी तो रहे थे न कि..."

"ओ जी, बहुत-बहुत बढ़िया काम किया आपने। पहले जो लड़के थे न, बड़े काहिल थे। दफ्तर की तरतीबी की कभी परवाह ही नहीं की उन्होंने।" बोलकर वे तनिक ठहरे। टेबल पर पड़े सतरंगी पेपरवेट को उँगलियों से नचाने लगे।

नवल ने राहत महसूस की। गनीमत है कि बुड्ढे ने बात को सहज भाव से लिया क्योंकि जिसे मामूली-मामूली-सी बातों पर अरिया नहीं लगाई जाएगी तो ये चुस्त-दुरुस्त नहीं रहेंगे, उससे इतना सहज व्यवहार अप्रत्याशित ही है।

"जी, रद्दी तो बहुत निकली होगी?"

"जी, काफी निकली। यही कोई सोलह-सत्रह किलो।"

"काफी पैसे मिल जाएँगे।"

उसका आशय समझकर नवल सनका, "जी, वो तो हमने कल ही बेच दी। आपको तो पता ही है कि कल का काम चलाने के लिए हमारे पास पैसे कहाँ थे!"

"जी, बहुत वाजिब काम किया आप लोगों ने और करते भी क्या! गलती तो मेरी ही थी। जी, रद्दी बिकी कितने में?"

"एक तो कल गरज अपनी थी, सर। भाव वाजिब नहीं दिया साले ने।" नवल ने बरबस रोककर जबान काटी, "यही कोई इक्कीस रुपयें साठ पैसे।"

"चलिए, जो भी मिला सो मिला। कल दुकान खोलकर कौन मुसीबत मोल लेता! मुझे तो खुशी है कि रैक्स भी तरतीब हो गए और कल का आपका मेहनताना भी निकल आया। तो..." वे तनिक विचारमग्न हुए, "आप लोगों के कल के छह-छह रुपये काटकर बचे जी, तीन रुपये साठ पैसे; यानी इसमें से परहेड एक बीस। आज की किस्त में से घटाया जाए तो? लीजिए, आप लोग आज की पहली किस्त ले जाइये। दो रुपये सत्तर पैसे ईच, ठीक है न जी हिसाब!"

रमेश और हरीश गरदन झुकाए हुए काम में एकाग्रता का भाव अपनाए रहे जैसे उन्होंने कुछ सुना ही न हो; पर नवल की कनपटियों में जलते चैले चटखने लगे।

मर-खप के तो बंडल खोले, घंटों सड़ी धूल फाँकी, फाइलें बनाईं, कमरा साफ किया। झाड़ूवाली तक को तो यह खूसट एक चवन्नी ढीली नहीं करता। उन्हें यहाँ रखा है तो कितनी बचत करता है इसी बहाने? चपरासीगिरी से लेकर चौकीदारी तक, कौन-सा ऐसा काम है जो वह उनसे नहीं करवाता? अखबारों के बंडल तक तो ढोकर वे उसकी गाड़ी में रखते नहीं झिझकते। और...

सहसा एक भीड़ नारे लगाती, हवा में मुट्ठियाँ उछालती उसके सीने पर गुजरने लगी।

सिवा होटल जला डाला...

एलिस डिपार्टमेंटल स्टोर...

डबल डेकर बस...

अपनाच देश में अपना आदमी किदर भी जा के कमाने-खाने को नईं सकता?

कमाने-खाने कू सकता, पर कैसे?...वह सोच रहा है। यह बन्द न मराठियों का मद्रासियों के खिलाफ है, न एक जाति का दूसरी जाति के प्रति। यह उस जाति के खिलाफ है, जो अपने स्वार्थों और संकीर्णताओं के चलते दूसरों का शोषण करती है और किसी भी जाति का मुखौटा ओढ़कर अपना चेहरा बदल देती है। और यह मल्होत्रा भी...

नवल ने बीड़ी सुलगा ली। एक नजर उसने रमेश और हरीश को देखा। उनके चेहरे अपनी-अपनी टेबलों पर झुके हुए थे। वह आहिस्ता से उठ खड़ा हुआ। एक-दो गहरे कश उसने खड़े-खड़े ही मारे। फिर घूमकर निकलते हुए उसने सुलगती बीड़ी 'मेनका' के बंडलों में खोंस दी और टेबल की ओर 'किस्त लेने' बढ़ लिया।

(1981)

❑❑❑